岳麓書社

读名著　选岳麓

古典名著普及文库

千家诗

陈蒲清 导读 注译

岳麓書社·长沙

出版说明

中国古典名著是中华优秀传统文化的重要载体，今天人们要学习传统文化，如果说有所谓捷径可寻，那恐怕就是直接阅读古典名著了。长期以来，为大众读者出版古典名著的普及读物一直是本社的重要使命。约三十年前，我们便出版了“古典名著普及文库”，收书五十余种，七十余册，蔚为大观。这套书命名为“普及”，首先是因为采用了简体字横排的排版方式。当时的古典名著图书，以未经整理的影印本和繁体竖排本居多，大众读者阅读有障碍，故本文库的推出，确有普及之效。其次，我们提出要让读者“以最少的钱买最好的书”，定价远低于当时同类型品种。基于此，这套“普及文库”迅速流向读者的书架，销量极大，功在普及不浅。

当年这套书，所收各书都是文言文全本，无注释，不翻译，对于今天的大众读者来说，已经很难起到普及作用了。而且，读者如果仅仅出于品鉴、入门的需要，也无须通读大部头的全本古籍。因而，我们推出这套全新的“古典名著普及文库”，在选目上广泛听取国内名校学者们的建议，收录经、史、子、集四部之中第一流的名著一百余种，邀请学有专攻的学者精心注释、翻译，并加以导读。篇幅大的经典，精选菁华，篇幅适中的出版全本，个别篇幅小的，则将主题相近的品种合刊为一册。

我们希望有更多的人能够买得起、读得懂中国的古典名著，接受中华优秀传统文化的滋养。这一套轻松好读又严谨可靠的普及文库，便是我们努力实践这一理念的结果。

前　言

唐诗和宋诗是中国古典诗歌的典范。它们题材广泛，艺术成熟，异彩纷呈，而又各有特色，唐诗富于情韵，宋诗富于理趣。所以，后代写古体诗和近体诗的诗人，无不以唐诗或宋诗为宗。《千家诗》是唐诗和宋诗的通俗选本，自明清至近代以来广泛流行而影响深远。

《千家诗》包括《增补重订千家诗》两卷和《新镌五言千家诗》两卷，共选126位作者的近体诗226首。《增补重订千家诗》上卷选七绝94首，下卷选七律48首。《新镌五言千家诗》上卷选五绝39首，下卷选五律45首。其中七绝《宫词》二首，作者原题林洪，其一实为王建所作《宫词》，其二实为夏竦所作《廷试》，故《千家诗》实选作者127位。《千家诗》同一体裁的诗歌，不按时代先后和作者编排，而主要是按照诗歌所咏内容的时令、节候的先后编排。

《千家诗》只有127位作者，为什么叫“千家”呢？这跟选本渊源有关。笔者认为，通行本《千家诗》是《分门纂类唐宋时贤千家诗选》的继承者。清朝康熙四十五年（1706），曹雪芹的祖父曹寅曾经刊行《楝亭十二种》，其中收有《分门纂类唐宋时贤千家诗选》，署名“后村先生编集”。“后村先生”即刘克庄。刘克庄（1187—1269），字潜夫，号后村居士，是南宋著名诗人。《四库未收书提要》说，刘克庄曾经编撰过《唐五七言绝句》《本朝五七言绝句》《中兴五七言绝句》三个选本，可能是这三个选本经过辗转汇刻而形成《分门纂类唐宋时贤千家诗选》，共有二十二卷，分为时令、节候等十四个门类。《分门纂类唐宋时贤千家诗选》篇幅庞大，涉及的作家多，故取名“千家”。而通行本《千家诗》的形成过程大概是：《分门纂类唐宋时贤千家诗选》问世后，从南宋末年开始，经过元朝，到明末清初传抄了几百年，而它规模太大，民间文人各取所需，就慢慢形成了广为流传的选本《千家诗》。这个选本虽然只选了127位作者的226首诗，却继承原来的书名，仍然叫作“千家”。

为什么说通行本《千家诗》继承了《分门纂类唐宋时贤千家诗选》呢？因为笔者发现了四条明显的继承轨迹：第一是书的名称上，都用“千家”的名称；第二是诗体选择上，都只选近体诗；第三是编排顺序上，同一体裁作品都主要按照时令、节候的顺序编排；第四是选诗的标准上，《千家诗》仍然保留了刘克庄的思想倾向和艺术倾向。刘克庄是程朱理学的信奉者，是理学家真德秀的门徒。所以，不以诗名的理学大师程颢、朱熹，他们的作品入选《分门纂类唐宋时贤千家诗选》颇多，《千家诗》仍然如此，并且《千家诗》开头第一篇就是程颢的诗，第二篇就是朱熹的诗，位置显赫。又，刘克庄跟大多数宋朝诗人一样推崇杜甫，所以《千家诗》中杜甫的作品占了十分之一强，大大超过其他诗人。根据这四条轨迹，笔者认为通行本《千家诗》是继承了《分门纂类唐宋时贤千家诗选》的选本。

通行的四卷本《千家诗》是明末清初的启蒙教育家王相编辑整理而成的。其中《增补重订千家诗》题作谢枋得叠山选，王相晋升注，卷末按语云：“叠山选本皆唐宋诗，末二首明诗不知何年赘入，童蒙久诵，姑并存之。”可见这一部分基本保持了《千家诗》的原貌，王相只做了注释工作。《新镌五言千家诗》题作王相晋升选注，郑汉濯之校梓，可见此部分是由王相选编，并做了注释工作。

整体来看，《千家诗》七言部分存在的问题多些。如：把王建的《宫词》、夏竦的《廷试》误作林洪的《宫词》二首；把杨万里的《伤春》和《初夏睡起》误作杨简的诗；又把杨万里的名作《晓出净慈寺送林子方》误署名为苏轼的作品，并注为“东坡出守杭州咏湖之作”；卷末还赘入两首明诗；等等。这是因为该部分由宋末到清初，历时久远，在长期传播过程中，难免会出现篇目增减、文字差异、作者混淆等错讹。《千家诗》虽有上述问题，但经过王相整理，篇目得以固定，这为《千家诗》的传播提供了一个定本。

《千家诗》问世后逐步风行全国，成为传播极广、影响极大的蒙学读本，人们把《三字经》《百家姓》《千字文》和《千家诗》合称为“三百千千”。清末刘鹗在著名小说《老残游记》第七回记述山东东昌府城一家书店掌柜的话说：“所有方圆二三百里学堂里用的‘三百千千’，都是在小号里贩得去的，一年要销上万本呢！”山东省东昌一个府城的情况尚且如此，全国的情况可想而知。

《千家诗》作为诗歌选本，具有四个突出特点：第一是篇幅适当。全书选诗226首，浅近易懂，朗朗上口，便利初学。第二是内容丰富，大多数是精品。所选诗歌题材多样，包括山水田园、四季景物、羁旅怀乡、离别赠友、感时伤怀、凭古吊今，以及咏画题字、应制侍宴等，比较全面地反映了古代的社会生活、人情风貌。而且大多数诗歌是唐宋两代的佳作，历来脍炙人口，传诵不衰。第三是入选的作者面宽。全书虽然只选诗226首，却包括了127位作者的作品。从作者身份看，其中既有帝王将相、名流学士，也有普通民众，包括野老、牧童、和尚、道士，囊括了社会的各个阶层。第四是认诗不认人，不以人废诗，从而使某些不出名甚至没有留下姓名的作者所写的好诗能够广泛流传。如南宋林升的《题临安邸》：“山外青山楼外楼，西湖歌舞几时休？暖风熏得游人醉，直把杭州作汴州！”尖锐讽刺以高宗为首的南宋朝廷偏安一隅，歌舞升平，忘掉国耻，深切感人。又如僧志南的《绝句》：“古木阴中系短篷，杖藜扶我过桥东。沾衣欲湿杏花雨，吹面不寒杨柳风。”写尽了春雨蒙蒙的意境、春风送暖的感受，历来被人们赞不绝口。林升和僧志南都不是名人，他们的这两首诗，完全是靠入选《千家诗》而得以广泛传播的。

《千家诗》具有上述四个特点，所以它能够符合广大读者群体的需要，能够风行全国。当然，《千家诗》不足之处也不少。如：体裁局限于近体诗，不如《唐诗三百首》等选本全面；偏于应酬的作品占了不小的比重（这根源于古代的社会风习和偏重实用的文艺观念），其中有些作品格调不高；编排体例不够严谨，而且有些作品张冠李戴。尽管如此，《千家诗》具有几百年的流传优势，影响广泛而深远，早已深入人心，仍然是我们学习唐宋古典诗歌不可或缺的入门读物。

为满足今天读者的阅读需要，笔者给每首诗作了导读、注释、翻译。导读介绍诗歌的创作背景、描写的主要内容和抒发的思想感情；注释针对关键字词，力求释义简明准确；翻译疏通诗意，力求保持原诗的风格和韵律。此外，笔者还编了作者生平索引附在书后，便于读者知人论世，助益诗篇的解读。

目 录

第一类　七言千家诗上

第二类　七言千家诗下

第三类　五言千家诗上

第四类　五言千家诗下

第一类

七言千家诗上

春日偶成

程颢

导读

程颢是北宋理学大师，本诗抒发他踏春的感受。前两句描写田野春光明媚，鲜花开放，垂柳飘拂，日丽风和；后两句写诗人感悟生机勃勃的春光，内心充满快乐，而时人不了解他，还以为他是学年轻人游荡。“将谓偷闲学少年”一句写出了独特的感悟，历来为人们所传诵和借用。

原文

云淡风轻近午天，
傍花随柳过前川[1]。
时人不识余心乐，
将谓偷闲学少年[2]。

译文

云疏淡，风轻柔，接近中午时间，我穿越花丛和柳荫，漫步在村前的平川。时人不了解我内心充满欢乐，说我是偷闲模仿青少年。

注释

1 **傍花随柳：**在花丛和柳荫中间穿行。**川：**平川，指广阔平坦的原野。

2 **少年：**年轻人。

春　日

朱熹

导读

朱熹是宋朝理学的集大成者。这首诗可分两层理解,表层是写自己到泗水之滨寻芳踏青,感到春光无限,到处焕然一新,原来是东风吹拂大地,百花竞放,万紫千红;里层实是写自己对儒家学说的感悟。为什么这样说呢?泗水在今山东省,在朱熹生活的南宋时代,正为金人占领,所以朱熹不可能去那里寻芳踏青。全诗是以春光比喻美好的境界,而东风是比喻儒家学说。"等闲识得东风面"是指自己钻研儒家学说,"万紫千红总是春"是指自己领悟圣贤之道,进入了人生的新境界。此诗表层写景形象鲜明,里层说理意蕴深刻,是成功的写景诗,也是成功的哲理诗。

原文

胜日寻芳泗水滨[1],
无边光景一时新[2]。
等闲识得东风面[3],
万紫千红总是春。

译文

美好的日子,我寻访春光,到了泗水之滨,春光无限,到处焕然一新。原来是东风吹拂大地,万紫千红,到处都是春色。

注释

1 **胜日:**风光美好的日子。**泗水:**在今山东省境内,是孔子讲学授徒的地方。

2 **一时新:**焕然一新。

3 **等闲:**寻常,轻易。**识得东风面:**认识到东风的真面目。这里指领悟到儒家学说的真谛。

春　宵

苏轼

导读

此诗议论在先，描写在后，构思新颖。首句“春宵一刻值千金”，极言春夜的可贵，一刻与千金的对比，使人感受强烈，成为后世传诵的名句。后三句描写价值千金的情景：清幽的花香，朦胧的月色，在秋千院落已一片寂静的深夜，楼台上仍然传来轻柔的歌声与管乐声。这说明人们多么珍惜这春宵。

原文

春宵一刻值千金[1]，
花有清香月有阴[2]。
歌管楼台声细细[3]，
秋千院落夜沉沉[4]。

译文

春夜美好，短短一刻价值千金，花有清香，明月有影。楼台上歌声、乐声多么轻柔，设置着秋千的院落多么寂静。

注释

1 **春宵：**春夜。**一刻：**形容时间短。刻是古代计时单位，一昼夜为一百刻。

2 **阴：**指月影。

3 **歌管：**歌，歌曲。管，笙、箫、笛之类的乐器。

4 **沉沉：**寂静。

城东早春

杨巨源

导读

杨巨源是中唐时期人。这首诗描写早春的风光，突出早春的特色——绿柳才黄半未匀。诗人劝人们及时欣赏春天，不要等待。如果等到繁花似锦，人人都去欣赏时，就大可不必去了。这首诗启示我们，要善于发现处在萌芽状态的事物，要善于抓住机遇。

原文

诗家清景在新春，
绿柳才黄半未匀。
若待上林花似锦[1]，
出门俱是看花人。

译文

诗人最应该珍惜的美景是早春，绿柳刚吐出黄色嫩芽，色彩尚不均匀。如果等到上林繁花似锦，到处都是出门看花的人。

注释

1 **上林：**即上林苑，秦汉时的皇家园林。后来泛指风景名胜。

春　夜

王安石

导读

这首诗是写春夜不能入睡的感受，平实真切：一看香已成灰，一听更漏将尽，感觉春寒料峭；随着时间推移，看月光慢慢将花影移上栏杆。诗歌表现出一种寂寞无奈的心境，可能跟王安石推行新法受阻有关。

原文

金炉香烬漏声残[1]，
剪剪轻风阵阵寒[2]。
春色恼人眠不得，
月移花影上栏杆。

译文

香炉的香烧成了灰烬，漏壶的水快滴完，一阵阵轻风带来微微春寒。春色让人烦恼，不能安眠，看着月光将花影移上栏杆。

注释

1 **金炉：**铜香炉。**漏声残：**是说计时用的漏壶里的水快要滴尽。

2 **剪剪：**形容风轻而带着寒气。

初春小雨

韩愈

导读

本诗描写的是初春小雨后的长安景色。京城的街道下了一场小雨，这雨如同一层滑润的酥油，小草经细雨滋润而生长，稀稀疏疏，远看一片嫩绿，近看却似乎没有。这早春小草初生的景致，经过作者一番描画，使人感到一派生机。后两句说，这正是一年春光最好的时候，远胜过暮春时节烟柳遍布京城。这是诗人对大地春回和新生命的礼赞。

原文

天街小雨润如酥[1]，
草色遥看近却无[2]。
最是一年春好处，
绝胜烟柳满皇都[3]。

译文

京城的街道下着小雨，这雨滑润得像奶酥，嫩绿的草色远望可见，近看却无。这是一年春季最美的时节，远胜过暮春烟柳笼罩京都。

注释

1 **天街**：京城的街道。**酥**：酥油。这里形容小雨的滑润。

2 **遥看**：从远处可以看见。**近却无**：从近处看又没有了。

3 **绝胜**：远胜过。

元　日

王安石

导读

元日，就是古代的元旦，农历的正月初一。这首诗描写元旦的风俗：春风送来温暖之时，家家放爆竹除旧，户户换桃符更新，又饮屠苏美酒。这首诗大概写于王安石初任宰相推行新政之时。他用元日特有的景象，象征除旧布新的气象，反映了力行改革的决心和豪气。

原文

爆竹声中一岁除[1]，
春风送暖入屠苏[2]。
千门万户曈曈日[3]，
总把新桃换旧符[4]。

译文

爆竹声中，旧的一年过去，春风把温暖送入美酒屠苏。千家万户迎来温暖明亮的日光，都把旧桃符换成了新桃符。

注释

1 **除：**过去。

2 **屠苏：**药酒名。古代风俗，于农历正月初一饮屠苏酒。

3 **曈（tóng）曈：**形容日初升，天色渐渐由暗而明亮起来。

4 **桃符：**古代风俗，每到过年，人们就用桃木板画上神荼、郁垒二神像，挂在门前，认为可以避邪消灾。桃符每年换一次。后代用春联替代了桃符。

上元侍宴

苏轼

导读

上元，就是农历正月十五，即元宵节。诗题为《上元侍宴》，即上元节参加皇帝的宴会。诗人没有正面描写宴会的场面，而是通过群臣在通明殿朝拜皇帝的景象，侧面烘托宴会的盛况。

原文

淡月疏星绕建章[1]，
仙风吹下御炉香[2]。
侍臣鹄立通明殿[3]，
一朵红云捧玉皇[4]。

译文

淡淡月色和稀疏晨星环绕着皇宫，仙风吹送着御炉的芳香。侍臣如同天鹅般站立在通明殿中，就像朵朵红云簇拥着天上的玉皇。

注释

1 **建章：**汉代宫殿名，汉武帝时建。这里借指宋代皇宫。

2 **御炉：**皇帝专用的香炉。

3 **鹄(hú)立：**像天鹅一样引颈而立。形容直立。**通明殿：**传说中玉皇的大殿。这里指皇宫大殿。

4 **玉皇：**传说中统治天上地下的最高天神。这里指皇帝。

立春偶成

张栻

导读

立春居农历二十四节气之首，标志着春天降临。诗人通过冰霜少、草木知、生意满、绿波参差这些具体景象，抒发了冬尽春来、大地复苏带来的美好感受。“春到人间草木知”是被人传诵的名句。

原文

律回岁晚冰霜少[1]，
春到人间草木知。
便觉眼前生意满，
东风吹水绿参差[2]。

译文

阳气回升，年终冰霜少了，春天降临人间，草木首先感知。马上就觉得眼前充满生机，东风吹拂，水面泛起绿色涟漪。

注释

1 **律回：**阳气回升。古代以一年十二个月与音乐的十二音律（律吕）相对应，六律为阳，六吕为阴。立春阳气回升，故称为律回。**岁晚：**一年快要结束。立春居农历二十四节气之首，一般在正月；但是在有些年份，农历十二月下旬就立春了，因此本诗称“岁晚”。

2 **参差**（cēn cī）**：**长短高低不齐。这里形容水波荡漾。

打球图

晁说之

导读

《打球图》,指绘画《明皇打球图》。球是古代的体育玩具,用皮革做成外壳,里面充满毛,比赛时可以用足踢,也可以用杖击打。明皇就是唐玄宗李隆基。他在当政前期的开元年间,能任用姚崇、宋璟、韩休、张九龄等贤相,政治清明;天宝年间,宠用奸相李林甫、杨国忠,沉迷游戏、女色,政治腐败,招致“安史之乱”。作者看了《明皇打球图》后写了这首咏史诗。诗开头两句用“千门万户开”和“沉醉打球回”,刻画出玄宗的荒淫无度,而且直呼其小名“三郎”,以表示讽刺。后两句指出贤臣去位,奸佞当朝,无直谏之臣,必然招致祸乱。晁说之是北宋末年人。北宋后期,小人获进用,边事频仍,而且宋徽宗也爱好打球游乐。故此诗借古喻今,讽谏朝廷。

原文

阊阖千门万户开[1],
三郎沉醉打球回[2]。
九龄已老韩休死[3],
无复明朝谏疏来[4]。

译文

皇宫的千门万户都打开,原来是三郎醉醺醺打球回来。张九龄老了,韩休死了,明天早朝时再没有谏疏呈上来。

注释

1 **阊阖**(chāng hé):传说中的天门。这里指皇宫的宫门。

2 **三郎**:唐玄宗是睿宗第三子,故小名三郎。

3 **九龄、韩休**:张九龄和韩休,都是唐玄宗开元时期的贤相。

4 **谏疏:**大臣劝谏皇帝的奏折。

宫 词

王建

导读

宫词通常指反映宫廷生活的诗,多写宫廷琐事,抒幽怨之情。王建曾作《宫词》百首,其中有情者,有事者,有怨者,有刺者,内容丰富,并不局限于通常理解的宫词。此诗即为其中之一,皮里春秋,多寓讥刺。时帝王淫祀,好服食丹药以求长生,诗但纪其事,不着议论而意自见。此诗作者原题作林洪,误,今据《王建诗集》改正。

原文

金殿当头紫阁重[1],
仙人掌上玉芙蓉[2]。
太平天子朝元日[3],
五色云车驾六龙[4]。

译文

金殿对面紫阁重重,承露仙人手捧玉制芙蓉。太平盛世天子朝拜玄元皇帝之日,五彩云车驾以六龙。

注释

1 **当头:**迎头,正对面。**紫阁:**金碧辉煌的殿阁。此处指朝元阁。唐朝统治者崇奉道教,尊老子李耳为玄元皇帝,特设朝元阁以祀之。

2 **仙人:**承露仙人。唐玄宗效汉武帝立金铜仙人持盘承露故事,于华清宫朝元阁亦立金铜仙人持盘承露,冀以服食延年。**玉芙蓉:**玉制莲花状承露盘。

3 **朝元:**朝拜玄元皇帝。

4 **云车:**泛指华贵之车。**六龙:**古代天子的车驾为六马,马八尺称龙,因以为天子车驾的代称。

廷 试

夏竦

导读

宋人吴处厚《青箱杂记》卷五载："夏文庄公竦幼负才藻，超迈不群。……公制科举，庭对策罢，方出殿门，遇杨徽之，见其年少，遽邀与语曰：'老夫他则不知，唯喜吟咏，愿丐贤良一篇，以卜他日之志，不识可否？'"夏竦欣然提笔，写下了这首诗，杨徽之称叹其"真宰相器也"。夏竦《文庄集》卷三六收此诗，题作《廷试》。此诗原题作《宫词》，作者林洪，误，今据《文庄集》改正。诗的前两句写廷试现场所见，后两句极言廷试顺利，字里行间透露着作者成竹在胸的自信。

原文

殿上衮衣明日月[1]，
砚中旗影动龙蛇。
纵横礼乐三千字[2]，
独对丹墀日未斜[3]。

译文

大殿上皇帝的龙袍像日月一样鲜明，考场中砚台里旌旗的倒影像龙蛇一样舞动。下笔引经据典动辄千言，首个考完出殿太阳尚未西偏。

注释

1 **殿：**指崇政殿。北宋廷试在崇政殿举行，又称殿试。**衮衣：**皇帝穿的绘有卷龙的礼服。

2 **纵横礼乐：**礼乐借指儒家经典，纵横礼乐说明作者廷试时文思泉涌，旁征博引。

3 **丹墀：**宫殿的赤色台阶或赤色地面。这里指崇政殿外的赤色台阶。**日未斜：**太阳尚未西斜。廷试一般在申时(下午 3 点至 5 点)交卷，作者考完出殿，太阳尚未西斜，说明他考试顺利，提前交卷出场。

咏华清宫

杜常

导读

杜常是北宋人。这是吟叹唐朝华清宫的吊古诗。诗人用残月、西风渲染华清宫的冷寂萧瑟,跟昔日的热闹繁华形成鲜明对比,充满历史的沧桑之感。

原文

行尽江南数十程,
晓风残月入华清[1]。
朝元阁上西风急[2],
都入长杨作雨声[3]。

译文

我结束了在江南几十天的行程,又迎着晓风残月进入华清宫。那朝元阁上西风紧急,吹动密密的杨柳,像潇潇的雨声。

注释

1 **华清:**华清宫。在今陕西省西安市骊山西北麓。唐太宗贞观十八年(644年)建汤泉宫,唐高宗咸亨二年(671年)改名温泉宫,唐玄宗天宝六载(747年)扩建,改名华清宫。

2 **朝元阁:**在华清宫内,专祀玄元皇帝老子而设。唐玄宗天宝七载,玄元皇帝见于朝元阁,即改名降圣阁。

3 **长杨:**连绵的杨柳。

清平调词

李白

导读

清平调，唐代乐府曲调名，后来用作词牌。此为李白在长安供奉翰林时所作。相传唐玄宗和杨贵妃在沉香亭欣赏牡丹，传李白作乐府新词，李白乘醉挥毫写了《清平调》三首，这是其中第一首。这首诗通篇用比喻、烘托的手法赞扬杨贵妃的美貌，以彩云写装束，以花比容貌，以露华写姿态，最后以群玉山和瑶台的仙女比喻杨贵妃。没有一字直接写贵妃，给读者留下广阔的想象空间。

原文

云想衣裳花想容[1]，
春风拂槛露华浓[2]。
若非群玉山头见[3]，
会向瑶台月下逢[4]。

译文

彩云似她的衣裳，牡丹似她的面容。她依偎在栏杆边，像含露牡丹摇曳在春风中。若不是在群玉山头看到这样的仙女，就只能在瑶台跟这样的美人相逢。

注释

1 **想：**像，似。

2 **槛**(jiàn)**：**栏杆。**露华：**露水。

3 **群玉山：**传说中女神西王母居住的地方。

4 **会向：**犹应在。**瑶台：**传说中的神仙居处。

题邸间壁

郑会

导读

诗人旅行到常山时,题诗于旅舍壁上,故名《题邸间壁》。邸(dǐ),就是旅舍。诗人思念妻子,却想象妻子在家盼望丈夫归来的情景:春夜清冷,荼蘼花香,绿树遮掩重门,燕子闲寂无声,红烛燃尽,她百无聊赖,独自敲着玉钗,计算丈夫的行程。这种从对方角度着笔的代言方式,比直接抒发思念之情更为深切感人。

原文

荼蘼香梦怯春寒[1],
翠掩重门燕子闲[2]。
敲断玉钗红烛冷,
计程应说到常山[3]。

译文

梦中荼蘼花香,梦醒春寒袭人,绿树遮掩重门,燕子闲寂无声。红烛燃尽,她几乎把玉钗敲断,计算丈夫的行程,应该是到了常山。

注释

1 **荼蘼**(tú mí):花白色,春末夏初开放,香气清远。

2 **翠掩重门**:庭前一片深绿遮住了重重门户。**闲**:闲寂无声。

3 **常山**:今浙江省常山县。

绝　句

杜甫

导读

这首诗是杜甫居于成都草堂时所写。诗人多年颠沛流离，到成都草堂后才过了一段比较安定闲适的生活。本诗前两句写草堂前黄莺歌唱，白鹭飞舞，色彩鲜明，充满生机。后两句写从窗口可见西岭的积雪，门前停泊着远行万里的客船，诗人处于一种思接千载、神游万里的境界。全诗直书所见，清新流畅。

原文

两个黄鹂鸣翠柳[1]，
一行白鹭上青天[2]。
窗含西岭千秋雪[3]，
门泊东吴万里船[4]。

译文

两只黄鹂歌唱于翠柳上，一行白鹭飞翔在蓝天。从窗口可仰望西岭终年的积雪，门前停泊着往来东吴远行万里的航船。

注释

1 **黄鹂：**即黄莺。

2 **白鹭：**即鹭鸶。一种群居水鸟，羽毛洁白。

3 **西岭：**指雪岭。《成都志》："城西有西山，一名雪岭。"**千秋雪：**因常年积雪，故称千秋雪。

4 **东吴：**泛指古吴地。大约相当于现在的江苏、浙江两省东部地区。**万里船：**杜甫草堂附近有万里桥，蜀人入吴者都从此登船。

海　棠

苏轼

导读

这首诗吟咏观赏海棠花,用典和拟人化手法相互结合,表达出爱花惜花的心境。头两句描写海棠花的风姿和赏花之专注入神:花在东风中摇曳,泛起华美的光芒,散发的香雾弥漫在长廊;不觉月影移动,赏花已经到夜深。后两句借用唐明皇与杨贵妃的典故,说明自己惜花爱花之深,不忍离开海棠,所以点燃高烛来映照海棠的红颜。

原文

东风袅袅泛崇光[1],
香雾空蒙月转廊[2]。
只恐夜深花睡去[3],
故烧高烛照红妆[4]。

译文

花儿在东风中摇曳,泛起华美的光芒,月影移动,香雾弥漫在长廊。只担心夜深花儿睡着了,所以燃烧高烛照耀红妆。

注释

1 **袅袅**(niǎo):摇曳的样子。**崇光**:华美的光芒。

2 **空蒙**:缥缈、迷蒙的样子。**月转廊**:月光在长廊中流转,表示时间推移。

3 **花睡去**:唐明皇登沉香亭,诏杨贵妃,时贵妃酒醉未醒,明皇笑曰:“岂是妃子醉,真海棠睡未足耳。”诗句用此典表达作者的惜花之情。

4 **红妆**:指女子的盛妆。因妇女妆饰多用红色,故称。

清　　明

杜牧

导读

清明是二十四节气之一，是踏青和扫墓的日子。诗歌描写一个客居在外奔走于途的游子，遇上春雨霏霏，更感觉旅魂欲断，希望借酒消愁。随即出现特写镜头：诗人向一个牧童询问何处有酒家，牧童顺手指着遥遥在望的杏花村。全诗语言平易清新，情景相融，给读者留下了广阔的想象空间。

原文

清明时节雨纷纷，
路上行人欲断魂[1]。
借问酒家何处有，
牧童遥指杏花村[2]。

译文

清明时节，雨纷纷不停，路上的旅人快要断魂。借问牧童何处有酒家，牧童指着遥遥在望的杏花村。

注释

1 **行人：**在外旅行的人。**断魂：**失魂落魄。

2 **杏花村：**杏花深处的村庄。特指今安徽省池州市贵池区城西的杏花村，那里以产酒著称。《江南通志》记载，唐诗人杜牧任池州刺史时，有“牧童遥指杏花村”一诗。后因以“杏花村”泛指卖酒处或美酒之乡。

清　明

王禹偁

导读

这首诗是写贫苦读书人的读书生活。清明时节，无花无酒，就像山野僧人，兴致索然。寒食过后，因自己没有留火种，只得从邻家讨得新火，清晨先点起窗前用于读书的灯。既写出了生活的贫苦凄清，又写出了对美好未来的憧憬。

原文

无花无酒过清明，
兴味萧然似野僧[1]。
昨日邻家乞新火[2]，
晓窗分与读书灯。

译文

无花无酒度过清明，兴致索然，就像山野孤僧。昨天从邻家讨到新火种，清晨先点燃窗前用于读书的灯。

注释

1 **兴味：**兴致，兴趣。**萧然：**索然无味的样子。**野僧：**山野僧人。

2 **乞：**求，讨要。**新火：**唐宋习俗，清明前一日（一说两日）为寒食节，禁火寒食，清明当天才重新生火，故称新火。

社　日

张演

导读

社日，是古代祭祀土神的节日，春秋两季各一次，称春社和秋社。这首诗是写春社景象，前二句描写江南农村的富庶太平，风俗淳厚，人们出不闭户，只半掩门扉；后两句写人们尽情欢度节日，直到“桑柘影斜”的傍晚，各家才搀扶着饮醉了的人回家。诗歌没有直接写祭祀的场面，而是从侧面着笔，留下巨大的想象空间。

此诗作者颇多歧异，《千家诗》题作张演，《唐百家诗选》题作张蠙，《唐诗品汇》题作王驾。今仍从《千家诗》。

原文

鹅湖山下稻粱肥[1]，
豚栅鸡栖对掩扉[2]。
桑柘影斜春社散[3]，
家家扶得醉人归。

译文

鹅湖山下谷物都长得肥美，猪圈、鸡舍半掩着门扉。桑柘的树影倾斜，春社散了，各家各户都扶着醉了的人把家回。

注释

1 **鹅湖山：**在今江西省铅山县北，本名荷湖山，山上有湖生荷。晋末有龚氏养鹅于此，改称鹅湖山。**稻粱肥：**稻子和粟米长势好。

2 **豚栅**(tún zhà)**：**猪圈。**鸡栖：**鸡舍。**对掩扉：**半掩着门扉。

3 **桑柘**(zhè)**：**桑树和柘树，叶子都可用于养蚕。

寒　食

韩翃

导读

古代习俗，清明节前一日或二日，禁火冷食，称为寒食节。本诗描写京城长安寒食节的景物和宫廷习俗。相传唐德宗很欣赏此诗，朝廷正缺一个起草制诰的官，德宗就点名韩翃来担任。当时有两个人叫韩翃，德宗就说要写“春城无处不飞花”的那一个。这成了诗坛的一个佳话。但是，认真分析，这首诗具有讽谏性。西汉末年，外戚王氏五侯专权，促成王莽篡汉，西汉灭亡。“轻烟散入五侯家”正用此典。因此这首诗是借汉喻唐，讽刺豪门贵戚的得宠。清人贺裳云，此诗作于天宝中，其时杨氏擅宠，国忠、铦与秦、虢、韩三姨号为五家，豪贵荣盛，莫之能比，故借汉王氏五侯喻之。

原文

春城无处不飞花[1]，
寒食东风御柳斜[2]。
日暮汉宫传蜡烛[3]，
轻烟散入五侯家[4]。

译文

春天的京城无处不飞舞落花，寒食节东风吹拂，皇宫中柳条飘斜。傍晚，宫中给贵戚分送蜡烛，蜡烛燃烧产生的轻烟飘入五侯家。

注释

1 **春城**：春天的京城，指唐代都城长安。

2 **寒食**：寒食节，在清明节前一日或二日，全国禁火冷食。相传是晋文公为了纪念被烧死的义士介之推而定的节日。**御柳**：皇宫内苑的柳树。

3 **汉宫传蜡烛**：汉朝制度，寒食节全国禁烟火，宫中钻新火燃烛，并分赐给贵戚之家。这里借汉宫指唐宫。

4 **五侯:**同时封侯的五人,指贵戚之家。汉成帝封其舅王谭、王立、王根、王逢时、王商为列侯,五人同日封,故世谓之"五侯"。

江南春

杜牧

导读

本诗描写江南春天的景色。前两句写自然景色,到处黄莺歌唱,红花绿树互相映衬,水村山郭,酒旗迎风招展。后两句缅怀历史陈迹,吊古伤今:南朝帝王所修建的几百座佛寺,昔日金碧辉煌,今天只余下楼台笼罩在迷蒙的烟雨之中。

原文

千里莺啼绿映红[1],
水村山郭酒旗风[2]。
南朝四百八十寺[3],
多少楼台烟雨中。

译文

江南广阔千里,到处莺啼,草绿花红,无论水村山郭,酒店的旗帜都招展迎风。南朝所修建的几百座佛寺,只留下多少楼台,笼罩在烟雨中。

注释

1 **绿映红:**花草树木,红绿互相映衬。

2 **水村山郭:**依山傍水的村郭。**酒旗:**挂在酒店门口作招牌的旗帜。

3 **南朝:**指南北朝时期据有江南地区的宋、齐、梁、陈四朝的总称。因四朝都建都于建康(今南京市),故后人或借指南京。**四百八十寺:**极言佛寺之多。南朝皇帝和贵族崇信佛教,广建佛寺。据《南史》记载,仅建康(今南京市)就有佛寺五百余所,四百八十寺可能是当时流行的说法。

上高侍郎[1]

高蟾

导读

此诗《全唐诗》作《下第后上永崇高侍郎》，是诗人落第后写给在位者的诗。一、二句写天上仙桃得到仙露的滋润，日边红杏有云气可以凭依，比喻科场得意的人受到朝廷和在位者的眷顾，因而能飞黄腾达。三、四句写芙蓉生长在秋江上，不向东风埋怨自己没有受雨露滋润而未在春天开放。诗人借此表示自己虽科场失意，却无怨无悔。同时，也暗示自己希望得到在位者的识拔，使自己在东风吹拂下能及早展示才华。

原文

天上碧桃和露种[2]，
日边红杏倚云栽[3]。
芙蓉生在秋江上[4]，
不向东风怨未开。

译文

天上的碧桃有雨露滋润，日边的红杏凭依着云气。那芙蓉生长在秋江上，它不埋怨东风没有让自己在春天及早开放。

注释

1 **高侍郎**：指高湜。唐懿宗咸通十一年负责礼部贡举，咸通十二年为礼部侍郎。这首诗受到高湜等人的赏识，唐僖宗乾符三年高湜堂弟高湘负责贡举，便录取了高蟾。

2 **碧桃**：传说中的仙桃。

3 **日边**：太阳旁边。天上、日边，都是比喻朝廷和当权者。

4 **芙蓉**：荷花。

绝　句

僧志南

导读

此诗描写春天出游的感受。一、二句写春游的地点和兴致,先是坐船游览,然后系船登岸,拄着藜杖走过小桥。三、四句描写具有春天特色的景物——细雨、和风、发绿的杨柳、吐红的杏花,一片盎然春意。特别是"沾衣欲湿"写尽了春雨蒙蒙的状态,"吹面不寒"描出了春风送暖的感受,历来被人们赞不绝口。

原文

古木阴中系短篷[1],
杖藜扶我过桥东[2]。
沾衣欲湿杏花雨[3],
吹面不寒杨柳风[4]。

译文

我把有篷的小船系于古树荫下,拄着藜杖走到桥东。沾在衣上要湿不湿的,是杏花开放时的细雨,吹到脸上没有寒意的,是拂过杨柳的和风。

注释

1 **短篷:**有篷的小船。

2 **杖:**手持,拄着。**藜:**称灰藋、灰菜。一年生草本植物,嫩叶可食,老茎可为杖,质轻而坚实。

3 **杏花雨:**农历三月初杏花开时降下的雨。

4 **杨柳风:**杨柳发芽时吹拂的和煦春风。

游园不值

叶绍翁

导读

游园不值，是指游园没有遇到主人。游园而主人不在，门久敲而不开，不免使人扫兴，而诗人却风趣地说这大概是因为园主人怕踩坏了地上的苍苔。这门虽然不开，但是，从墙头伸出的一枝红杏，却透露了满园的春光。后两句可以引起人们很多联想，包含着生活哲理：美好的生机勃勃的生命，是关也关不住的。这是一首名诗，尤其是后两句更是千古传诵。

原文

应怜屐齿印苍苔[1]，
小扣柴扉久不开[2]。
春色满园关不住，
一枝红杏出墙来。

译文

大概是园主人怕踩坏了地上的苍苔，我轻轻敲响柴门，久久却无人来开。可喜的是满园的春色关不住，一枝红杏伸出墙外来。

注释

1 **屐**(jī)：木制的鞋，底多有二齿，以行泥地。**苍苔**：翠绿色的苔藓。
2 **柴扉**(fēi)：柴门。

客中行

李白

导读

这是李白客居在外写的一首诗。李白于天宝初年到长安，后来移居山东兰陵。这首诗没有写别恨离愁，而是赞扬兰陵的美酒发出郁金香的香味，透出琥珀的光泽，又用贵重的玉碗盛着。诗人酒兴大发地说：只要主人能使我痛快喝醉，我就不会感到这里是他乡。这首诗充分反映了李白豪放不羁的性格和乐观浪漫的情怀。

原文

兰陵美酒郁金香[1]，
玉碗盛来琥珀光[2]。
但使主人能醉客[3]，
不知何处是他乡。

译文

兰陵的美酒散发着郁金香的香味，用玉碗盛出来，泛起琥珀似的光。只要主人能让客人沉醉，我就不知道什么地方是他乡。

注释

1 **兰陵：**地名，今山东省枣庄市。**郁金香：**一种香草，古人用以浸酒。

2 **琥珀：**一种树脂化石，赤褐色或黄褐色，透明而有光泽。这里形容酒的色泽。

3 **醉客：**让客人喝醉。

题　屏

刘季孙

导读

刘季孙是北宋人,曾监饶州酒务,淡泊名利。这首诗题写在屏风上,写的是诗人悠闲自在的生活,表现出诗人淡泊名利的性情。他日间小睡,被梁间燕语惊醒幽梦。他说给别人听,别人却完全不理解,于是他只好拄着藜杖,携着酒,去欣赏芝山。据说,王安石到饶州巡视,准备考察刘季孙,但是看到屏风上的这首小诗,便召季孙与之言,大加称赏后登车而去,不复问务事。随即王安石便升任刘季孙为监酒殿直。刘季孙因此而闻名。

原文

呢喃燕子语梁间[1],
底事来惊梦里闲[2]。
说与旁人浑不解[3],
杖藜携酒看芝山[4]。

译文

燕子相互在屋梁间呢喃,你们为了什么事来惊扰我梦里的清闲?我把这情景说与旁人,旁人完全不理解,我只好拄着藜杖,携着酒,去欣赏芝山。

注释

1 **呢喃:**燕子的鸣声。

2 **底事:**什么事。**梦里闲:**梦境中的清闲。

3 **浑:**完全。

4 **芝山:**在饶州(今江西省鄱阳县)北。

漫　兴

杜甫

导读

杜甫寓居成都草堂时，写了比较多的反映日常生活的诗，包括《绝句漫兴九首》。漫兴，是说兴之所至而随意抒写感受。这些诗主要是描写自然景色，如一幅幅写生小品，表现了热爱生活的情趣，也反映出深深的乡愁。这首诗是《绝句漫兴九首》中的第五首，描写暮春的景色：柳絮随风狂舞，桃花逐水漂流，春天将要随着江水流逝。“颠狂柳絮随风舞，轻薄桃花逐水流”两句，用拟人手法写暮春的景色，略带鄙薄，也充满无奈的乡愁。有人认为，颠狂柳絮、轻薄桃花是影射小人当权，从而流露出对国事的忧虑。

原文

肠断春江欲尽头[1]，
杖藜徐步立芳洲[2]。
颠狂柳絮随风舞，
轻薄桃花逐水流。

译文

无奈啊，春天将要随江水流到尽头，我拄着藜杖慢步，站在长满花草的小洲上。只见颠狂的柳絮随风飘舞，轻薄的桃花逐水漂流。

注释

1 **肠断**：形容悲伤无奈的心情。**江**：应指浣花溪。

2 **徐步**：缓步。**芳洲**：长满花草的水中陆地。

庆全庵桃花

谢枋得

导读

谢枋得是南宋末年著名的爱国诗人。他为了躲避战乱和元兵的迫害，隐居庆全庵，以庆全庵为桃花源。他看到桃花红了才知道又是一个春天来到。诗人希望不让飞花随流水而出，也就是不要让庆全庵为人所知；怕有渔郎来探问，也就是怕有人来到庆全庵破坏自己的隐居生活。此诗反映了诗人苦闷、焦虑、忧愤的心情和危险的处境。事实证明这并非诗人过虑，元世祖时，福建参政魏天合将其解送至燕京，他为保持气节绝食而死。“寻得桃源好避秦”反映了身处乱世的人们的共同愿望，故成为引起人们广泛共鸣的名句。

原文

寻得桃源好避秦[1]，
桃红又是一年春。
花飞莫遣随流水[2]，
怕有渔郎来问津[3]。

译文

能够寻到桃花源，正好躲避暴秦，桃花红了，又是一年春。莫让落花随溪水流到外面去，恐怕有渔郎来这里探问。

注释

1 **桃源：**桃花源。东晋人陶潜所作《桃花源记》中说，有一个武陵渔人曾到过躲避秦朝战乱者后代聚居的地方，那里的人们生活富裕安定，渔人出来后再去寻找，就迷了路。后遂用以指避世隐居的地方，亦指理想的境地。**避秦：**躲避秦朝的战乱和暴政。这里指避元。

2 **遣：**使，让。

3 **问津：**寻访或探求。

玄都观桃花

刘禹锡

导读

唐顺宗永贞元年，以王叔文为首的革新派失败后，刘禹锡被贬为朗州（今湖南常德市）司马，十年后被召回京师。他见众多游人到玄都观赏桃花，作此诗以讽刺朝廷新贵。第一句说京师街道上飞尘扑面而来，说明游人之多，新贵们的车马之盛，势焰煊赫。第二句进一步渲染赏花的盛况。第三、四句“玄都观里桃千树，尽是刘郎去后栽”，使用双关手法，以繁盛的桃林喻权势赫赫的新贵，他们是诗人离开长安后才爬上高位的。因诗句讽刺太露，诗人再次被贬官逐出长安。

原文

紫陌红尘拂面来[1]，
无人不道看花回。
玄都观里桃千树[2]，
尽是刘郎去后栽。

译文

京师的道路上飞尘扑面而来，没有人不夸耀自己是看花归来。玄都观里生长着千树桃花，它们全都是刘郎离开京城后所栽。

注释

1 **紫陌：**指京师的道路。**红尘：**车马扬起的飞尘。

2 **玄都观：**道观名，在长安城南崇业坊。

再游玄都观

刘禹锡

导读

诗人因《玄都观桃花》一诗语涉讽刺，被贬到更偏远的地方，十四年后才又回到长安。再游玄都观，只见庭院中半是青苔，桃花荡然无存，菜花满庭，于是写下此诗。诗人以玄都观桃花的由盛转衰，比喻朝中权贵由得势转失势。“种桃道士归何处？前度刘郎今又来”表现了诗人的喜悦和倔强，也写出了世事沧桑。

原文

百亩庭中半是苔[1]，
桃花净尽菜花开。
种桃道士归何处[2]？
前度刘郎今又来。

译文

百亩庭院中一半是青苔，桃花完全没有了，只见菜花盛开。种桃道士到哪里去了？前一次来的刘郎今又归来。

注释

1 **庭**：庭院。**苔**：青苔。

2 **种桃道士**：暗指打击革新派、扶植小人的当权者，即当年的宰相。

滁州西涧

韦应物

导读

这首诗充满诗情画意。滁(chú)州,今安徽省滁州。西涧在滁州西门外,俗名上马河。滁州西涧当时本来是个行人不多的荒僻渡口,使人感到荒凉寂寞、了无意趣,诗人却情有独钟,偏偏爱上这荒僻之所。在诗人笔下,涧边幽草,深树黄鹂,春潮带雨,野渡舟横,有动有静,有声有色,活脱脱一幅天然图画,洋溢着生机,充满了野趣。"野渡无人舟自横"更成为历来传诵的名句。寇准"野水无人渡,孤舟尽日横",苏舜钦"晚泊孤舟古祠下,满川风雨看潮生"等诗句明显受到了此诗的影响。

原文

独怜幽草涧边生[1],
上有黄鹂深树鸣[2]。
春潮带雨晚来急,
野渡无人舟自横[3]。

译文

最喜爱幽深的野草生在山涧两边,茂密的树林深处,传来黄鹂一阵阵鸣声。傍晚一场春雨,使春潮更加湍急,荒野的渡口没有行人,孤舟在水面漂横。

注释

1 **独怜:**唯独喜爱,最爱。

2 **深树:**茂密的树林深处。

3 **野渡:**荒野的渡口。**舟自横:**孤舟横漂在水面。

花　影

苏轼

导读

这首诗描写花影的浓密和持续：它重叠映照在台阶上，白天有太阳映照出的花影，夜晚有月亮映照出的花影，扫也扫不开。不少人认为，这是一首讽喻诗，讽喻的是朝政腐败，小人当道，积重难返。诗人用花影重叠映于瑶台之上，比喻小人在朝廷占据高位。扫不开，指虽有直臣上疏，也不能使他们下台。太阳落山，花影刚消失，比喻小人暂时被贬谪；明月一出，花影又在月光下出现，比喻小人重又上台。诗人用花影比喻小人，构思独特精巧。一说此诗作者为谢枋得。

原文

重重叠叠上瑶台[1]，
几度呼童扫不开[2]。
刚被太阳收拾去，
却教明月送将来[3]。

译文

花影重重叠叠笼罩着瑶台，几次呼唤书童清扫，扫也扫不开。太阳落山刚把花影收拾去了，却让明月把花影又带了回来。

注释

1 **瑶台**：泛指华丽精巧的楼台。这里指庭院的台阶。

2 **童**：童仆，书童。

3 **“刚被”二句**：花影刚因太阳落山而不见，却又因月亮出来而出现。**教**(jiāo)：让。

北　山

王安石

导读

北山，就是南京的钟山，又叫紫金山。王安石被罢相后闲居钟山别墅时作了这首诗，表现寄情山水的闲适心情。前两句写北山的春景：碧绿的春水下泻，涨满了山塘；到处是直泻的沟壑，弯曲的堤岸，山塘中碧波荡漾。后两句写诗人留恋北山春光，细数落花，寻芳踏青，不觉久坐，归来得很迟。“细数落花因坐久，缓寻芳草得归迟”，极言闲适，忘怀得失，用字造句历来为人所称道。

原文

北山输绿涨横陂[1]，
直堑回塘滟滟时[2]。
细数落花因坐久，
缓寻芳草得归迟。

译文

北山碧绿的春水下泻，涨满了山塘，直泻的沟壑，弯曲的堤岸，碧波荡漾。我细数落花，因而久坐，缓步寻芳踏青，把回家时间遗忘。

注释

1 **输绿**：指山上碧绿的春水下泻。**横陂**(bēi)：泛指水塘。

2 **直堑**(qiàn)：直泻的水沟。**回塘**：弯曲的山塘堤岸。**滟滟**(yàn)：水波荡漾、闪闪发光的样子。

湖　上

徐元杰

导读

这是一首描写春游西湖的诗。前两句写春日湖上风光，红花满树，群莺乱啼，湖边草长，白鹭高飞，有声有色，相映成趣。后两句写湖上游人因风和日丽而兴致极佳，多少游船吹箫打鼓，等到夕阳西下，余晖满天，才满载着歌声笑语，尽兴而归。全诗气氛热烈。徐元杰是南宋诗人。

原文

花开红树乱莺啼[1]，
草长平湖白鹭飞[2]。
风日晴和人意好，
夕阳箫鼓几船归[3]。

译文

红花满树，群莺乱啼，湖面广阔，春草生长，天空中白鹭高飞。风和日丽，游人兴致多么好，船上吹箫打鼓，直到夕阳西下才归去。

注释

1 **红树：**开满了红花的树。**乱莺啼：**黄莺错杂地啼叫。

2 **平湖：**宽阔平静的湖面。

3 **箫鼓：**吹箫击鼓。**几船：**多少船只。

漫　兴

杜甫

导读

这首诗是杜甫在成都草堂时所写的《绝句漫兴九首》中的第七首。诗歌描写了成都郊外春末夏初的景色，表现了诗人闲适自得、热爱自然的心境。第一、二句写杨花飘落，像给小路铺上了一层白毡；初生荷叶点缀小溪，恰如重叠的青钱。这已经充满生趣。第三、四句“笋根稚子无人见，沙上凫雏傍母眠”，更进一层，写刚冒出地面的嫩笋紧傍竹根，小野鸭依偎着母鸭，在沙滩安眠。这更是写出了新生命的可爱。

原文

糁径杨花铺白毡[1]，
点溪荷叶叠青钱[2]。
笋根稚子无人见[3]，
沙上凫雏傍母眠[4]。

译文

杨花飘落，像给小路铺上了一层白毡，初生荷叶点缀小溪，恰如重叠的青钱。嫩笋紧傍竹根，无人发现，小野鸭依偎着妈妈，在沙滩安眠。

注释

1 **糁**(sǎn)：散开，散落。**径**：小路。**毡**(zhān)：毡子，毡毯。

2 **青钱**：古代使用的青铜钱。比喻圆圆的初出水的嫩绿荷叶。

3 **稚子**：指笋初生时刚长出地面的稚芽。

4 **凫雏**(fú chú)：新生小野鸭。

春　晴

王驾

导读

这首诗写出了诗人爱春惜春的感情和春光的美好可爱。开头两句写暮春三月，雨后花残，大好春光瞬息即逝，勾起诗人怜春、惜春、恋春的情思。但第三、四句笔锋一转，写蜂蝶纷纷飞过墙去追寻春光，真是神来之笔，移情于物，以物的寻春写人的惜春，物我交融，洋溢着浪漫的诗情。王驾是晚唐诗人。

原文

雨前初见花间蕊[1]，
雨后全无叶底花。
蜂蝶纷纷过墙去，
却疑春色在邻家。

译文

下雨前还刚刚见到花丛间的花蕊，雨后全然看不到叶底有花。蜂儿蝶儿纷纷飞过墙去，这让我怀疑春色是不是就在邻居家。

注释

1 **蕊**(ruǐ)：花蕊。

春　暮

曹豳

导读

这是一首写暮春景色的诗：花落门外，无人关心，代替鲜花的是绿树浓荫；黄莺已停止歌唱，只听到池塘里的蛙鸣。诗人用景物的变化写出由春到夏的时序变更。曹豳(bīn)是南宋人。

原文

门外无人问落花，
绿阴冉冉遍天涯[1]。
林莺啼到无声处[2]，
青草池塘独听蛙。

译文

没有人再关心门外飘落的花，绿树浓荫慢慢覆盖到天涯。林中的黄莺已经停止歌唱，青草池塘里，只听到青蛙叫呱呱。

注释

1 **冉冉(rǎn)**：慢慢地。

2 **啼到无声处**：指暮春时黄莺不再啼叫。

落花

朱淑真

导读

朱淑真是南宋女诗人，通音律，能画。这首诗描写暮春景色的变化，花开正茂，却被无情风雨摧折。诗人希望春之神常驻，花常开，不要让花被吹落到青苔上。全诗以花喻人，前两句比喻少年恩爱夫妻遭受恶势力的摧残；后两句表达诗人对美好生活的向往和追求。这首诗是诗人自己不幸婚姻遭遇的写照。

原文

连理枝头花正开[1]，
妒花风雨便相催[2]。
愿教青帝常为主[3]，
莫遣纷纷点翠苔[4]。

译文

连理枝头的鲜花正在盛开，嫉妒鲜花的风雨就来摧残。我希望让青帝长久做主，莫让花朵纷纷飘落，点缀在青苔上。

注释

1 **连理枝**：两棵树的枝干连生在一起，常比喻恩爱夫妻。

2 **妒**(dù)：嫉妒。**催**：催迫，摧残。

3 **青帝**：传说中掌管春天的神。**常为主**：长久做主。

4 **点**：点缀。这里指花落。**翠苔**：青苔。

春暮游小园

王淇

导读

诗人春暮游园，描写小园的景物变化：梅花零落后，红艳的海棠开放，荼蘼开花标志着春天这一季节的结束，到了初夏，细小的天门冬一点一点地长出有青苔生长的墙。诗人通过感受花的开谢，写出了三春将去、初夏将至的季节变化，观察细致，写静物而具有动感。

原文

一从梅粉褪残妆[1]，
涂抹新红上海棠[2]。
开到荼蘼花事了[3]，
丝丝天棘出莓墙[4]。

译文

自从梅花褪掉残余的妆容，海棠就涂上红艳的颜色开放。荼蘼花开，标志着春天这一季节的结束，细小的天门冬一点一点地长出有青苔生长的墙。

注释

1 **褪残妆：**褪掉残余的妆容。指梅花花色由深变浅，逐渐凋谢。

2 **涂抹新红：**海棠涂抹上红艳的颜色。指海棠花开放。

3 **荼蘼**(tú mí)**：**春末夏初开花，花白色，有香气。**花事了：**花事，关于花的情事，春季百花盛开，故多指游春看花等事。花事了，则说明春天这一季节要结束了。

4 **天棘**(jí)**：**天冬门，百合科草本植物。**莓**(méi)**墙：**长满青苔的墙。

莺 梭

刘克庄

导读

刘克庄是南宋著名诗人。他的绝句以不用陈词、不落俗套著称。这首诗的题目《莺梭》,是形容黄莺在林间飞来飞去,像织布机上的梭子。诗人借助想象,将黄莺人格化:它飞鸣林间,时而在细柔的柳枝上,时而在高大的树木上,穿梭在树林间,忙着织锦缎。它那交交的鸣叫,仿佛是拨弄织机梭子的声音。诗人感叹说:洛阳三月之所以花如锦绣,不知黄莺费了多少工夫才织成。诗歌构思新奇。

原文

掷柳迁乔太有情[1],
交交时作弄机声[2]。
洛阳三月花如锦[3],
多少工夫织得成。

译文

黄莺刚在柳枝上跳跃,又飞上高大的树木,忙个不停,它那交交的鸣叫,仿佛是织妇的拨弄梭子声。洛阳城三月里繁花似锦,不知黄莺费了多少工夫才织成。

注释

1 **掷柳:**在柳枝上跳跃。**迁乔:**迁移到高大的树上。

2 **“交交”句:**黄莺交交的鸣叫像拨弄织布机梭子的声音。

3 **洛阳:**洛阳是著名的花都,牡丹之乡。

暮春即事

叶采

导读

瓦雀一双又一双地跳行在书案上，柳絮一点又一点地飘进磨墨的砚池里。在书房读《周易》的人，这才忽然知晓：春天已经离开多时了。可见他读《周易》时的用心专一。此诗语言平易，却写出了诗人埋头读《周易》的情态以及对春光流逝的淡淡惆怅，颇有理趣。叶采是南宋人。

原文

双双瓦雀行书案[1]，
点点杨花入砚池[2]。
闲坐小窗读《周易》[3]，
不知春去几多时。

译文

瓦雀一双又一双地跳行在书案上，柳絮一点又一点地飘进磨墨的砚池里。我闲坐在书房的小窗前读《周易》，竟然不知道春天已经离开多时。

注释

1 **瓦雀**：麻雀的别称。**书案**：书桌。

2 **杨花**：即柳絮。

3 **《周易》**：亦称《易经》，简称《易》。儒家重要经典之一。

登 山

李涉

导读

李涉是中唐时人。他曾被降职，仕途很不得意。此诗写自己终日昏昏，如醉如梦，忽然听说春光将尽，才勉强去登山，并专门到竹院跟山僧闲话，以求得半日清闲。“因过竹院逢僧话，又得浮生半日闲”，常常被引用。

原文

终日昏昏醉梦间，
忽闻春尽强登山[1]。
因过竹院逢僧话，
又得浮生半日闲[2]。

译文

整天昏昏，如醉如梦，忽然听说春天就要结束，才勉强去登山。因经过竹林中的寺院，遇僧人谈话，又获得了半天的清闲。

注释

1 **强**(qiǎng)：勉强。

2 **浮生**：语本《庄子·刻意》：“其生若浮，其死若休。”以人生在世，虚浮不定，因称人生为“浮生”。

蚕妇吟

谢枋得

导读

“吟”是古代一种诗体。这首诗写养蚕妇女的辛苦勤劳和贵族富豪们的腐化享乐。头两句说，杜鹃通夜哀啼，已经到了四更天，一般人都在酣睡，蚕妇却不能安睡，她起床查看，只见蚕儿密集，担心桑叶快被吃完，必须马上采桑叶喂养。后两句说，在残月斜挂柳梢时，楼台上还有美女陪伴贵族富豪们通宵唱歌跳舞，寻欢作乐，这是蚕妇想不到而难以置信的。两种生活状况形成强烈对比。

原文

子规啼彻四更时[1]，
起视蚕稠怕叶稀[2]。
不信楼头杨柳月[3]，
玉人歌舞未曾归[4]。

译文

杜鹃通夜哀啼，已经到了四更天，蚕妇起床查看，只见蚕儿密集，担心桑叶快被吃完。她不知道在残月斜挂柳梢时楼台上还有美女们唱歌跳舞，富豪们还在寻欢作乐。

注释

1 **子规：**即杜鹃。常夜啼，声音凄切，故借以抒悲苦哀怨之情。**四更：**古时把一夜分为五更，四更在半夜后、天亮前。

2 **蚕稠**(chóu)**：**蚕多密集。

3 **杨柳月：**低挂在杨柳树梢的月亮。表示已是深夜。

4 **玉人：**如花似玉的美人。这里指歌女、舞女。

晚　春

韩愈

导读

韩愈在这首诗中描绘的是一种热烈的送春景象：百花竞艳，万紫千红，连那些毫不出众的杨花、榆荚，也晓得漫天飞舞。诗人不是从哀伤的角度观照晚春，而是从乐观的角度观照晚春，表现出乐观向上、奋发有为的人生态度。

原文

草木知春不久归，
百般红紫斗芳菲[1]。
杨花榆荚无才思[2]，
惟解漫天作雪飞。

译文

草木知道春天不久就要离开，千姿百态，或红或紫，互斗芳菲。杨花和榆荚平淡无奇，毫不出众，只知道漫天飘舞，像雪花纷飞。

注释

1 **斗芳菲：**花儿竞发，互争美艳芬芳。

2 **榆荚：**即榆钱。榆树未生叶时，先在枝条间生榆荚，榆荚老后呈白色，随风飘落。**无才思：**杨花、榆荚开不出鲜艳花朵，故称“无才思”。

伤　春

杨万里

导读

杨万里是南宋著名诗人。此诗说,一年一度的大好春光,预想今年春天赏心乐事很多,结果一春已过,毫无乐事,辜负了春风,不胜伤感。而且年年如此,未曾有过观赏春花的眼福,因为不是处在愁中没有赏花的情绪,就是处在病中没有赏花的可能。“年年不带看花眼,不是愁中即病中”,带有几分自我调侃的意味,又颇具概括性,很能引起读者的共鸣。

原文

准拟今春乐事浓[1],
依然枉却一东风[2]。
年年不带看花眼,
不是愁中即病中。

译文

满以为今年春天快乐的事会很多,不料依然辜负了春风。我年年都没有看花的眼福,不是处在愁苦中就是处在病中。

注释

1 **准拟:**预想,满以为。**乐事浓:**快乐的事很多。

2 **枉却:**辜负了。**东风:**春风。

送春

王令

导读

三月花儿凋零了，仍然会再开；屋檐虽然矮小，燕子仍然天天飞来；杜鹃啼叫到半夜，即使口中流血还在啼叫，它不相信春天唤不回来。这些景物描写想象新奇，虽是暮春景象，却显得生机勃勃，折射出诗人乐观豪迈的性格。王令是王安石赏识的诗人。

原文

三月残花落更开[1]，
小檐日日燕飞来[2]。
子规夜半犹啼血[3]，
不信东风唤不回。

译文

暮春三月，凋谢的花朵飘落了，仍会再开；屋檐虽然矮小，仍然天天有燕子飞来。半夜，杜鹃虽然口中流血还在啼叫，它不相信春天唤不回来。

注释

1 **落更开：**落了又开。

2 **檐(yán)：**屋檐。

3 **子规：**杜鹃。**啼血：**传说杜鹃为蜀帝杜宇死后所化，鸣叫时口中流血。杜鹃口红，鸣声甚哀切，古人误传其“夜啼达旦，血渍草木”。

三月晦日送春

贾岛

导读

这是一首新颖别致而又略显凄苦的送春诗。残春将去，诗人无计留春，只有长夜不眠，和春厮守到最后一刻。诗人把春拟人化，爱惜春光之情跃然纸上。贾岛是唐朝著名的苦吟诗人，其诗不追求华丽而追求奇拙。

原文

三月正当三十日[1]，
风光别我苦吟身。
共君今夜不须睡[2]，
未到晓钟犹是春[3]。

译文

三月三十日是春天最后的日子，美丽的风光就要告别我这个苦吟诗人。春天啊，我今夜陪伴您不须睡觉，只要报晓的钟声没有敲响，就还是春天。

注释

1 **三月正当三十日**：农历三月的最后一天。农历每月的最后一天叫作"晦(huì)日"。

2 **君**：尊称，犹言您。此处指春天。

3 **晓钟**：报晓的钟声。

客中初夏

司马光

导读

这是一幅初夏雨过天晴的风景画:风清日暖,雨过刚晴,正对着门户的南山,峰峦更加分明;而且再没有柳絮随风飞扬,让人眼花缭乱,只有葵花向着太阳开放。“更无柳絮因风起,惟有葵花向日倾”,不仅是写初夏的景物变化,也影射政坛变化:朝廷中“实行新法”的当权者已经离开,如柳絮飘尽;自己为相,忠于朝廷,如葵花向日开放。司马光是北宋史学大家,又能文善诗,此诗把咏叹世事与写景状物有机结合,堪称大手笔。

原文

四月清和雨乍晴[1],
南山当户转分明[2]。
更无柳絮因风起[3],
惟有葵花向日倾[4]。

译文

四月的天气清朗温和,雨后刚晴,南山正对着门户,变得更加分明。再没有柳絮随风飘起,只有葵花向着太阳开放。

注释

1 **清和:**天气清朗温和。**乍晴:**刚晴。

2 **当户:**正对着门户。

3 **更:**再。

4 **倾:**倾向,朝向。

有约

赵师秀

导读

赵师秀是南宋江湖派诗人。这首诗描写自己深夜等客不来的盼望和寂寞心情。头两句“黄梅时节家家雨,青草池塘处处蛙”,描写出梅雨季节农村的典型风光,历来广为传诵。家家户户都笼罩在雨中,而门外的池塘中长满青草,蛙声一片,门外的喧闹与室内的寂静形成强烈的对比。后两句写等客不来的孤独凄清,诗人独自敲着棋子,看着灯花落下,不觉已经过了半夜。

原文

黄梅时节家家雨[1],
青草池塘处处蛙。
有约不来过夜半,
闲敲棋子落灯花[2]。

译文

黄梅时节,阴雨笼罩着户户家家,长满青草的池塘里,处处青蛙叫呱呱。与我有约的朋友,过了夜半还不来,我闲敲着棋子,看着落下的灯花。

注释

1 **黄梅时节:**春末夏初梅子黄时,我国长江中下游一带有一段时间连续下雨,这段时间称梅雨季节。

2 **灯花:**灯芯燃烧时结成的花状物或爆发出的火花。

初夏睡起

杨万里

导读

此诗是诗人闲居家乡时所作。头两句写初夏到来，梅子熟了，酸味软了齿牙；芭蕉绿了，绿色映照在窗纱。后两句写自己日长睡起，感到无聊，只好观看儿童捕捉柳絮。诗人满腔爱国热情，却被迫闲居，百无聊赖，只能闲看儿童追逐风中柳絮，心中的感伤流露在字里行间。“梅子流酸溅齿牙，芭蕉分绿上窗纱”写初夏感受，典型而活泼清新，尤为人所称道。

原文

梅子流酸溅齿牙[1]，
芭蕉分绿上窗纱。
日长睡起无情思[2]，
闲看儿童捉柳花[3]。

译文

梅子熟了，酸味软了齿牙；芭蕉绿了，绿色映照在窗纱。白天漫长，睡觉起来，百无聊赖，只好闲看儿童捕捉柳花。

注释

1 **梅子：**梅树的果实，味酸。

2 **情思：**情绪，心思。

3 **柳花：**即柳絮。

三衢道中

曾幾

导读

曾幾是南宋初年诗人。三衢山，在今浙江衢州。此诗描写一次顺畅愉快的出游。诗人写道，黄梅时节本是家家雨，我泛舟出游，却碰上了好天气，日日晴朗；回来改走山路，不仅绿荫未减，还多了黄鹂的悦耳叫声。喜悦之情，跃然纸上。

原文

梅子黄时日日晴，
小溪泛尽却山行[1]。
绿阴不减来时路，
添得黄鹂四五声。

译文

梅子黄熟的季节，竟然天天放晴，我去时泛舟直到小溪尽头，回时改走山路。绿荫像来时水路的一样浓密，又添上了黄鹂的歌唱四五声。

注释

1 **泛尽：**指舟行到小溪尽头。**却：**回转。**山行：**走山路。

即 景

朱淑真

导读

诗题《即景》,意思是即景生情,就眼前所见景物抒发感情。女诗人描写自己于晚春在深闺独坐所见的景物及由此产生的心情。夕阳西下,竹摇清影,笼罩幽窗;应季节出现的鸟儿,在夕阳下聒噪,将要归巢。又看到海棠已凋谢,柳絮也飞尽。而且天气使人困乏,白天逐渐变长。诗人通过所见、所听、所感,表现内心的无聊和身体的疲倦。

原文

竹摇清影罩幽窗[1],
两两时禽噪夕阳[2]。
谢却海棠飞尽絮[3],
困人天气日初长[4]。

译文

竹枝摇动清影,笼罩幽窗,一对对鸟儿在斜阳下聒噪。海棠凋谢,柳絮飞尽,天气让人困乏,白天逐渐变长。

注释

1 **罩:**笼罩。**幽:**幽静。

2 **时禽:**应季节出现的鸟儿。**噪:**鸟的嘈杂叫声。

3 **谢却:**凋谢。

4 **困人天气:**让人困乏的天气。

初夏游张园

戴敏

导读

这首诗描写诗人于黄梅季节载酒出游，潇洒畅饮，摘尽金灿灿的枇杷下酒，以助酒兴。戴敏，南宋诗人。此诗或传为戴敏之子戴复古所作。

原文

乳鸭池塘水浅深[1]，
熟梅天气半晴阴[2]。
东园载酒西园醉，
摘尽枇杷一树金[3]。

译文

乳鸭在池塘游泳，塘水或浅或深。黄梅成熟的时节，天气时晴时阴。我载着酒从东园到西园，喝得酣醉，黄金般的一树枇杷，被摘尽下酒。

注释

1 **乳鸭：**孵出不久的小鸭。**水浅深：**池塘里的水或浅或深。

2 **半晴阴：**有时晴，有时阴。

3 **一树金：**形容成熟的枇杷像金子一样挂在树上。

鄂州南楼书事

黄庭坚

导读

黄庭坚是江西诗派的开创人。宋徽宗崇宁元年(1102年),诗人被贬到江西南昌,后寓居鄂州(今湖北武昌),此诗作于崇宁二年(1103年)。南楼,又叫玩月楼,在武昌黄鹄山(蛇山)顶。诗人登南楼凭栏远望,只见山光与水光相接,十里菱花与荷花飘香。夜晚,明月东升,清风徐来。诗人感叹说,清风明月无人管束,自己也是投闲置散之人,无拘无束,可以尽情享受这一味清凉。诗中透露出潇洒,也透露出寂寞凄凉。这时诗人已经经历了几年的贬谪生涯,两年后就去世了。

原文

四顾山光接水光[1],
凭栏十里芰荷香[2]。
清风明月无人管,
并作南来一味凉[3]。

译文

环顾四面,山光接着水光,凭栏远眺,十里菱花、荷花飘香。这清风明月没有人管束,我一并尽情享受,这是到南方后体会到的一味清凉。

注释

1 **顾:**观看。

2 **芰(jì)荷香:**菱花与荷花的香气。菱荷常杂开于水面。

3 **南来:**指自己被贬谪到南方。

山亭夏日

高骈

导读

此诗写山亭夏天的景象。头二句写山亭静景。夏日炎炎,日长人倦,而夏日山亭却是绿树荫浓,楼台倒映,给人带来清凉和宁静。后二句由静转动。微风起处,波光闪闪,就如一张水晶帘,更给人带来凉爽。亭边又有蔷薇满架,一院清香袭人,使人陶醉。全诗通过描写客观景物,表现出夏日山亭的可爱。高骈,晚唐人。

原文

绿树阴浓夏日长,
楼台倒影入池塘。
水晶帘动微风起[1],
满架蔷薇一院香[2]。

译文

山亭有绿树浓荫,夏季白天悠长,楼台的倒影映入池塘。微风吹动池水,水波荡漾,就像水晶帘舞动,亭旁满架蔷薇,送来一院清香。

注释

1 **水晶帘**:形容水波荡漾,像水晶做成的帘子。

2 **蔷薇**(qiáng wēi):落叶或常绿灌木,茎细长,有刺,花多红色或白色,有芳香。

田 家

范成大

导读

范成大是南宋时期跟陆游、杨万里、尤袤并称“中兴四大家”的诗人。这首诗是《四时田园杂兴》中的一首。诗人自己说:“淳熙丙午,沉疴少纾,复至石湖旧隐。野外即事,辄书一绝,终岁得六十篇,号《四时田园杂兴》。”淳熙丙午是淳熙十三年(1186年)。题目《田家》是《千家诗》编者所加。这首诗前两句写农家男耕女织,全家动员,日夜辛勤劳动的繁忙景象。后两句写幼小的孙子,虽还不懂得耕田织布,也在桑树下面学种瓜菜。全诗说明农家无闲人,连幼童也受熏陶,寓劳动于游戏之中。农民的勤劳,风俗的淳厚,于此可见。诗句朴实无华,亲切感人,为后世所传诵。

原文

昼出耘田夜绩麻[1],
村庄儿女各当家[2]。
童孙未解供耕织[3],
也傍桑阴学种瓜[4]。

译文

白天出门耕耘田地,夜晚忙着绩麻,村庄的男男女女,各自担当起家庭劳动的重任。幼小的孙子还不知道耕田织布,也在桑树的树荫下,学习种瓜。

注释

1 **耘田:**锄草松土。**绩麻:**把麻搓成线。

2 **各当家:**各人都担负起家庭的劳动任务。

3 **供:**担任,从事。

4 **傍:**依傍,靠近。

村居即事

范成大

导读

这首诗描写乡村四月的田园风光和农忙景象。头二句浓墨重彩地描写景物:山间长满枝繁叶茂的绿树,田中插上了嫩绿的秧苗,处处一片新绿;河水上涨,泛起一片白光;细雨霏霏,如烟如雾,杜鹃声声,仿佛催人耕种。第三、四句直接陈述,“乡村四月闲人少,才了蚕桑又插田”,家家才忙完了蚕桑,又忙着插秧,一片繁忙景象。此诗题目一作《乡村四月》,作者署名翁卷。翁卷,字续古,南宋永嘉乐清(今浙江温州乐清)人。

原文

绿遍山原白满川[1],
子规声里雨如烟[2]。
乡村四月闲人少,
才了蚕桑又插田[3]。

译文

绿色遍布山野平原,河流白光一片,杜鹃声声,细雨霏霏,如雾如烟。乡村四月,闲人很少,才忙完采桑养蚕,又忙着插田。

注释

1 **山原:**山地与平原。**白满川:**水满川,白光一片。

2 **子规:**杜鹃。**雨如烟:**细雨霏霏,有如烟雾。

3 **蚕桑:**采桑养蚕。

题榴花

朱熹

导读

这首诗描写石榴的可爱：夏日开花，光华灿烂，而且不是华而不实，枝间开始结出果实。诗人感叹说，驾着车马观花的人们，只爱欣赏其他花卉，却不来欣赏榴花，榴花纷乱地落在苍苔之上，寂寞冷清。诗人大概是有感而发，感叹某些杰出人才得不到赏识重用。一说此诗作者为韩愈。

原文

五月榴花照眼明[1]，
枝间时见子初成[2]。
可怜此地无车马[3]，
颠倒苍苔落绛英[4]。

译文

五月榴花照耀人眼，格外红艳鲜明，枝条间不时可以看到果实开始长成。可惜没有人乘车骑马来这里观赏，青苔地面上只有深红的榴花飘零。

注释

1 **照眼明**：榴花红艳如火，照耀人眼，格外鲜明。

2 **子初成**：石榴果实开始长成。

3 **无车马**：没有人乘车骑马来。

4 **颠倒**：横竖纷乱。**绛英**：深红色的榴花。

村 晚

雷震

导读

此诗写乡村夏季晚景。头两句写景：绿草铺满堤岸，雨水灌满池塘，青山衔着落日，倒影随水波摇动。后两句写人：牧童放牧归村，横骑牛背，手持短笛，随口而吹，不成腔调，悠然自得。四句诗构成一幅天然图画。后两句“牧童归去横牛背，短笛无腔信口吹”，把牧童的形象描绘得天真烂漫，历来为人所称道。雷震，南宋诗人，籍贯、生平不详。

原文

草满池塘水满陂[1]，
山衔落日浸寒漪[2]。
牧童归去横牛背，
短笛无腔信口吹[3]。

译文

绿草铺满堤岸，雨水灌满池塘，青山衔着落日，倒影随水波摇动。牧童骑牛回家，横坐在牛背上，短笛信口吹得没有腔调，却悠然自得。

注释

1 **池塘**：池塘的堤岸。古代汉语中，“池塘”是两个词组成的词组，“池”的的词义是池子、池塘，“塘”的词义是堤岸。**陂**(bēi)：池塘。

2 **山衔落日**：太阳落山，像被衔在山中。**漪**(yī)：水的小波纹。

3 **无腔**：没有固定腔调。

书湖阴先生壁

王安石

导读

《书湖阴先生壁》，就是写在湖阴先生家壁上的诗。湖阴先生是杨德逢的别号，杨德逢是王安石在金陵紫金山下的邻居。诗的前两句描绘湖阴先生的庭院洁净高雅：茅檐内外打扫得干干净净，苔藓尽去，花木成畦，而且是先生亲自栽培。后两句描写湖阴先生居住环境的清幽宜人：屋外萦回一条小河，环绕着绿油油的稻田；对面两座青山推门而入，送来青翠的山色。绿水护田与两山送青，山水被描画为具有生命感情的形象。诗歌勾画出了庭院的环境，也勾画出了主人的精神风貌。

原文

茅檐长扫净无苔，
花木成畦手自栽[1]。
一水护田将绿绕，
两山排闼送青来[2]。

译文

茅檐因经常打扫而干净得没有青苔，花木成行，都是先生亲手所栽。一条小河环绕着绿油油的稻田，两座青山推门把青翠的山色送进来。

注释

1 **成畦**：成行。

2 **排**：推开。**闼**(tà)：门。

乌衣巷

刘禹锡

导读

这首诗是作者《金陵五题》中的第二首。前两句写朱雀桥和乌衣巷两个有代表性的历史遗迹，以野草、夕阳象征它们的败落。后两句用虚拟的手法，假托燕子飞回金陵，见昔日士族豪门的高楼大厦已经不存在，只好飞进了平常百姓家。诗歌概括地写出了六朝的兴亡，写尽了人世沧桑，引人深思。

原文

朱雀桥边野草花[1]，
乌衣巷口夕阳斜[2]。
旧时王谢堂前燕，
飞入寻常百姓家[3]。

译文

朱雀桥边，只有野草在开花，乌衣巷口，只见夕阳西下。昔日贵族王家、谢家堂前的燕子，飞入了平常的百姓家。

注释

1 **朱雀桥：**浮桥名。六朝时建，在都城的朱雀门外，横跨秦淮河。当时为繁华之地。

2 **乌衣巷：**街道名。位于秦淮河畔，离朱雀桥不远。东晋时为士族居住区，王导、谢安等皆居于此。

3 **王谢：**指东晋时以王导、谢安为首的士族豪门。

送元二使安西

王维

导读

王维是著名的山水田园诗人。这是一首有名的送别诗,元二是作者的朋友。使,意为出使。安西在今新疆维吾尔自治区库车附近,当时是安西都护府的治所。元二出使安西,王维写诗送别。首二句点明了送别的时间和地点,而且极写雨后初晴,轻尘没有扬起,客舍外的柳条显得更青翠、更新鲜,大可不必为远行惆怅。第三、四句“劝君更尽一杯酒,西出阳关无故人”,切入送别主题。劝朋友再饮一杯,一则以壮行色,二则体贴朋友别后的艰辛寂寞,西出阳关无故人,何况安西更在阳关之外啊!真挚难舍的离情别绪,对远行友人的设身体贴,完全浓缩在这一杯酒中。此诗一出,即被谱成乐曲,广泛传唱,被称为《渭城曲》或《阳关曲》。刘禹锡诗云:“旧人唯有何戡在,更与殷勤唱渭城。”白居易诗云:“相逢且莫推辞醉,听唱阳关第四声。”说明此诗在唐朝就已成为送别筵宴中的常用乐曲,可惜曲谱不传。

原文

渭城朝雨浥轻尘[1],
客舍青青柳色新。
劝君更尽一杯酒[2],
西出阳关无故人[3]。

译文

渭城清晨下了雨,空气湿润,轻尘没有扬起,客舍周围柳条青青,颜色更新。我劝您啊,再干这一杯酒,您西出阳关,路途遥远,没有故人。

注释

1 **渭城:**秦代国都咸阳在渭水北岸,汉改名渭城。故城在今陕西咸阳市东北。在此诗中,渭城指长安。**浥(yì)轻尘:**是说细雨润湿了地面的灰尘。

2 **更尽：**再干，再喝完。

3 **阳关：**在今甘肃省敦煌西南，因在玉门关以南，故称阳关。与玉门关同为当时通西域的要道。**故人：**老朋友。

与史郎中钦听黄鹤楼上吹笛

李白

导读

唐肃宗至德二载(757 年)，永王李璘(唐肃宗之弟)谋乱兵败，李白以"附逆"的罪名被流放夜郎，乾元元年(758 年)五月途经武昌黄鹤楼而作此诗。前两句感叹说，自己已经成为被贬谪的官吏，就像汉代的贾谊一样；西望帝都长安，不知家在何处。诗人的妻子宗氏当时住在豫章(今江西省南昌)，诗人却仍把长安视为家的所在，跟韩愈诗"云横秦岭家何在"同一怀抱。后两句写景：听到黄鹤楼上传来的吹笛声，曲调是《梅花落》，似乎看到梅花飘落江城，带来阵阵寒意。这正象征诗人此时寒彻骨的心情。本诗的诗题又作《题北榭碑》。

原文

一为迁客去长沙[1]，
西望长安不见家[2]。
黄鹤楼中吹玉笛[3]，
江城五月落梅花[4]。

译文

一旦被贬谪，如同贾谊被贬到偏远的长沙，西望长安，看不到哪里是家。听到黄鹤楼上有人吹玉笛，似乎江城五月正在飘落梅花。

注释

1 **一：**一旦。**迁客：**被贬谪到远地任职的官吏。**去长沙：**西汉文帝时，著名政治家贾谊被当权大臣排挤出京城，贬为长沙王太傅。李白以贾谊自比。

2 **长安:**今西安市,为唐代都城。

3 **黄鹤楼:**故址在今武汉市蛇山黄鹄矶头,因矶为楼,名黄鹤楼。相传蜀汉费祎登仙,每乘黄鹤于此憩驾,故号为黄鹤楼。

4 **江城:**临江之城。武昌在长江边上,故名。**落梅花:**梅花飘落。又可以理解为笛曲名。

题淮南寺

程颢

导读

淮南寺在今扬州市附近。作者从北而来,往南而去,到了淮南古寺歇脚而作此诗。作者是理学大家,表现出潇洒出尘、随遇而安的风范。

原文

南去北来休便休[1],
白蘋吹尽楚江秋[2]。
道人不是悲秋客[3],
一任晚山相对愁[4]。

译文

客人们南来北往,到这里随意停留,白蘋被西风吹尽,长江已经是深秋。通达大道的人,不是悲秋的墨客,任凭那一座座晚山相对发愁。

注释

1 **休便休:**指过往客人到此要歇息便随意歇息。

2 **白蘋:**一种生在浅水中开白花的水草。**楚江:**指长江。长江中下游在古代属于楚地,故称。

3 **道人:**得道的人士。这里是作者自称。**悲秋客:**遇秋而悲的文人墨客。

4 **一任:**任凭。**相对愁:**作者把薄暮中的两岸青山拟人化,似乎它们也在为秋天的萧瑟凄凉而相对生愁。

秋月

程颢

导读

诗人通过描写幽静可爱的秋夜月色，表现出超然物外、悠闲自在的情趣，诗风明净空灵。一说此诗作者为朱熹。

原文

清溪流过碧山头[1]，
空水澄鲜一色秋[2]。
隔断红尘三十里[3]，
白云红叶两悠悠[4]。

译文

清澈的溪水流过碧绿的山头，长空和碧水清澈明净融为一体，共呈秋色。尘世被隔断，远离此地三十里，只有白云和红叶，自在悠悠。

注释

1 **碧山头**：树木苍翠碧绿的山头。

2 **空水**：长空和溪水。**澄(chéng)鲜**：清澈明净。**一色秋**：长空和溪水融为一体，共呈秋色。

3 **红尘**：尘世。这里指住有人的村落。

4 **悠悠**：悠闲自得。

七 夕

杨璞

导读

七夕是节日名，即农历七月初七的晚上。神话传说中，牛郎和织女本来是夫妻，被王母娘娘隔离在银河两岸，化为天上的牵牛星和织女星。牵牛星在银河西边，织女星在银河东边，王母娘娘只准许他们在七月初七晚上相会。杨璞是五代至北宋初年隐士。唐以后的梁、唐、晋、汉、周五代，军阀混战，朝代更迭频繁，民不聊生，诗人吟咏这个神话故事，表现出愤世嫉俗的思想情感。“年年乞与人间巧，不道人间巧已多”，“巧”字双关，讽刺世俗之人玩弄机巧，尔虞我诈，巧取豪夺。

原文

未会牵牛意若何[1]，
须邀织女弄金梭[2]。
年年乞与人间巧[3]，
不道人间巧已多[4]。

译文

不明白牛郎的用意如何，总是邀请织女巧妙地使用金梭。人们年年都乞求织女传授技巧，却不知人间的机巧已经够多。

注释

1 **未会：**不明白。**牵牛：**牛郎。

2 **须：**总是。**弄金梭：**巧妙地用金梭织锦。

3 **乞与人间巧：**古代风俗，农历七月初七晚上，各家陈设瓜果，妇女对月穿针，向天上的织女乞求智慧与技巧，俗称“乞巧”。

4 **不道：**料不到。**巧已多：**机巧已经太多。

立　秋

刘翰

导读

立秋是农历二十四节气之一，标志着秋季来临，天气转凉。这首诗写的是新秋景象和诗人的感受。“一枕新凉一扇风”写出了新秋特有的感受。第三、四句“睡起秋声无觅处，满阶梧叶月明中”，作者通过形象的描绘，把无形的秋声和个人感觉，转换成可见可闻的形象，这跟欧阳修《秋声赋》中说的“四无人声，声在树间”类似。刘翰，南宋时长沙人。

原文

乳鸦啼散玉屏空[1]，
一枕新凉一扇风。
睡起秋声无觅处[2]，
满阶梧叶月明中。

译文

小乌鸦叫着飞散了，在夜空中无影无踪，枕头开始变得凉爽，挥扇就有一阵凉风。睡醒寻觅秋声，没有地方可以寻觅到，只见满阶梧桐叶铺在明亮的月光中。

注释

1 **乳鸦**：小乌鸦。**玉屏**：玉饰的屏风。此处比喻夜空。

2 **秋声**：指秋天里自然界的声音，如风声、落叶声、虫鸣声等。

七　夕

杜牧

导读

封建时代,皇帝有后宫粉黛三千,有数以千计供驱使的宫女,她们一入深宫,无异于遭终身禁锢。她们命运悲惨,没有感情生活,没有自由。这首诗写的就是宫女在七夕的活动和心境。第一、三两句写宫中新秋月夜的景象,烛光映照在冷清的画屏上,石阶上夜色凉得如秋水一般。这既描写了环境的凄清,也烘托出了宫女寂寥的心境。第二、四句写宫女的活动,先是用小扇扑萤火虫玩,反映她们的天真烂漫;后来躺着看天上的牵牛织女星,想象牛郎织女正在鹊桥相会,而自己只能孤身独宿,反映她们生活的无聊以及对幸福的憧憬。

原文

银烛秋光冷画屏[1],
轻罗小扇扑流萤[2]。
天阶夜色凉如水[3],
卧看牵牛织女星。

译文

清冷的烛光和秋色,映照在寒冷的画屏上,宫女们挥着轻罗小扇扑打流萤。宫中台阶上夜色冰凉如秋水,她们躺下,仰望那牵牛织女星。

注释

1 **画屏:**绘有图画的屏风。

2 **轻罗小扇:**轻薄丝绸制成的小团扇。**流萤:**飞动的萤火虫。

3 **天阶:**指皇宫中的台阶。

中秋月

苏轼

导读

这首诗作于宋神宗熙宁十年(1077年)。苏轼当时任徐州知州,与弟苏辙中秋夜共同赏月而作此诗。前两句写中秋美丽的月色,后两句抒怀:有生以来,难得共同欣赏今夜如此美好的月色,多么值得珍惜;不知明年的中秋之夜,是否还能聚首观赏到这样的明月。此诗反映出诗人对人生聚散无常的无限感慨。

原文

暮云收尽溢清寒[1],
银汉无声转玉盘[2]。
此生此夜不长好,
明月明年何处看。

译文

傍晚的云散尽,月光满天遍洒清寒,银河寂然无声,月轮圆润皎洁像玉盘。一生难遇上这样美好的夜晚,明年在何处才能共同把明月赏玩。

注释

1 **溢清寒:**形容清冷的月光弥漫夜空。

2 **银汉:**银河。**玉盘:**白玉做的盘,比喻月亮。

江楼感旧

赵嘏

导读

这首诗是写赏月忆旧。诗人把写景和抒情融合在一起,眼前景物与内心感受互相照应。第一、二句说夜晚诗人登上江楼,因为独自一人,不免孤寂,自然凝神沉思;再远望天际,只见月光如水,水天一色。第三、四句说回想去年同上此楼赏月的人,今已不知在何处,而月色风光,仿佛仍似去年。全诗充满思念之情和对物是人非的感慨。赵嘏是唐代诗人。

原文

独上江楼思悄然[1],
月光如水水如天。
同来玩月人何在[2]?
风景依稀似去年[3]。

译文

独自登上江楼,内心思绪万千,月光像江水,江水如长天。去年同来赏月的人在哪里?江楼风景仿佛仍似去年。

注释

1 **江楼:**江边的楼台。**思悄然:**悄悄地凝神沉思。

2 **玩月:**赏月。

3 **依稀:**仿佛。

题临安邸

林升

导读

《西湖游览志余》记载此诗本事说:“绍兴、淳熙之间,颇称康裕,君相纵逸,耽乐湖山,无复新亭之泪。士人林升者,题一绝于旅邸。”绍兴是南宋第一个皇帝高宗的年号,淳熙是南宋第二个皇帝孝宗的年号。临安,即今杭州。邸,就是旅店。北宋靖康二年(1127年),金兵攻破京城汴梁(今河南开封),徽、钦二帝被掳,中原地区沦陷,北宋灭亡。宋高宗赵构逃过长江,在杭州建立南宋,改杭州为临安。以高宗为首的南宋小朝廷偏安一隅,歌舞升平,忘掉国耻。林升这首诗就是对南宋小朝廷的尖锐讽刺。诗以西湖为背景,第一句说山外有山,楼外有楼,楼台相连,繁华富丽。第二句承接第一句,以“几时休”三字,质问统治者这种日夜笙歌、醉生梦死的行为,要何时才能休止,又还能维持到何时。第三句写游赏者沉迷于寻欢作乐。第四句承接第三句,指斥统治者竟然完全忘记了国土沦陷,把临安当作昔日的都城汴京!全诗充满诗人悲愤的斥责与呐喊,深切感人。

原文

山外青山楼外楼,
西湖歌舞几时休[1]?
暖风熏得游人醉,
直把杭州作汴州[2]!

译文

山外还有青山,楼外还有高楼,西湖的歌舞,要到什么时候才能停休?暖风把游人熏得沉醉了,他们竟然把杭州当作了汴州!

注释

1 **西湖:**即今杭州西湖。**休:**休止,停止。

2 **直:**简直。**汴州:**指北宋都城汴京。

晓出净慈寺送林子方

杨万里

导读

净慈寺是西湖边的著名佛寺,位于西湖南岸南屏山附近。林子方是作者的朋友,曾经任过直阁秘书。作者清晨送别朋友,因而写了这首诗。全诗描写西湖六月风光,起首就用“毕竟”二字,突出六月这个特定的时间。西湖六月的风光跟其他季节不同,有什么不同呢?诗人的眼光集中在满湖的莲叶与莲花上。远远望去,莲叶无穷无尽,一片碧绿青翠,好像与蓝天相接;荷花在阳光映照下,更显得分外鲜艳夺目。全诗使用白描手法,朴素高雅,音律和谐,描绘出了六月西湖独特的美景。

原文

毕竟西湖六月中[1],
风光不与四时同[2]。
接天莲叶无穷碧[3],
映日荷花别样红[4]。

译文

西湖六月里的风光,毕竟跟其他季节不相同。莲叶连接蓝天,无边无际,一片碧绿,荷花映照在阳光下,分外鲜红。

注释

1 **毕竟:**到底。

2 **四时:**春、夏、秋、冬四季。

3 **无穷碧:**无边无际,一片碧绿。

4 **映日:**在阳光照映下。

饮湖上初晴后雨

苏轼

导读

这是一首咏杭州西湖的名作。当时，苏轼任杭州通判，坐船在湖上饮酒，写了这首诗。第一、二句，写西湖美景晴雨皆宜，晴时波光荡漾，水天一色；雨时山色迷茫，若有若无。晴固可爱，雨亦称奇。第三、四句将山水绝胜的西湖比作美女西施，西施无论淡雅的装束或浓艳的打扮，都是天姿国色，正如西湖无论晴雨都有动人的景色一样。诗歌多以物喻人，而用人比喻景物，是本诗一个突出特点。“欲把西湖比西子，淡妆浓抹总相宜”，后人因此把西湖称为“西子湖”。

原文

水光潋滟晴方好[1]，
山色空蒙雨亦奇[2]。
欲把西湖比西子[3]，
淡妆浓抹总相宜[4]。

译文

水面波光闪烁，天晴时风光正好，山色空幻迷蒙，下雨时风光也新奇。我要把西湖比作西子，无论淡妆还是浓抹，总是适宜。

注释

1 **潋滟**(liàn yàn)**:**水面波光闪动的样子。

2 **空蒙:**缥缈迷蒙。

3 **西子:**春秋时代的越国美女西施。

4 **总相宜:**全都合适。

入直召对选德殿赐茶而退

周必大

导读

周必大是南宋孝宗时大臣。作者进宫在翰林院值班，受到皇帝宣召到选德殿对答，而且皇帝命坐赐茶，其感念君恩不能入睡，从而写了这首诗。第一句写应召入宫的时间和环境，当时已是傍晚，宫中夹道的绿槐上停着黄昏归巢的乌鸦。第二句写进宫后的恩遇荣宠。后二句写受召见以后的感激之情。诗人回到翰林院后，因激动而不能入睡，当时夜已深，卧看一钩新月升起在紫薇花上。

原文

绿槐夹道集昏鸦[1]，
敕使传宣坐赐茶[2]。
归到玉堂清不寐[3]，
月钩初上紫薇花[4]。

译文

夹道的绿槐上停着黄昏归巢的乌鸦，皇帝派使者宣我，赐我坐下喝茶。我回到翰林院，因激动而清醒得不能入睡，躺着看一钩新月刚好爬上紫薇花。

注释

1 **集**：聚集。**昏鸦**：黄昏时归巢的乌鸦。

2 **敕**(chì)**使**：传达皇帝诏令的使臣。

3 **玉堂**：指翰林院。

4 **月钩**：新月如钩。**紫薇**：花名。

夏日登车盖亭

蔡确

导读

车盖亭，在今湖北安陆。此诗首句写纸屏、石枕、竹方床，这些都是作者自制自设的卧具，简陋得不能再简陋。第二句承上句，说自己疲倦了，抛开书本午睡，做了一个长长的梦，因为心无牵挂，所以睡得安稳。后两句说睡起独笑，忽听江上传来几声渔笛，更觉悠然自得。

此诗风格与作者人格不一致。蔡确是北宋官场的小人，利欲熏心，以害人为乐，这首诗却表现出安于清贫、追求闲适的情趣，可能是早年读书时的作品。

原文

纸屏石枕竹方床[1]，
手倦抛书午梦长。
睡起莞然成独笑[2]，
数声渔笛在沧浪[3]。

译文

一架纸屏风，一个石头枕，一张竹方床，疲倦了，手抛开书本，午睡时做了个梦，多么悠长。睡醒起床独自微微笑，只听到数声渔笛来自那水上。

注释

1 **纸屏：**纸做的屏风。**石枕：**石做的枕头。

2 **莞(wǎn)然：**微笑的样子。

3 **沧浪：**水名，在今湖北省境内。此处泛指江河。

直玉堂作

洪咨夔

导读

洪咨夔是南宋人,曾担任翰林学士。诗人直玉堂(即在翰林院内值班)并为皇帝起草任命丞相的诏书时写了这首诗。第一句写宫禁森严,各门深锁,寂静而没有喧哗之声,以衬托事机的重大。第二句说承命起草任命两位丞相的诏书。第三句说鸡人唱彻五更,天还未亮。第四句说草诏后一身轻松,欣然自得地观看殿前景色,只见月色好像水一样浸润着紫薇花。

原文

禁门深锁寂无哗[1],
浓墨淋漓两相麻[2]。
唱彻五更天未晓[3],
一墀月浸紫薇花[4]。

译文

宫禁各门深锁,寂静而没有喧哗之声,以黄麻纸书写新任命两位丞相的诏令,墨迹浓重潇洒。鸡人在五更天高声报晓,天还没有亮,殿前石阶和空地上,月色浸润着紫薇花。

注释

1 **禁门:**宫禁之门。

2 **浓墨淋漓:**墨迹浓重,湿漉漉的。**两相麻:**黄麻纸上写着任命两位丞相的诏令。南宋设左、右丞相,拜相前由翰林学士起草诏书,进呈皇帝加印后执行。

3 **唱彻五更:**指鸡人在五更报晓。

4 **墀:**大殿前的石阶和空地。

竹楼

李嘉祐

导读

这首诗抒发了作者不逢迎上级、向往清闲生活的志趣。首句说,一个傲然清闲的小吏,笑对位高禄厚的五侯,觉得他们不如自己闲适自在。后三句描写具体的自在生活:在西江取竹盖起了高楼,夏日登楼纳凉,有清爽的南风吹来,用不着蒲葵扇;戴着纱帽闲卧在竹楼上,与自由飞翔的鸥鸟相对,多么适意自在。

原文

傲吏身闲笑五侯[1],
西江取竹起高楼[2]。
南风不用蒲葵扇[3],
纱帽闲眠对水鸥[4]。

译文

傲然的小吏,一身清闲,笑看五侯,从西江取来竹子盖起高楼。南风阵阵,用不着蒲葵扇,戴着纱帽闲卧而眠在竹楼上,与水鸥相对。

注释

1 **傲吏:**傲然的小吏。

2 **西江:**唐人多称长江中下游为西江。这里泛指江西一带。

3 **蒲葵扇:**用蒲葵叶制成的扇。俗称蒲扇。

4 **纱帽:**纱制夏帽。

直中书省

白居易

导读

直中书省，就是夜间在中书省值班。中书省是官署名，唐代的政务中心，长官称中书令。当时，白居易任中书舍人，在中书省值班时写了这首诗。头两句说，自己在丝纶阁中起草诏令已毕，但是漏壶里的水还有很多，时间还很漫长。后两句写寂寞的感受："独坐黄昏谁是伴？紫薇花对紫薇郎。"

原文

丝纶阁下文章静[1]，
钟鼓楼中刻漏长[2]。
独坐黄昏谁是伴？
紫薇花对紫薇郎[3]。

译文

早已经在丝纶阁中把诏令写完，钟鼓楼中漏壶滴水缓慢悠长。独自坐在昏黄的亮光中，有谁来做伴？只有紫薇花对着我这个紫薇郎。

注释

1 **丝纶阁：**古代撰拟朝廷诏令的地方。**文章静：**诏令已经写完。

2 **刻漏：**古计时器。以铜为壶，底穿孔，壶中立一有刻度的箭形浮标，壶中水滴漏渐少，箭上度数即渐次显露（隐没），视之可知时刻。

3 **紫薇花：**中书省种植紫薇花，故中书省又称紫薇省。**紫薇郎：**唐开元元年，改中书省为紫薇省，中书侍郎为紫薇侍郎。白居易任中书舍人，故自称紫薇郎。

观书有感

朱熹

导读

朱熹善于以哲理入诗。他写了两首《观书有感》,这是第一首,通过生动具体的形象,说明读书的感受和重要性。这首诗以方塘作比喻。头二句半亩方塘如打开的镜子,天光云影,都在镜中晃动,比喻对书中义理已了然于心。后二句设问并回答。为什么方塘能如此清澈明净呢?是因为有源源不断的活水流来。人要增长知识,明白事理,就只有经常读书,如方塘之有源头活水,思想才能永不枯竭。

原文

半亩方塘一鉴开[1],
天光云影共徘徊[2]。
问渠那得清如许[3]?
为有源头活水来[4]。

译文

半亩方塘像明镜一样打开,天光和云影共同在塘中徘徊。请问方塘如何能够如此清澈?是因为不断有源头的活水流进来。

注释

1 **鉴:**镜子。**开:**打开。古时镜子用镜袱盖住,用时打开。

2 **天光:**天空的光辉;日光。**共徘徊:**指天光和云影在池塘中来回晃动。

3 **渠:**第三人称代词。这里指方塘。**那得:**如何能够。**清如许:**如此清澈明净。

4 **源头:**水流发源的地方。

泛 舟

朱熹

导读

这是《观书有感》的第二首。前首诗以方塘作比喻,这首诗以泛舟(行船)作比喻,都写得言近旨远。前二句说,昨夜大江水涨,巨大的船只浮行在水上,如同羽毛一样轻。后二句转想以前,对比现在,以前船大水浅,很多人去推挽它,也是白费力气,而今春水涨了,大船在江心自由自在地航行。给人的启示是:要按照客观规律,才能举重若轻;要积累雄厚,才能驾驭自如。

原文

昨夜江边春水生[1],
艨艟巨舰一毛轻[2]。
向来枉费推移力[3],
此日中流自在行[4]。

译文

昨夜江边春水已经涨起,艨艟巨舰浮在水面,像羽毛一样轻。过去一直枉费了推动船只的气力,今天大船在河流中央自在航行。

注释

1 **春水生:**春天水涨。

2 **艨艟**(méng chōng)**:**古时的战船。此处指大船。**一毛轻:**像一片羽毛一样轻。

3 **向来:**一直以来。**推移力:**推挽移动船的气力。

4 **中流:**江河中央。

冷泉亭

林稹

导读

这是一首咏物兴感之作。冷泉亭在今杭州市灵隐寺前飞来峰下，亭下的涧水称冷泉。林稹，南宋人。诗人看到冷泉亭下那一道清澈的涧水时，感觉到它的清爽之气沁人心脾，而泉水的或冷或暖，只有它自己知道。转而又想，这些清澈的泉水流到西湖以后，就要去浮载那些满载歌舞声色的船只，难免沾上污浊，就不如在山中时那样纯洁明净了。诗人可能是感叹世俗或官场对人性的扭曲、对人格的污染。

原文

一泓清可沁诗脾[1]，
冷暖年来只自知。
流出西湖载歌舞[2]，
回头不似在山时。

译文

一池清泉可以浸润诗人的心脾，或冷或暖，年去年来，只有泉水自己知道。泉水一旦出山流入西湖，就承载那些满载歌舞的游船，回顾过去，纯洁明净已经不像在山中时。

注释

1 **一泓**(hóng)**:**一道或一片(清水)。**沁诗脾:**浸润诗人的心脾。

2 **载歌舞:**承载那些满载歌舞的游船。

赠刘景文

苏轼

导读

刘季孙，字景文，祥符(今河南开封)人，博学多才，工诗文。苏轼出任杭州知州时，刘任两浙兵马都监，两人时相唱和。这首诗由苏轼赠刘景文，描写秋末冬初景色：荷花凋谢，已无遮雨的荷叶；菊花凋零，却仍有不怕严霜的花枝；而且橙黄橘绿，硕果累累，更是一年中最好的光景。诗人把昔人认为悲凉的季节描写得生机勃勃，表现出旷达乐观的精神。

原文

荷尽已无擎雨盖[1]，
菊残犹有傲霜枝。
一年好景君须记，
最是橙黄橘绿时[2]。

译文

荷花全部凋谢，已经没有遮雨的荷叶，菊花虽然凋零，却仍然有傲视严霜的花枝。请您记住一年中的最好景色，正是这橙黄橘绿的季节。

注释

1 **擎**(qíng)**：**举起，托住。**盖：**伞盖。这里指荷叶。

2 **橙黄橘绿时：**橙黄橘绿的季节。

枫桥夜泊

张继

导读

张继是唐朝天宝时诗人。枫桥在今江苏省苏州市西郊枫桥镇。诗人秋夜在枫桥停船,写了这首名作,记述了秋江夜泊,引发羁旅愁思的一段经历。前两句描绘了枫桥一带的秋江夜景:月落乌啼,寒霜满天,枫叶飒飒,渔光点点,而羁旅之人,因愁思难以入眠,只得睁着眼与江枫渔火相对,倍觉凄清冷落。后两句写时将夜半,寒山寺的钟声蓦然响起,传入旅人耳际,更添孤寂之感。全诗情景交融,意境幽远,韵味无穷,寒山寺与枫桥因此声名远播,成为旅游胜地。

原文

月落乌啼霜满天,
江枫渔火对愁眠[1]。
姑苏城外寒山寺[2],
夜半钟声到客船[3]。

译文

月亮落下,乌鸦啼叫,寒霜满天,对着江枫渔火,忧愁得不能入眠。姑苏城外的寒山寺夜半钟响,那钟声一阵阵传送到客船。

注释

1 **江枫:**江边的枫树。**渔火:**渔船上的灯火。**对愁眠:**与江枫渔火相对相伴,忧愁得难以入眠。

2 **姑苏:**即苏州。因城西南有姑苏山,故又别称姑苏。**寒山寺:**相传因唐代高僧寒山、拾得曾在此居住而得名。

3 **夜半钟声:**唐代寺院有夜半撞钟的习惯。

寒　夜

杜耒

导读

寒夜有客来，茶可以当酒，这表明必是交情很深的常客。竹炉汤沸，炉火初红，屋子里暖烘烘的。跟朋友共话寒窗月下，这月亮虽是寻常之月，今夜却有梅花临窗，香气袭人，景致便胜于平常。诗人对好友到来的喜悦之情溢于言表。杜耒是南宋诗人。

原文

寒夜客来茶当酒，
竹炉汤沸火初红[1]。
寻常一样窗前月[2]，
才有梅花便不同。

译文

寒夜，客人来了，以茶当酒招待，竹炉上开水沸腾，炉火通红。窗前的月色虽跟平常一样，今夜却有梅花开放，便觉得跟平常不同。

注释

1 **竹炉**：一种外壳为竹编、内安小钵、用以盛炭火取暖的用具。**汤沸**(fèi)：开水沸腾。

2 **寻常**：普通，平常。

霜　月

李商隐

导读

这是一首写深秋月夜景色的诗。霜月，就是秋季已经下霜的月夜。农历的七、八、九三个月是秋季，七月蝉鸣高树，八月北雁南飞，九月霜降，因此听到雁的叫声时已无蝉鸣。在深秋下霜的月夜，诗人登上百尺高楼，远望水天一色，青霜和明月争辉，各自显现出娇美的姿态。诗歌具有空灵辽阔、玉洁冰清的美感。李商隐是唐朝著名诗人。

原文

初闻征雁已无蝉[1]，
百尺楼高水接天[2]。
青女素娥俱耐冷[3]，
月中霜里斗婵娟[4]。

译文

刚听到南飞大雁的叫声，此时已经没有鸣蝉，我登上百尺高楼，只见秋水连接长天。青女和素娥都能耐受寒冷，在月夜霜天里，比着谁更美艳。

注释

1 **征雁：**农历八月正从北方飞向南方的大雁。**蝉：**俗名“知了”。听到飞鸿的叫声时已听不到蝉鸣了。

2 **水接天：**水天一色。

3 **青女：**传说中掌管霜雪的女神。这里代指青霜。**素娥：**嫦娥的别称。这里代指明月。

4 **斗：**比赛。**婵（chán）娟：**美好的姿容。

梅

王淇

导读

这首诗以拟人的手法，赞颂了梅花一尘不染和不尚繁华的高洁品格。前二句说梅不受尘土侵蚀，保持洁白无瑕，甘心在竹篱茅舍旁开花。后二句就林和靖“梅妻鹤子”的典故说开去，说梅因误被林和靖视为知己，引起诗人议论至今，打破了梅自甘淡泊、不逐浮华的清净生活。这两句诙谐幽默，表面上说这是梅的不幸，实际上是进一步赞颂梅花。

原文

不受尘埃半点侵[1]，
竹篱茅舍自甘心。
只因误识林和靖[2]，
惹得诗人说到今。

译文

不愿受到尘埃的半点侵蚀，生长在竹篱茅舍旁也情愿甘心。只因为偶然错误地结识了林和靖，惹得诗人们说东道西，直到而今。

注释

1 **尘埃：**尘土。**侵：**侵蚀。

2 **林和靖：**即北宋诗人林逋。他曾隐居在杭州西湖孤山，不娶不仕，植梅养鹤，人称他以梅为妻，以鹤为子。他写了一首有名的咏梅诗《山园小梅》（见本书“七言千家诗下”），其中有“疏影横斜水清浅，暗香浮动月黄昏”的名句，引起诗人们的广泛关注和咏梅兴趣。

早　春

白玉蟾

导读

这首诗写早春白梅初放,在雪中月下展现出清香洁白的风采。全诗采用拟人化手法,头两句赞叹白梅的清香洁白,后两句描写白梅的风姿倩影。白玉蟾是南宋著名道士。

原文

南枝才放两三花[1],
雪里吟香弄粉些[2]。
淡淡着烟浓着月[3],
深深笼水浅笼沙[4]。

译文

朝南的枝条上才开放出两三朵花,在雪地里吐着幽香,呈现出洁白的风姿。披上烟雾是淡妆,披上月色是浓抹,花影映到水里深深的,映到沙滩浅浅的。

注释

1 **南枝:**朝南的树枝。**才放:**指初开。

2 **吟香:**梅花吐出清香。**弄:**摆弄,呈现。**些:**语气助词,相当于口语"啊"。

3 **着:**附着。这里有笼罩的意思。

4 **笼:**笼罩,遮掩。这里有映照的意思。

雪梅（其一）

卢梅坡

导读

冬末春初，一场漫天飞雪，迎接春天的到来；梅花对雪而开，俏立雪中，传达春天的信息。诗人欣喜万分，别出心裁地进行评比：梅花虽香，终究逊雪三分白；雪花虽白，却不及梅花的清香。构思独特巧妙。卢梅坡，宋代人。

原文

梅雪争春未肯降[1]，
骚人阁笔费评章[2]。
梅须逊雪三分白[3]，
雪却输梅一段香[4]。

译文

梅花和雪花在春天比赛，都不肯服输投降，诗人搁下笔，费心力评论谁优谁劣。梅花比雪花差了三分白，雪花却输给梅花一阵清香。

注释

1 **未肯降**：不肯服输投降。

2 **骚人**：诗人。**费评章**：费心力评论。

3 **逊**：逊色，比不上。

4 **输**：不及。

雪梅（其二）

卢梅坡

导读

这是《雪梅》诗的第二首。第一首说梅雪争春，引得诗人搁笔评论，难分高下。第二首诗则说梅雪都不可缺少，诗也不可缺少。头两句说有梅无雪，显示不出梅花的生气与活力；有梅有雪，但是无诗，就使人感到俗气。后两句说恰好黄昏时候，诗作成了，天又下了雪，诗跟雪里寒梅共同构成十分春色。

原文

有梅无雪不精神[1]，
有雪无诗俗了人[2]。
日暮诗成天又雪，
与梅并作十分春。

译文

有梅花而没有雪花，梅花就缺少精神，有雪花而没有诗歌，就俗气逼人。傍晚，诗写成了，天又下了雪，雪花、诗歌、梅花，共同构成十分春色。

注释

1 **精神：**生气，活力。

2 **俗了人：**使人感到俗气、不高雅。

答钟弱翁

牧童

导读

这是宋代一个放牛小孩遇上了达官钟弱翁写的诗。钟弱翁,名傅,饶州乐平(今江西乐平)人,活跃于北宋徽宗崇宁时期,由普通书生官至集贤殿修撰、龙图阁直学士,后因虚报战功而被贬。全诗表现出对权势利禄的蔑视。牧童是生活在社会底层的人物,没有达官贵人的华屋高楼,而生活在铺满绿草的辽阔郊野;没有达官贵人的歌馆楼台,而是在晚风中吹上几声村笛;没有达官贵人的精美肴馔,回家不过吃一顿饱饭,不脱蓑衣就躺着欣赏月夜美景。他活得自由自在,不受名缰利锁的束缚,不怕宦海风波的浮沉。所以,牧童傲视因贪功名利禄而屡遭贬谪的钟弱翁。

原文

草铺横野六七里[1],
笛弄晚风三四声[2]。
归来饱饭黄昏后,
不脱蓑衣卧月明[3]。

译文

绿草铺满了纵横辽阔的郊野,纵横六七里,晚风中,我吹奏笛子三四声。黄昏后回到家里,吃完一顿饱饭,不脱蓑衣就躺下欣赏月夜美景。

注释

1 **草铺横野:**绿草铺满了纵横辽阔的郊野。

2 **笛弄晚风:**在晚风中吹奏笛子。

3 **蓑(suō)衣:**用草或棕制成的、披在身上的防雨用具。**卧月明:**躺下欣赏月夜美景。

泊秦淮

杜牧

导读

秦淮河源出江苏溧水县东北，流经南京市入长江，相传是秦朝为了疏通淮水而开凿，故名秦淮河。诗人的船只夜晚停泊在秦淮河，他听到对岸酒楼中卖唱歌女正在演唱《玉树后庭花》曲，从而写了这首著名的讽喻诗。诗的前两句写秦淮夜景，夜雾和月色笼罩着寒水沙滩，凄清萧索，寒气逼人。后两句写听到歌女唱着《玉树后庭花》曲，于是怀想历史教训，引发自己对社会风气和国家命运的担心。“商女不知亡国恨”，重点不是批评为生计所迫的歌女，而是批评朝廷上下沉迷于声色犬马，风气日非。

原文

烟笼寒水月笼沙[1]，
夜泊秦淮近酒家。
商女不知亡国恨[2]，
隔江犹唱后庭花[3]。

译文

夜雾和月光笼罩着寒凉的河水和沙滩，夜晚停泊在秦淮河，靠近对岸的酒家。酒家卖唱的歌女不知道亡国的遗恨，还在对岸歌唱那亡国歌曲《玉树后庭花》。

注释

1 **“烟笼”句：**互文见义。意思是说，夜雾和月光笼罩着寒凉的河水和沙滩。

2 **商女：**酒家中以卖唱为生的歌女。**恨：**遗恨。

3 **后庭花：**乐曲《玉树后庭花》的简称。相传是南朝陈后主（陈叔宝）所作。陈后主耽于声色，与幸臣按曲各制歌词，陈后主歌词中有“玉树后庭花，花开不复久”等语。陈后主沉迷于这靡靡之音，终于亡国被俘。因此后人认为《玉树后庭花》是亡国之音。

归　雁

钱起

导读

归雁，就是从南方飞回北方的大雁。诗人问鸿雁：湘江之畔，回雁峰前，水碧沙明，莓苔遍地，为什么轻易飞回？鸿雁回答：是湘灵（舜的妃子）在月夜里弹瑟，因受不了那凄清愁怨的音乐，所以就从潇湘折回。钱起是唐朝"大历十才子"之一。这首诗把大雁拟人化，设为问答之辞，非常新颖别致。

原文

潇湘何事等闲回[1]？
水碧沙明两岸苔[2]。
二十五弦弹夜月[3]，
不胜清怨却飞来[4]。

译文

大雁啊，你们为什么轻易地从潇湘往回飞？潇湘水碧沙明，两岸长满可口的青苔。那里有人在月夜弹奏二十五弦的瑟，我们承受不起幽怨的曲调，只好往回飞。

注释

1 **潇湘：**湘江与潇水的合称。借指今湖南地区。相传北雁南飞，到了湖南衡阳的回雁峰一带就不再往南飞了。**等闲：**轻易。

2 **沙明：**沙石明净。**苔：**青苔。可供雁食。

3 **二十五弦：**瑟是古代的一种弦乐器，相传原为五十弦，舜帝命素女弹奏，声调过悲，舜帝就叫她减少到二十五弦。

4 **不胜：**承受不了。**清怨：**凄清幽怨。

题　壁

无名氏

导读

无名氏，就是没有留下姓名的作者。此诗是宋代无名氏的一首诗作。诗人把这首诗写在墙壁上，用烧茅草与烧树蔸进行对比，说明人生哲理，语浅意深。烧茅草取暖，火焰突然间映红了天，突然又熄灭了；而在火炉中烧树蔸，慢慢燃烧而能长久，让满屋子暖烘烘的。茅草比喻那些根基浅薄的人，虽可一时得势，气焰熏天，转眼间就灰飞烟灭。树蔸比喻那些扎实奉献的人，虽无煊赫的权势，却可使生命长久地发热发光。全诗托物言志，笔调朴素而粗犷，对茅草和树蔸燃烧的描写也颇为逼真。

原文

一团茅草乱蓬蓬，
蓦地烧天蓦地空[1]。
争似满炉煨榾柮[2]，
漫腾腾地暖烘烘[3]。

译文

点燃一团乱蓬蓬的茅草，火光突然冲天，很快就烧空。怎么比得上烧满炉树蔸，缓慢持久地燃烧，让房间暖烘烘。

注释

1 **蓦(mò)地**：突然。

2 **争似**：怎么像，怎么比得上。**煨(wēi)**：微火慢烧。**榾柮(gǔ duò)**：树蔸，树根。

3 **漫腾腾**：缓慢而持久的状态。

第二类

七言千家诗下

早朝大明宫呈两省僚友

贾至

导读

贾至是唐代诗人。此诗作于唐肃宗乾元元年(758年)春,当时贾至担任中书省的中书舍人,负责草拟诏书。古代百官早晨朝见皇帝,称为"早朝"。本诗是一首应制诗,写的是早朝时的情景。首联写上朝路上及宫外情景,视野十分开阔。第一句描写京城长安道上,银烛照天,百官上朝的车马络绎不绝。第二句镜头由远及近,写宫门的情景,天已破晓,天空一派苍苍茫茫的景象。这两句处处突出题目中的"早"字。第二联描写宫内景色,皇宫内杨柳青青,丝条垂挂,黄莺婉转啼鸣,有声有色地描绘出一派早春气象,并暗示天已转亮。第三联镜头进一步拉近细写,描绘百官上朝时的情态,官员鱼贯而入,一片肃穆,只有宝剑和佩环相撞之声。"衣冠身惹御炉香"一句,写群臣与皇帝的距离极近,连御炉中飘出的香烟也沾到衣裳上了。末联点出大家都是"凤池"之人,以文章笔墨侍候帝王。这首诗写得气象阔大,韵律生动。故此诗一出,杜甫、王维、岑参等人纷纷写诗唱和。后代正面歌颂朝廷的诗,也往往以此作为范式。

原文

银烛朝天紫陌长[1],
禁城春色晓苍苍[2]。
千条弱柳垂青琐[3],
百啭流莺绕建章[4]。
剑佩声随玉墀步[5],
衣冠身惹御炉香[6]。

译文

明亮的烛光照耀天空,京城大道极长,皇城充满春色,清晨天空一片苍茫。千万条柳枝垂在宫门前,黄莺围绕建章宫婉转歌唱。剑佩相撞声伴随着官员踏上玉阶的步伐,他们的衣帽染上了御炉的芳香。大

共沐恩波凤池上[7]，	家共同在凤凰池沐浴皇帝的恩德，
朝朝染翰侍君王[8]。	天天用笔墨侍奉君王。

注释

1 **银烛**：明亮的蜡烛。**紫陌**：京都的道路。

2 **禁城**：皇帝宫苑所在地，因禁止一般人出入，故称禁城。**苍苍**：深青色。

3 **青琐**：指宫门。古时宫门上的连环纹装饰涂以青色，故称青琐门。《汉书·元后传》："曲阳侯根骄奢僭上，赤墀青琐。"颜师古注："青琐者，刻为连环文，而青涂之也。"后来泛指宫门。

4 **啭**(zhuàn)：鸟的婉转鸣叫。**建章**：建章宫。本为汉代宫殿名，此处借指唐大明宫。

5 **剑佩**：宝剑与佩环。是朝会时的装束。**玉墀**(chí)：宫内的石阶。

6 **惹**：沾染。**御炉**：皇帝使用的香炉。

7 **凤池**：又称凤凰池，指中书省。

8 **染翰**：用笔墨写作，指做文字工作。贾至为中书舍人，负责草拟诏书。

和贾至舍人早朝大明宫

杜甫

导读

这是杜甫唱和贾至之作。和(hè)，就是唱和，以诗酬答。当时杜甫担任左拾遗(谏官，属门下省)。此诗前四句描写早朝，而写法与贾诗不同。贾诗从大处着笔，写的是从宫外到宫内，从上朝到散朝的整个场面。杜诗则从细节写起，重在描绘宫内之景。第一联描写早朝的时间和地点。第二联描写上朝时的场面：旭日高照，旌旗飘舞，其形态如龙舞蛇动；宫殿巍巍，微风吹拂，燕雀盘旋于高空。其中"龙蛇动""燕雀高"等语，又衬托出皇宫的森严、皇帝地位的高贵。此诗后四句赞美贾至。第五句承贾至“衣冠身惹御炉香”而来，点明他在朝中与皇帝接近的不寻常地位，第六句颂扬贾至的诗作。末两句点明和诗题旨，赞誉贾至继承家风，才华超群。苏东坡赞扬“旌旗日暖龙蛇动，宫殿风微燕雀高”是“伟丽”风格的典范。

原文

五夜漏声催晓箭[1]，
九重春色醉仙桃[2]。
旌旗日暖龙蛇动[3]，
宫殿风微燕雀高[4]。
朝罢香烟携满袖，
诗成珠玉在挥毫[5]。
欲知世掌丝纶美[6]，
池上于今有凤毛[7]。

译文

漏壶滴水催动壶中的漏箭，五更天将破晓，九重宫殿春色烂漫，桃花红艳，好像醉了。阳光暖和，旌旗飘扬，像龙蛇一样舞动；宫殿巍巍，微风吹拂，燕雀飞翔得很高。早朝完毕，衣袖携满御炉的香烟，您挥毫写成诗歌，句句像珠玉光耀。您的祖辈世代担负起草诏书之职责，才华绝妙，如今在凤凰池上，您是麟角凤毛。

注释

1 **五夜：**打五更时，即天将破晓时。**漏：**古代滴水计时的器具。**箭：**漏壶中指示时间的箭状物。

2 **九重：**指皇帝所居之处。**醉仙桃：**唐代宫殿内多种植桃柳，春色烂漫，桃花红艳如醉。

3 **龙蛇动：**飘舞的旌旗如龙舞蛇动。

4 **风微：**轻微的风。**高：**高飞。

5 **毫：**毛笔。

6 **世掌：**世代执掌，因贾至父亲贾曾也做过中书舍人，故言。**丝纶**(lún)**：**皇帝的诏书。

7 **池：**指凤凰池，即中书省。**凤毛：**比喻子孙有才似其父辈者。南朝宋谢凤之子谢超宗有文才，宋武帝曾赞赏说：“超宗殊有凤毛，恐灵运复出。”

和贾至舍人早朝大明宫

王维

导读

这是王维唱和贾至的诗。当时王维也担任中书舍人。此诗按时间顺序展开,写了早朝前、早朝中、早朝后三个阶段,渲染大明宫早朝的气氛和皇帝的威仪。一、二两句诗人选择了“报晓筹”和“进翠云裘”两个细节,显示了宫廷中庄严、肃穆的气氛。他从皇帝起居写起,起床要人报告,穿衣由专人负责,有一套隆重的礼节,显示出帝王的高贵。颔联转入临朝时的盛大场面描写,“九天阊阖”“万国衣冠”,写尽了唐朝廷的太平盛景和威震四方的气象。颈联进一层描写早朝仪式:盛大的仪仗队,鲜明的服饰,仙掌挡日,香烟缭绕,烘托出皇廷特有的雍容华贵、庄严肃穆的氛围。“香烟”照应贾至诗中的“衣冠身惹御炉香”。尾联又呼应贾至的“共沐恩波凤池上,朝朝染翰侍君王”,点出题意,表明贾至替皇帝草诏,参列朝班,身为皇帝近臣的荣贵地位。全诗注重细节描写和场景渲染,境界阔大。

原文

绛帻鸡人报晓筹[1],
尚衣方进翠云裘[2]。
九天阊阖开宫殿[3],
万国衣冠拜冕旒[4]。
日色才临仙掌动[5],
香烟欲傍衮龙浮[6]。
朝罢须裁五色诏[7],
佩声归到凤池头[8]。

译文

头戴绛红头巾的鸡人报晓唱筹,尚衣局正献上绣有绿色云纹的皮裘。一重重的宫殿,正门打开了,来自万国的官员向皇帝朝拜叩首。阳光刚好照临朝元阁上的铜铸仙人手掌,带有芳香的烟雾紧靠着衮龙袍飘浮。早朝完毕,要在五色纸上起草诏书,环佩声伴着脚步,回到凤凰池头。

注释

1 **绛帻**(zé):绛红色包头巾。**鸡人**:古代宫中报时的卫士,因包裹的红头巾状似鸡冠,故称鸡人。**筹**:更筹,夜里计时的竹签。

2 **尚衣**:官署名,掌管皇帝的衣服等。**翠云裘**:绣有绿色云纹的皮衣。

3 **九天**:即九重天。此处指宫殿。**阊阖**(chāng hé):传说中的天门。此处指宫殿正门。

4 **万国衣冠**:指各国的使节。**冕旒**(miǎn liú):古代皇帝的礼帽及其前后下垂的玉串。此处指代皇帝。

5 **仙掌**:仙人的手掌。唐代朝元阁有铜铸仙人伸开手掌托一芙蓉玉盘,以承接天上雨露。

6 **衮**(gǔn)**龙**:皇帝的龙袍,上绣卷龙。**浮**:浮动。

7 **五色诏**:写在五色纸上的诏书。

8 **佩声**:佩带在身上的装饰物发出的声音。

和贾至舍人早朝大明宫

岑参

导读

这是岑参的和早朝诗。当时岑参任右补阙,属中书省。此诗写法也是由远及近、由宫外至宫内,但是重在借景寓情,用自然景物来衬托朝仪之盛,所以与前面三首比,又是别开生面。此诗在写法上动静结合,一气流转。前面六句,用“鸡鸣”带出“曙光”,用“莺啭”透露“春色”,敲“晓钟”催开万户,写“玉阶”簇拥千官,“星初落”而鲜明的花色中剑佩叮当齐鸣,“露未干”而湿润的柳条下旌旗飘荡。全诗用字造句细针密缝,于写景中自然地烘托出“早朝”题意。

贾至、杜甫、王维、岑参四人写的早朝诗,虽为歌功颂德的作品,但也反映出“安史之乱”初步平定时人们渴望太平和重振大唐雄风的愿望。歌功颂德的诗容易流于平庸，但这几首诗都格调较高，风格雍容华贵。正如元杨载《诗法家数》所说："荣遇之诗……如王维、贾至诸公《早朝》之作，气格雄深，句意严整，如宫商迭奏，音韵铿锵，真麟游灵沼，凤鸣朝阳也。学者熟之，可以一洗寒陋。

原文

鸡鸣紫陌曙光寒[1]，
莺啭皇州春色阑[2]。
金阙晓钟开万户[3]，
玉阶仙仗拥千官[4]。
花迎剑佩星初落[5]，
柳拂旌旗露未干[6]。
独有凤凰池上客[7]，
阳春一曲和更难[8]。

译文

雄鸡报晓，曙光照耀大路，天气微寒，黄莺歌喉婉转，京城的春色将残。皇宫内的晨钟，敲开了万家门户，玉阶上的仪仗，簇拥着成千的官员。花朵迎着剑佩相撞声，星辰刚刚落下，柳条拂过旌旗，露水还没有干。特有凤凰池上的贵客，吹奏出《阳春》《白雪》，令唱和更难。

注释

1 **曙光：**破晓时的阳光。
2 **皇州：**京都。指长安。**阑：**残，尽。
3 **金阙**(què)**：**指皇宫。**晓钟：**报晓的钟声。
4 **仙仗：**皇帝的仪仗。**拥千官：**护卫着早朝的众多官员。
5 **剑佩：**宝剑与环佩。**星初落：**指天刚亮。
6 **旌**(jīng)**旗：**旗帜的通称。这里指皇宫的仪仗。
7 **凤凰池上客：**指中书舍人贾至。
8 **阳春：**即《阳春》《白雪》，指高雅的音乐。宋玉《对楚王问》："客有歌于郢中者，其始曰《下里》《巴人》，国中属而和者数千人……其为《阳春》《白雪》，国中属而和者不过数十人。"此处喻贾至诗作的艺术水平高超，难以应和。

上元应制

蔡襄

导读

上元，即元宵节。农历正月十五为上元节，其夜为上元夜。元宵既是民间灯节，也是古代皇帝、官员与百姓同庆的日子。封建皇帝往往在当夜出宫接见臣民。应制，就是接受皇帝之命而作诗。作者当时身为宰相，奉命作诗。此诗善于铺陈排比，形象逼真，清新悦目。如颈联"天上清光留此夕，人间和气阁春阴"，写天上清光普照，人间和气蔼蔼，渲染出一派皇帝与民同乐的景象。蔡襄是宋代诗人。

原文

叠耸青峰宝炬森[1]，
端门方伫翠华临[2]。
宸游不为三元夜[3]，
乐事还同万众心。
天上清光留此夕[4]，
人间和气阁春阴[5]。
要知尽庆华封祝[6]，
四十余年惠爱深[7]。

译文

彩灯重叠耸立好像山峰，蜡烛排列好像森林，端门外，人们久立等待皇帝的仪仗驾临。皇帝出游不是为了元宵夜，而是具有跟万众同乐的仁爱心。天上明亮的月光照耀今夜，人间和睦的气氛化作春阴。为什么大家共同祝愿，像华封三祝一样，就因为四十多年来皇帝的惠爱很深。

注释

1 **叠耸青峰：**指上元夜鳌山上彩灯重叠，像山峰耸立一样。**宝炬：**蜡烛的美称。**森：**紧密罗列。

2 **端门：**宫殿的正门。**伫：**久立等待。**翠华：**皇帝的仪仗的旗帜中有翠鸟羽毛装饰，故名。

3 **宸(chén)游**：皇帝的巡游。**三元夜**：此指元宵。古人以农历正月十五为上元节，七月十五为中元节，十月十五为下元节，统称“三元”。

4 **清光**：明亮的月光。**此夕**：今夜。

5 **阁**：停下，聚集。**春阴**：春日的时光。

6 **华封祝**：华，华州；封，封人，即典守华州封疆的人。上古帝尧巡游到华州，华州封人祝他多寿、多富、多子。后世专以“华封三祝”为祝颂之词。

7 **惠**：恩惠，德泽。

依韵恭和御制上元观灯

王珪

导读

这首诗是奉和皇上《上元观灯》的作品，押韵与皇上作品一致，故云“依韵”。本诗写得细腻形象，结构严谨。首联“仙台”“宝扇”，既写景，又带出帝王气派；颔联“双凤”“扶辇”“六鳌”“驾山”，象征皇帝出宫普天同庆；颈联使用典故，借周、汉喻指宋朝；尾联点出“与民同乐”的主旨。此诗的诗题旧本作《上元应制》。王珪是北宋人。

原文

雪消华月满仙台[1]，
万烛当楼宝扇开[2]。
双凤云中扶辇下[3]，
六鳌海上驾山来[4]。
镐京春酒沾周宴[5]，
汾水秋风陋汉才[6]。

译文

雪消融了，月光洒满宫殿的楼台，上万的灯烛照耀楼台，大掌扇在皇帝身后打开。服侍皇帝的两个宫女从楼台上扶辇而下，灯景鳌山仿佛由六只大鳌从海上驾着而来。京城春酒的恩泽，就和周朝的宴会上一样，饮宴作诗的群臣的诗才大大超过了在汾水吟咏秋风的汉朝人

一曲升平人共乐[7]， 君王又尽紫霞杯[8]。	才。君王写诗歌唱升平世界，跟百姓同乐，并用紫霞杯又干一杯。

注释

1 **华月**：明亮的月光。**仙台**：指宫殿楼台。

2 **宝扇**：皇帝仪仗中用以遮挡日光和尘土的大掌扇。

3 **双凤**：指服侍皇帝的宫女。**辇**(niǎn)：古时用人力拉的车，后来专指帝王、后妃乘的车。

4 **鳌**(áo)：传说中海中能负山的大鳖或大龟。鳌山，上元节灯景的一种，由彩灯堆叠而成。

5 **镐**(hào)**京**：西周的国都。此处借指宋都。**沾**：雨水滋润，比喻享受到恩泽。

6 **汾水秋风**：汾水，在山西省中部。汉武帝曾巡游到此，与群臣宴饮赋诗，作《秋风辞》。**陋汉才**：言宋朝君臣宴饮赋诗，其诗才远胜当年汉朝。陋，意动用法，认为浅陋。

7 **人共乐**：与民同乐。

8 **尽**：饮尽。**紫霞杯**：一种绘有紫色云霞的酒杯。

侍宴安乐公主新宅应制

沈佺期

导读

沈佺期这首应制诗，是在唐中宗驾幸安乐公主新宅时写的。安乐公主是唐中宗女，韦后所生，小名裹儿。她干预朝政，贿卖官爵，许多大官均出其门下，其自称皇太女。她穷奢极欲，强占民田，大兴土木，广造宅第。作者跟随唐中宗一起游赏安乐公主新宅时，不得不应命作诗。诗中虽有溢美之词，但客观上揭露了安乐公主奢华的生活。安乐公主后来为唐玄宗所杀。

原文

皇家贵主好神仙[1]，
别业初开云汉边[2]。
山出尽如鸣凤岭[3]，
池成不让饮龙川[4]。
妆楼翠幌教春住[5]，
舞阁金铺借日悬[6]。
敬从乘舆来此地[7]，
称觞献寿乐钧天[8]。

译文

皇家尊贵的公主爱好神仙，刚建立的别业高耸，如入云汉。造出的假山都好像鸣凤岭，凿出的池沼比得上饮龙川。梳妆楼的翠色窗帘能够留住春天，舞阁门上的金色装饰，凭借日光更加耀眼。我恭敬地跟从皇帝车驾来到这里，举起酒杯祝福，别业内奏起钧天仙乐。

注释

1 **皇家贵主：**指安乐公主。

2 **别业：**别墅。指安乐公主的新府第。**云汉：**银河。

3 **鸣凤岭：**指岐山，在今陕西省岐山县。

4 **饮龙川：**指渭水，在陕西境内。

5 **妆楼：**梳妆楼。**翠幌：**翠绿色的布幔。

6 **舞阁：**专供歌舞用的台阁。**金铺：**门上的装饰。**借日悬：**门上装饰在日光照射下更显得金光耀眼。

7 **乘舆：**皇帝的车驾。

8 **称：**举，奉。**觞**(shāng)**：**古时盛酒器。**钧天：**钧天广乐，即神话中天上的音乐。此处是对别业内所奏乐曲的称颂。

戏答元珍

欧阳修

导读

此诗又名《戏答元珍花时久雨之什》《答丁元珍》，景祐四年(1037 年)春天作。元珍，即欧阳修的朋友丁宝臣(字元珍)。欧阳修被贬为峡州夷陵(今湖北宜昌)县令时，丁元珍担任峡州军事判官，两人都爱好诗文，交往密切。丁元珍写了《花时久雨》诗赠欧阳修，欧阳修答诗唱和。诗的首联叙述了作诗的时间、地点和山城早春的气象，抒发了失意寂寞的情怀。“春风疑不到天涯”，突兀而起，是对眼前景物的感受，也是自己被朝廷疏远的双关语；“疑”字传达出思想的波动，颇有功力。“二月山城未见花”是对第一句疑问的回答。欧阳修自己很欣赏这一联，他在《笔说》中说：“若无下句，则上句何堪？既见下句，则上句颇工。”这两句给后面各句开拓了描写空间，元朝方回《瀛奎律髓》评论道：“《戏答元珍》，此夷陵作。欧公自谓得意，盖‘春风疑不到天涯’一句，未见其妙，若可惊异。第二句云‘二月山城未见花’，即先问后答，明言其所谓也。以后句句有味。”颔联紧承首联描写山城的早春景象，选择了山城最典型的景物：一是傲雪的橘子，一是冒寒破土的竹笋。颈联由写景转为抒情，写耳听北归春雁的鸣叫、眼看景物的变换，生起无尽的乡思和感慨。末联“曾是洛阳花下客，野芳虽晚不须嗟”，说明既然能享受欢乐，也就要能忍受挫折。这是自我解脱，情调由低沉转为豁达。全诗把咏物、写景和抒情融于一体，以自问自答形式层层展开，节奏明快，一气呵成，如行云流水。

原文

春风疑不到天涯[1]，
二月山城未见花。
残雪压枝犹有橘[2]，
冻雷惊笋欲抽芽[3]。
夜闻归雁生乡思[4]，
病入新年感物华[5]。
曾是洛阳花下客[6]，
野芳虽晚不须嗟[7]。

译文

春风啊，我怀疑你吹不到这天涯，已是二月了，还见不到鲜花。残留的积雪压着树枝，那枝上还挂着去年的橘子；天气寒冷，但是春雷震响，惊动竹子抽笋发芽。夜间听到北归的雁鸣，惹起无穷的乡思；带病进入又一个春天，感叹景物的变化。我曾经是洛阳牡丹花下的游客，在这里能看到晚开的野花，也不必伤感嗟叹。

注释

1 **天涯：**天边，形容极边远的地方。夷陵面江背山，是离京城遥远的偏僻山城。

2 **残雪：**初春还未完全融化的积雪。

3 **冻雷：**初春雷鸣，但是天气仍然寒冷，故称冻雷。

4 **归雁：**春季向北飞的大雁。

5 **感物华：**感叹景物的变化。

6 **“曾是”句：**宋仁宗天圣九年（1031 年）至景祐元年（1034 年），欧阳修曾任西京（洛阳）留守推官。洛阳以牡丹花著称，欧阳修《洛阳牡丹记》说：“洛阳之俗，大抵好花。春时，城中无贵贱皆插花，虽负担者亦然。花开时，士庶竞为游遨。”《玉楼春》说：“直须看尽洛城花，始共春风容易别。”故自称“曾是洛阳花下客”。

7 **野芳：**山野的花。**嗟**（jiē）**：**叹息。

插花吟

邵雍

导读

古时男女老少都有在头上戴花的习惯,称为“插花”。邵雍是北宋哲学家。这首诗反映了邵雍归隐和恋世的双重思想情绪,他思想上颇自信,故诗歌感情高昂。他“身经两世”“眼见四朝”,深受朝廷的赏识和敬重,因而流露出对宋王朝的深厚感情。又因为他跟当权者政治见解有分歧,故追求一种超凡出世、洁身自好的归隐生活。本诗结构完整,尾联“花影”“红光”“花前”“醉归”与首联“花枝”“酒卮”互相呼应,颔联“两世太平”“四朝全盛”与颈联“筋骸粗康健”“时节正芳菲”互相补充。

原文

头上花枝照酒卮[1],
酒卮中有好花枝。
身经两世太平日[2],
眼见四朝全盛时[3]。
况复筋骸粗康健[4],
那堪时节正芳菲[5]。
酒涵花影红光溜[6],
争忍花前不醉归[7]。

译文

插在头上的花枝映照进酒卮,酒卮中亦映有美丽的花枝。亲身经历了两世的太平日子,亲眼看见了四朝的全盛之时。况且又身体大致康健,怎可错过这正当花木芳菲的季节。酒中映照出花影,红光闪烁,怎么忍耐得住在花前不喝醉而回。

注释

1 **卮**(zhī):古时盛酒的器具。

2 **两世**:古称三十年为一世,两世即六十年。

3 **四朝:**指北宋真宗、仁宗、英宗和神宗四朝。

4 **筋骸:**筋骨。指身体。**粗:**大体。

5 **芳菲:**花木艳盛芬芳。

6 **涵:**包含,映照着。**溜:**闪动。

7 **争忍:**怎能忍耐。

寓　意

晏殊

导读

寓意,即寄托着言外之意。诗题一作《无题》。这首七律,写的是情人分离和思念之情。中国古代诗歌继承屈原以男女之情写君臣关系的传统,所以很多人认为晏殊这首《寓意》是他政治抱负不能实现的写照。这首诗首联用"油壁香车",暗指青年女子的美丽,接着用"不再逢""任西东",说明意中人就像巫峡的云彩一样踪迹难寻。中间两联,刻画了男子由苦闷、惆怅到百无聊赖的心境。自己跟意中人相会的地方,现在空剩花阴月色、柳絮轻风,于是只好借酒浇愁,排遣心中的寂寞空虚。末联既写自然的高山大河的阻隔,也暗喻人为的重重障碍。封建社会青年男女偶然相会,产生爱情,但是不能公开恋爱,往往一别就成为永诀。这首诗反映了封建社会中青年男女由于婚姻不能自主产生的苦闷和悲哀,这就是它的典型意义。

原文

油壁香车不再逢[1],
峡云无迹任西东[2]。
梨花院落溶溶月[3],
柳絮池塘淡淡风[4]。

译文

华美的车轿不能再次相逢,就像巫峡的云朵消失了踪迹,任意飘向西或飘向东。梨花开放的院落,遍地溶溶的月色,柳絮飘飞的池塘,吹来阵阵轻柔的微

几日寂寥伤酒后[5]，
一番萧索禁烟中[6]。
鱼书欲寄何由达[7]？
水远山长处处同。

风。接连几天因为排遣寂寥而喝酒伤身之后，来到这一片萧索、禁绝烟火的环境之中。写了书信想要寄出，有什么途径可以送达？山高水长，道路遥远，处处都相同。

注释

1 **油壁**：古代女子所坐的一种轻便车，用油涂饰车壁。

2 **峡云**：巫峡上空的云彩。战国时楚国宋玉作《高唐赋》，描写巫山神女变化为云雨，跟楚襄王相会的故事。

3 **溶溶月**：形容月光如水。

4 **淡淡风**：形容春风轻柔。

5 **寂寥**：寂寞无聊。**伤酒**：饮酒过量而伤害身体。

6 **萧索**：萧条，冷落。**禁烟**：即禁火。指清明前的寒食节，这一天禁火。

7 **鱼书**：即书信。乐府诗《饮马长城窟行》："客从远方来，遗我双鲤鱼。呼儿烹鲤鱼，中有尺素书。"后因称书信为鱼书。

寒食书事

赵鼎

导读

赵鼎是南宋政治家。这是他贬官潮州（今广东潮州）时写的诗。他在寒食节（清明节的前一天或两天）外出，书写下所见所感。他感叹这地方虽然没有禁火寒食的风俗，却跟中原一样，清明时节家家上坟祭扫。只见平民百姓，家家户户，全家上坟，而那些曾显赫一时的唐宗汉祖的坟墓，却冷冷清清，满目蓬蒿，连粗茶淡饭也无人供奉。这个鲜明强烈的对比，说明人世变化无常。故诗人感慨万千，醉卧青苔之上，一任暮笳吹奏，也不离开。

原文

寂寞柴门村落里[1]，
也教插柳纪年华[2]。
禁烟不到粤人国[3]，
上冢亦携庞老家[4]。
汉寝唐陵无麦饭[5]，
山溪野径有梨花。
一樽竟藉青苔卧[6]，
莫管城头奏暮笳[7]。

译文

在用柴木做门的寂寞村庄里，人们也懂得在春天插柳昭示春光。寒食禁烟的习俗没有传到粤人所居之地，但是清明扫墓，已经普及到每户人家。汉朝、唐朝的高大陵墓没有人进献麦饭，只有山溪和荒野的小路边开放着梨花。我喝干了一樽酒，躺在青苔上，不管城头已经吹奏即将关闭城门的暮笳。

注释

1 **柴门：**用柴木做的简陋的房门。

2 **插柳：**古代风俗，寒食节插柳于门上，标志春季的来临。**年华：**岁月，时光。这里指春光。

3 **禁烟：**古时寒食节这天禁火冷食。

4 **上冢**（zhǒng）**：**旧时风俗，清明时节家家上坟扫墓，祭祀祖先。**庞老：**指庞德公。东汉襄阳（今湖北襄阳）人，隐居在岘山种田。荆州刺史刘表几次邀他出来做官，他都拒绝了。后来另一个隐士司马徽来看他，正碰见他携全家扫墓归来。

5 **寝、陵：**均指高大华贵的坟墓。**麦饭：**祭祀用的饭食。

6 **一樽：**一杯酒。**竟：**尽，喝完。**藉：**衬垫。

7 **暮笳：**这里指画角。古时在天快晚时吹起画角，表示城门快要关闭了。

清明

黄庭坚

导读

这首诗写出了作者对于人生价值的思考。首联用清明前后桃李芳菲的明媚的春光,对比“野田荒冢”;用“笑”,对比“愁”。颈联用齐人乞食的卑下举动,对比不愿意封侯的介子推的高风亮节。末联发出感慨:不论贵贱贤愚,到头来留下的都不过是一抔黄土,满目荒丘。此诗通篇用对比反衬的手法,情景交融,用典贴切。

原文

佳节清明桃李笑[1],
野田荒冢只生愁[2]。
雷惊天地龙蛇蛰[3],
雨足郊原草木柔[4]。
人乞祭余骄妾妇[5],
士甘焚死不公侯[6]。
贤愚千载知谁是[7]?
满目蓬蒿共一丘[8]。

译文

清明佳节,桃花李花在春风中欢笑,而田野中长满荒草的坟墓让人发愁。春雷惊动天地,冬眠的龙蛇都被惊醒;春雨滋润郊原,百草树木枝芽嫩柔。有人乞讨祭坟的残羹冷炙,还向妻妾炫耀;高尚的人士却甘愿被烧死,也不愿接受公侯之位。贤能和愚蠢,千载以来知道是谁对谁错?如今只见长满蓬蒿的一堆堆土丘。

注释

1 **桃李笑**:指桃李花开。

2 **荒冢**:长满荒草的坟墓。

3 **蛰**(zhé):动物在洞中或土里冬眠。

4 **郊原**:郊野。**柔**:柔和。指草木枝芽嫩柔。

5 **人乞祭余：**乞讨坟上祭祀之后的酒食。《孟子·离娄下》载，有个齐国人，经常出入于坟墓间，乞讨祭祀后的残酒残饭，回家后向他的妻妾吹嘘，说是富贵之家请自己吃饭。

6 **士甘焚死：**指介子推宁愿被烧死山中也不受封赏的故事。他死在清明前一天（一说前两天），人们为了纪念他，相约于其忌日禁火冷食。以后相沿成俗，谓之寒食。

7 **“贤愚千载”句：**千载以来不知道谁贤谁愚。

8 **丘：**坟墓。

清明日对酒

高翥

导读

这是一首讽刺世俗的诗。首联写清明节祭扫祖先的人纷纭众多。次联用“白蝴蝶”形容“纸灰”，用“红杜鹃”形容“泪血”，描写扫墓时的场面、气氛。第三联笔锋一转，扫墓一结束，只有“狐狸”仍旧“眠冢上”陪伴死者，而祭扫者已经像平时一样，与儿女“笑灯前”了。这就把前面的虔诚场面、哀恸气氛一扫而光。末联再转一笔，紧扣主题，说人在世时要及时寻乐。“人生有酒须当醉”，反映了作者对人生的消极看法。高翥(zhù)是南宋诗人。本诗题目《千家诗》通行本作《清明》。

原文

南北山头多墓田[1]，
清明祭扫各纷然[2]。
纸灰飞作白蝴蝶[3]，
泪血染成红杜鹃[4]。

译文

南北的山头都有许多墓田，清明节来祭祀扫墓的人众多而不绝。纸灰飞起，就好像白蝴蝶飞舞，人们痛哭流泪，眼泪染红了山上的杜鹃。太阳落下，只有狐

日落狐狸眠冢上，
夜归儿女笑灯前。
人生有酒须当醉，
一滴何曾到九泉[5]！

狸睡在坟墓上；人们扫完墓夜晚回家，跟儿女在灯前嬉笑。人生在世，只要有酒就必须痛饮沉醉，祭祀的酒，什么时候有一滴能够送到九泉！

注释

1 **墓田**：墓地。
2 **纷然**：形容祭扫的人很多。
3 **纸灰**：祭祀时纸钱烧成的灰。古代迷信认为，纸钱烧掉后，可以送到阴间给死者当钱用。
4 **泪血**：祭扫者痛哭流涕，泪中带血。
5 **九泉**：黄泉。

郊行即事

程颢

导读

这首诗写春天郊游的感受，“即事”就是有感于眼前事物而乘兴赋诗。本诗风格清新，语句流畅。特别是前面四句写景，非常精致，很注意词句的锤炼。如：第一句用“芳原”和“绿野”搭配，写出了香与色的感觉；第二句“遥山”与“四围”搭配，写出了景物的远与近；第三句“逐”“穿”写动；第四句“临”“坐”写静。

原文

芳原绿野恣行时[1]，
春入遥山碧四围[2]。

译文

原野长满花草，正适合随意游览，春天来临，绿遍了四周和远山。乘兴

兴逐乱红穿柳巷[3]，
困临流水坐苔矶[4]。
莫辞盏酒十分劝，
只恐风花一片飞[5]。
况是清明好天气，
不妨游衍莫忘归[6]。

追逐落花，穿越柳巷，困乏了就坐在流水边有青苔的石矶上。不要推辞他人殷勤的劝酒，只怕风吹花落，春光随飞花一同消逝。何况是清明节大好的天气，只要不忘记回家，不妨尽兴游玩。

注释

1 **芳原绿野：**长满花草的原野。**恣行：**随意而行。

2 **遥山：**远山。**碧四围：**绿遍四周。

3 **兴：**乘兴。**乱红：**落花。

4 **苔矶**(jī)：水边突出的生着青苔的岩石。

5 **“只恐风花”句：**只怕风吹花落，春光随飞花一同消逝。

6 **游衍：**尽兴游玩。

秋　千

僧惠洪

导读

这首诗描写一个美丽少女荡秋千的情景。首联描写秋千的精巧华丽，引出荡秋千的“佳人”。第二联描写秋千荡起的情景，秋千一上一下，美人神采奕奕。第三联渲染环境，杏花飘洒，柳烟笼罩，美丽的景致更衬托出佳人的丰采。尾联描写少女从秋千上戏毕下来，从容自若地立在花阴幽静处，好似月里仙子降到人间。作者好似画家一般，荡起的秋千，美好的风景，主人公的神态，都刻画得形神兼备。惠洪是北宋末年著名诗僧。

原文

画架双裁翠络偏[1]，
佳人春戏小楼前[2]。
飘扬血色裙拖地[3]，
断送玉容人上天[4]。
花板润沾红杏雨[5]，
彩绳斜挂绿杨烟[6]。
下来闲处从容立[7]，
疑是蟾宫谪降仙[8]。

译文

雕花的秋千架，青绿色的丝绳，摆动的踏板，佳人在春天里正在小楼前荡秋千。秋千落下时，飘舞的红色长裙掠地而过，秋千向上时，把美貌的人儿送上天。雕花踏板润沾着密雨般的红杏花瓣，彩色丝绳斜挂在如烟的绿杨中间。佳人从秋千下来，在幽静处从容站立，叫人怀疑是从月宫中降落的女仙。

注释

1 **画架:**雕饰有花纹的秋千架。**双裁:**指秋千上两根彩绳整齐划一。**翠络:**青绿色的丝绳。**偏:**指秋千的摆动。

2 **佳人:**美人。**戏:**玩要。

3 **血色:**鲜红色。

4 **断送:**向高处推送。**玉容:**如玉的面容。指美人。

5 **花板:**秋千上饰有花纹的踏脚板。**红杏雨:**红色的杏花如雨般落下。

6 **绿杨烟:**杨柳碧绿得如烟雾笼罩。

7 **闲处:**幽静的地方。

8 **蟾(chán)宫:**月宫。传说月中有蟾蜍，故称。**谪降仙:**被贬谪到人间的仙子。

曲江（其一）

杜甫

导读

曲江，又名曲江池，在今陕西省西安市东南。原为汉武帝所造的园林，唐玄宗开元年间大加整修，是当时著名的游览胜地。安史之乱平定以后，杜甫在唐肃宗至德二年(757年)十一月返回长安，担任左拾遗的职务。但是，朝廷政治腐败，他的政治理想完全落空，故沉闷痛苦。次年三月，他便写了《曲江》二首。仇兆鳌引张綖语云："二诗以仕不得志，有感于暮春而作。"

《曲江》二首其一，既写自然景物的败落，也感叹唐王朝的衰败。开头四句写景，"飞""飘"两字，就写出了"流水落花春去也"的败落之势。后面四句感叹人事，从"小堂""高冢"的败落景象，领悟出世事无常。

原文

一片花飞减却春[1]，
风飘万点正愁人[2]。
且看欲尽花经眼[3]，
莫厌伤多酒入唇[4]。
江上小堂巢翡翠[5]，
苑边高冢卧麒麟[6]。
细推物理须行乐[7]，
何用浮名绊此身[8]？

译文

一片片落花飞舞，减少了春天的美景，花在风中飘落，成千上万，正让人愁闷。要凋谢的花朵，在眼前出现，聊且观看吧，已经喝得太多的酒，不能停下，再送入嘴唇。江边小厅堂上，竟然有筑巢的翡翠鸟，园林旁边的高大坟墓前，是东倒西歪的石麒麟。仔细推敲事物变化的道理，看来必须及时行乐，何必因为追求空名而束缚自身？

注释

1 **减却：**消减。**春：**春色。

2 **万点:**万片花瓣。形容落红无数。

3 **欲尽花:**快要凋落的花。**经眼:**在眼前出现。

4 **厌:**满足,停止。**伤多酒:**酒多喝而伤。指饮酒过量。

5 **堂:**厅堂。**巢:**筑窠。**翡翠:**翡翠鸟。

6 **苑:**园林。此指曲江西南边的芙蓉园。**高冢:**高大的坟墓。指权贵人家的坟墓。**麒麟:**指坟墓两侧用石头凿成的麒麟。

7 **细推:**仔细推究。**物理:**事物变化的道理。

8 **浮名:**虚名,空名。**绊此身:**束缚自身。

曲江(其二)

杜甫

导读

《曲江》二首其二,它紧承第一首末句“何用浮名绊此身”之意而发挥。当时诗人不仅政治理想破灭,生活也很艰苦。头两联写贫困而放纵的生活,每日典当衣裳,借酒浇愁,随处欠着酒债。仇兆鳌注道:“酒债多有,故至典衣;七十者稀,故须尽醉。”第三联笔锋转移,描写曲江景物,呼应诗题。诗人用“深深见”“款款飞”把蝴蝶、蜻蜓写活了,其中“穿”“点”两字,更加传神,也说明诗人自己徘徊于花阴深处,盘桓于曲江之滨。最后两句,写自己陶醉于美好的春光,希望自己与春光永远相伴。本诗中“酒债寻常行处有,人生七十古来稀”两句经常被人引用。“寻常”既是平常的意思,又是两个量词,八尺是一寻,一丈六尺是一常,故可以跟数词“七十”相对,人们称这种对偶为“借对”。

原文

朝回日日典春衣[1],
每日江头尽醉归。

译文

上朝回来,天天到当铺典卖春天穿的衣,每天都到曲江岸边,尽兴喝醉后才

酒债寻常行处有[2]， 人生七十古来稀。 穿花蛱蝶深深见[3]， 点水蜻蜓款款飞[4]。 传语风光共流转[5]， 暂时相赏莫相违[6]。	把家回。欠酒债是经常的事，走过的地方都有欠账，能活到七十岁的人，自古以来就十分稀见。穿越花丛的蝴蝶时隐时现，点水的蜻蜓从容缓慢地飞。给美好的风光传话，我们共同相伴，暂且互相欣赏，不要分离。

注释

1 **朝回：**指上朝回来。**典：**典卖，抵押。

2 **寻常：**平常。又是长度单位。**行处：**走过的地方。

3 **蛱(jiá)蝶：**蝴蝶。**深深见：**指在花丛中时隐时现。"见"同"现"。

4 **款款：**缓缓。

5 **传语：**寄语，嘱咐。**风光：**明媚的春光。**流转：**运行变迁。

6 **相赏：**互相欣赏。

黄鹤楼

崔颢

导读

黄鹤楼，故址在今湖北武汉市蛇山的黄鹄矶头。相传仙人子安乘黄鹤过此，或传说费祎登仙，驾鹤于此歇息。崔颢是盛唐诗人。崔颢这首《黄鹤楼》是七律中的名作。严羽《沧浪诗话》说："唐人七言律诗，当以崔颢《黄鹤楼》为第一。"前四句一气呵成，顺势而下，无半点滞碍，一、三两句忆古，二、四两句思今，并一连用了两个"去"字、两个"空"字，交错渲染。五、六两句转而描写隔江所见的风景，形象鲜明，诗意明快，节奏铿锵。这寥廓的风景，进一步衬托出黄鹤楼的幽寂。末两句转入乡思，借景抒情，情景相生。

诗人孤独凄凉的心境和黄鹤楼长期幽寂空荡的景象，互相呼应，融为一体。这首诗把古与今、虚与实、远与近、情与景，巧妙地融会在一起，营造了一个广阔的诗境。据元人辛文房《唐才子传》记载，大诗人李白当年经过黄鹤楼时，看到崔颢此作，曾叹服说："眼前有景道不得，崔颢题诗在上头。"只好"无作而去"。后来，李白写了《登金陵凤凰台》《鹦鹉洲》两首诗，构思都受崔颢《黄鹤楼》这首诗的影响。

原文

昔人已乘黄鹤去[1]，
此地空余黄鹤楼。
黄鹤一去不复返，
白云千载空悠悠[2]。
晴川历历汉阳树[3]，
芳草萋萋鹦鹉洲[4]。
日暮乡关何处是[5]？
烟波江上使人愁[6]。

译文

过去的人已经骑着黄鹤离开，这个地方空留下一座黄鹤楼。黄鹤一旦离开就不再返回，千年以来只有白云悠悠。江面晴朗，汉江北岸的树林清晰可见，芳草萋萋，那是大江中的鹦鹉洲。天色晚了，何处是我的故乡？烟雾笼罩着江面，使人发愁。

注释

1 **昔人**：过去的人。指传说中的仙人。
2 **悠悠**：悠然飘动的状态。
3 **历历**：清楚分明。**汉阳**：汉水的北面。
4 **萋萋**：草木茂盛的样子。**鹦鹉洲**：唐时在汉阳西南长江之中，后被江水淹没。东汉末年，写过《鹦鹉赋》的祢衡被黄祖杀害，葬于此，故名。
5 **日暮**：天色已晚。**乡关**：故乡。
6 **烟波**：指烟雾苍茫的水面。

春夕旅怀

崔涂

导读

崔涂是晚唐诗人，故乡在江南。这首《春夕旅怀》是诗人旅居湘鄂时所作的怀乡诗。第一句“水流花谢”写时间，点出暮春季节。第二句点明地点，说来到“楚城”，这里不是自己的故乡。第三句用“庄周梦蝶”典故，烘托出诗人的乡思无限。第四句用半夜三更的杜鹃哀鸣，更渲染出诗人的凄凉寂寞。三、四句“蝴蝶梦中家万里，杜鹃枝上月三更”对仗非常精巧工稳，历来为人传诵。第五句写乡书断绝，第六句写两鬓华发早生，进一步写出内心的悲凉。最后两句“自是不归归便得，五湖烟景有谁争”，既是自我解嘲、自我安慰，也表达了欲回故乡的急切心情。

原文

水流花谢两无情，
送尽东风过楚城[1]。
蝴蝶梦中家万里[2]，
杜鹃枝上月三更[3]。
故园书动经年绝[4]，
华发春催两鬓生[5]。
自是不归归便得[6]，
五湖烟景有谁争[7]？

译文

水已流逝，花已凋谢，两者都没有感情，送走了春天的东风，我来到楚城。我梦中化作蝴蝶回家，梦醒却离家万里，听着杜鹃在枝上啼叫，望着月亮，已经是半夜三更。故园的书信，动辄常年收不到，花白的头发，在春天的催促下已经生出。我只是自己不回家，要回家就能回去，享受家乡五湖地区的春光，有什么人跟我竞争？

注释

1 **楚城:**指湖北、湖南一带的城市。战国时这里是楚国的地域。

2 **蝴蝶梦:**梦中变成蝴蝶。《庄子·齐物论》载,庄周梦为蝴蝶,醒来时不知是庄周梦见蝴蝶,还是蝴蝶梦见庄周。此处极言回家的愿望成为梦幻。

3 **杜鹃:**鸟名,又称子规,经常夜里啼叫,甚至口中出血,其声似“不如归去”。

4 **故园:**家园,故乡。**动:**动辄,每每。**经年:**常年。

5 **华发:**花白的头发。**春催:**因为春天到来而催生。

6 **自是:**只是。**归便得:**要归去也就能归去。

7 **五湖:**古代指太湖以及附近的四湖。相传春秋时越国大夫范蠡(lǐ)功成身退,泛舟五湖。此处诗人借指家乡。**烟景:**指春天的美景。

寄李儋元锡

韦应物

导读

李儋(dān),字元锡,曾官殿中侍御史,是韦应物的好友。此诗的最大特色,不在于写春愁、写思念友人、写自己的疾病,而在于诚恳地披露了一个清廉正直的知识分子的思想状态——进入官场是为了实现为民造福的抱负,能够严格要求和反省自己的政绩,而不是贪恋俸禄。“身多疾病思田里,邑有流亡愧俸钱”,这两句诗令许多人感动赞赏。据说宋代政治家和著名词人范仲淹读了“邑有流亡愧俸钱”的诗句,感动不已,叹为“仁人之言”。大思想家朱熹也非常赞赏这首诗。元代诗人方回说:“朱文公盛称此诗五、六好,以唐人仕宦多夸美州宅风土,此独谓‘身多疾病’‘邑有流亡’,贤矣!”

原文

去年花里逢君别，
今日花开又一年。
世事茫茫难自料[1]，
春愁黯黯独成眠[2]。
身多疾病思田里，
邑有流亡愧俸钱[3]。
闻道欲来相问讯[4]，
西楼望月几回圆[5]。

译文

去年百花开放的季节里，跟您相逢又离别，今天百花又开放了，已经过了一年。世上的事复杂迷茫，自己难以预料，春天的哀愁黯淡深沉，我孤独地以睡眠解闷。身体有许多疾病，颇想回归田园故里，管理的地方有百姓流亡，惭愧自己享受俸钱。听说您要来这里探望我，我登上西楼盼望，望着月亮多次缺了又圆。

注释

1 **料**：预料。
2 **黯黯**：心绪黯然阴沉。**独成眠**：孤独而以睡觉解闷。
3 **流亡**：外出逃荒的人。**俸钱**：俸禄。
4 **问讯**：问候，探望。
5 **望月几回圆**：指盼望友人到来而登楼望月，月亮都圆过好几回了。

江　村

杜甫

导读

全诗描写作者在江村的宁静生活。江村，指浣花溪边的小村。唐肃宗上元元年(760 年)，杜甫经过四年的流亡生活，来到成都西郊浣花溪畔，建置草堂。此诗通篇以“幽”字为主线。第一联写环境之“幽”，小溪弯弯曲曲，环绕村庄。第二联写动物之“幽”，燕子与沙鸥清闲自得，与人亲近。第三联写人事之“幽”，老妻画纸为棋盘，准备弈棋；儿子敲针为钩，想去钓鱼。第四联写心情之“幽”，虽然贫困却恬淡自在。

原文

清江一曲抱村流[1]，
长夏江村事事幽[2]。
自去自来堂上燕，
相亲相近水中鸥[3]。
老妻画纸为棋局，
稚子敲针作钓钩[4]。
多病所需惟药物，
微躯此外更何求[5]？

译文

一条弯弯的清澈小河，环抱村庄奔流，漫长的夏天，江边小村事事都清幽。自由自在、飞去飞来的是堂上的燕子，相互亲热、相互靠近的是水中的沙鸥。多年相伴的妻子在纸上画成一个棋局，年幼的孩子把针敲打成弯弯的钓钩。身体多病，所需要的东西不过是药物，微不足道的身躯，除此以外还有什么要求？

注释

1 **清江**：指浣花溪。**一曲**：指河道弯曲。**抱**：环抱，围绕。
2 **长夏**：漫长的夏天。**幽**：幽静，清幽。
3 **鸥**：水鸟。
4 **稚子**：小孩儿。
5 **微躯**：微贱的身体。诗人自谦之词。**更**：又，另外。

夏　日

张耒

导读

张耒是北宋诗人，是苏轼的学生，为“苏门四学士”之一。这首诗写江村夏日的感受，突出一个“静”字。前四句写白天的静，风清日丽，燕雀巢檐，粉蝶晒衣，蜘蛛补网。五、六句写夜晚的静，帘栊中透出稀疏的月影，枕边听到潺潺的溪声。作者热爱江村的清静可爱，故诗的末联很自然地写道“直欲樵渔过此生”——但愿自己像樵夫、渔夫那样，自由自在地度过这一生。

全诗写景细腻，诗句清新，剪裁自然。正如其朋友晁补之的评述："君诗容易不着意，忽似春风开百花。"

原文

长夏江村风日清[1]，
檐牙燕雀已生成[2]。
蝶衣晒粉花枝舞[3]，
蛛网添丝屋角晴[4]。
落落疏帘邀月影[5]，
嘈嘈虚枕纳溪声[6]。
久斑两鬓如霜雪[7]，
直欲樵渔过此生[8]。

译文

漫长的夏天白昼，江村日丽风清，参差的屋檐下，燕雀已经筑巢滋生。蝴蝶张开彩色翅膀晒粉，花枝摇曳起舞，蜘蛛趁着天晴在屋角补网添丝。透过稀稀疏疏的帘子，迎来室外的月影，躺在枕头上没有入睡，听那嘈嘈的溪声。已经花白的两鬓，现在白得像霜雪一样，我真想去做樵夫、渔翁，度过此生。

注释

1 **风日清**：日丽风清。

2 **檐牙**：檐际翘出如牙的部分。这里泛指屋檐。

3 **蝶衣**：蝴蝶的翅膀。**粉**：蝴蝶翅膀上的粉状物。

4 **蛛网添丝**：蜘蛛在添丝补网。

5 **落落**：稀疏的样子。**帘**：窗帘。**邀**：迎来。

6 **嘈嘈**：形容水流声。**虚枕**：躺在枕头上没有入睡。**纳**：收纳。此处为"听到"之意。

7 **斑**：色彩驳杂。这里指头发花白。

8 **直欲**：真想，真愿意。**樵渔**：砍柴、捕鱼。指过隐居生活。

积雨辋川庄作

王维

导读

积雨,就是久雨。辋(wǎng)川庄是王维的别墅,在今陕西蓝田县终南山下的辋川河边。这首诗正是诗人晚年生活的写照。《旧唐书·王维传》载:“维弟兄俱奉佛,居常蔬食,不茹荤血,晚年长斋,不衣文彩。”这首诗音调和谐,节奏铿锵,意境优美。三、四句是全诗最精彩的一联,在叠字的运用上有独到的功夫。用了“漠漠”,就使水田显得广阔辽远,白鹭也就有了自由飞翔的余地;用了“阴阴”,雨后的夏木才显出茂密浓郁,黄鹂的鸣唱才显出婉转清幽。

原文

积雨空林烟火迟[1],
蒸藜炊黍饷东菑[2]。
漠漠水田飞白鹭[3],
阴阴夏木啭黄鹂[4]。
山中习静观朝槿[5],
松下清斋折露葵[6]。
野老与人争席罢[7],
海鸥何事更相疑[8]?

译文

久雨不停,稀疏的树林中烟火升起迟缓,蒸好藜菜,煮好黄米,送到东边的田地间。广阔的水田上白鹭飞舞,茂密浓郁的树木间黄鹂鸣啭。在山中练习入静,观看早上开花的木槿,在松林下吃素,采摘带露的葵菜进餐。我这个山野老人,不再跟别人让座争席,海鸥啊,为什么还怀疑我,不下来亲近游玩?

注释

1 **积雨:**久雨不停。**空林:**稀疏的树林。**烟火迟:**因久雨空气潮湿,柴禾不易点燃,故烟火升起迟缓。

2 **藜：**野菜名。它的新叶、嫩苗均可食。**黍：**黍子。籽实淡黄色，去皮后叫黄米。**饷**(xiǎng)**：**给耕种的人送饭。**菑**(zī)**：**耕种了一年的土地。此处泛指田地。

3 **漠漠：**辽阔的样子。

4 **阴阴：**树林茂密而幽暗的样子。**夏木：**夏天枝叶浓郁的树木。**啭：**鸟的鸣叫声。

5 **朝槿**(jǐn)**：**即木槿。落叶灌木，夏秋之交开花，其花早开晚谢，花期很短，故古人常以槿喻人生短暂无常。

6 **清斋：**素食。**折：**采摘。**葵：**一种蔬菜。

7 **野老：**作者自指。**争席罢：**停止了跟人客套让座。指进入了随和融洽的境界。《庄子·寓言》记载，阳子居（杨朱）去见老子时，旅店中客人对他很敬畏，都很客气地给他端凳子、让座位。当他从老子处学道回来时，对人随和，没有隔膜了，人们就不再跟他客套让座了。

8 **"海鸥"句：**《列子·黄帝》载，古时海边上有个人每天与鸥鸟相亲近，他的父亲知道了，对他说："吾闻鸥鸟皆从汝游，汝取来吾玩之。"第二天他再去海边，鸥鸟便不再飞近他了。这句是说：我是与世无争的没有机心的人，海鸥不必对我心存怀疑。

东湖新竹

陆游

导读

陆游是南宋著名爱国诗人。他往往淋漓尽致地抒写爱国情怀，悲壮激越。他抒写日常生活与爱情的诗歌，也真挚动人。这是一首咏物诗，吟咏东湖的新竹。东湖在今浙江绍兴市城郊。诗歌开头六句，从不同的角度描写湖边的新竹。第一句写种竹时精心护持的情景。第二句通过"映涟漪"，描写水中的竹影。第三句通过风来描写竹梢的摇曳之态，"秋先到"三字，十分准确生动，把新竹纤枝因风而动的特点和竹林的清凉，形象地烘托出来。第四句通过光来反映竹林的一片苍翠的景象，烈日当午，竹荫遮蔽，使人不觉炎炎暑热。五、六两句用“声簌簌”“影离离”，形象逼真地描画出新竹成长过程中的特点。以上六句通过多侧面的形象性描写，把东湖新竹写得形神兼备。最后两句，写作者对竹林的爱慕和想望。作者携带的竹篾制成的“簟”，也呼应了诗题的“竹”字。

原文

插棘编篱谨护持[1]，
养成寒碧映涟漪[2]。
清风掠地秋先到[3]，
赤日行天午不知[4]。
解箨时闻声簌簌[5]，
放梢初见影离离[6]。
官闲我欲频来此[7]，
枕簟仍教到处随[8]。

译文

插上荆棘，编好篱笆，小心护持你，养成一片清幽碧绿，映照在有涟漪的水面。林中生出清风掠过地面，仿佛秋天先到了，中午红太阳当空，在这里对炎热却没有感知。笋壳不断脱落，让人听到那声音簌簌，竹子慢慢生长，开始显现出倩影离离。做官若得闲暇，我要频繁来这里，依旧携带枕头、竹簟，让它们到处跟随我。

注释

1 **棘**(jí)**:**荆棘，有刺的草木。农村常用荆棘等编排成篱笆。

2 **寒碧:**此处比喻新竹给人的清凉之感。**涟漪**(lián yī)**:**细微的水波。

3 **掠地:**拂地，从地上刮来。**秋先到:**仿佛秋天提前来到。

4 **赤日行天:**指正午时分。**午不知:**感觉不到中午的炎热。

5 **箨**(tuò)**:**竹笋上一片一片的皮，俗称“笋壳”。笋壳在竹子生长过程中一层层脱落，称为“解箨”。**簌簌**(sù)**:**象声词，形容竹笋拔节脱壳时的声音。

6 **放梢:**竹梢生长伸展。**离离:**纵横交错的样子。

7 **频:**频繁。

8 **枕簟**(diàn)**:**枕头与竹席。**仍:**依旧。

夏夜宿表兄话旧

窦叔向

导读

窦叔向是唐代诗人。诗题一作《表兄话旧》。话旧，就是回忆、交谈过去的事情。此诗写跟亲人多年离别之后重逢，抚今思昔，无限感慨。首联写多年离别之后，偶然到表兄家住宿，尽情饮酒，谈到深夜，花香满院，微雨飘洒。二、三联是话旧的内容：书信不通，往事凄凉，儿童长成大人，亲友一半去世。末联写明日又要告别表兄，乘舟远行，更是愁绪万千。末句"愁见河桥酒幔青"，写看见河桥边的酒帘，就会想起今夜的欢会，依依惜别之情溢于言表。

原文

夜合花开香满庭[1]，
夜深微雨醉初醒。
远书珍重何由达[2]，
旧事凄凉不可听[3]。
去日儿童皆长大[4]，
昔年亲友半凋零[5]。
明朝又是孤舟别，
愁见河桥酒幔青[6]。

译文

夜合花开放，香气弥漫庭院，夜深时下了细雨，我酒醉初醒。远在他乡写信祝福，书信没有什么办法送达，谈起往事多么凄凉，不忍心听。分别时候的儿童，都长大了，当年的亲戚朋友，一半已经去世。明天早晨又要乘孤舟告别，愁苦啊，沿途怕看见河边桥头的青青酒帘。

注释

1 **夜合：**又叫夜来香，一种晚间开花极香的花。**庭：**庭院。

2 **远书：**远方的书信。**珍重：**保重，即在书信中彼此祝福。**何由达：**没有什么途径送到，即无法通信。一作“何曾达”，什么时候曾送到过，意思也是无法通信。

3 **旧事：**往事。

4 **去日：**离开的日子。指过去分别之时。

5 **凋零：**本指草木凋落，此指亲友去世。

6 **酒幔：**酒旗，又叫酒帘。酒帘多为青色，悬挂在店门前，作为酒店招引顾客的标志。

偶成

程颢

导读

偶成，意思是偶然写成。实际上，这首诗抒写出了诗人的人生境界，表达了诗人的理学宗旨。诗人说，自己已经修养得从容自得、心境平静了，冷静地观察宇宙万物，怡然自得；一年四季所产生的兴致，与普通人相同。自己所信奉的“道”，广大无边，无所不包；天地万物的变化，都被自己深深地思考过了。最后两句说，身处富贵而能够不放纵，身处贫贱而能够自得其乐，这样的人才算是英雄豪杰。此诗思想开阔，语调高亢，气势充沛。

原文

闲来无事不从容，
睡觉东窗日已红[1]。
万物静观皆自得[2]，
四时佳兴与人同[3]。
道通天地有形外[4]，
思入风云变态中[5]。

译文

有闲暇以来，没有什么事不从容，睡觉醒来，从东方窗口已经看到太阳通红。冷静观察世间万物，都有自己的心得，对于四季变化的好兴致，跟别人相同。信奉的大道贯通具有形体的天地，认真思考，深入风云变化的形态。富贵时不放

富贵不淫贫贱乐[6]，
男儿到此是豪雄[7]。

纵，贫贱时自得其乐，男儿修养到这种境界，就是真正的豪雄。

注释

1 **睡觉：**睡眠后醒来。

2 **静观：**冷静地观察。**自得：**自己有所体会。

3 **四时佳兴：**四季风光带来的好兴致。

4 **有形：**指客观的物质世界。

5 **变态：**各种变化所显现的形态。

6 **淫：**放纵，惑乱。**贫贱乐：**安于贫贱而自得其乐。

7 **到此：**到了这个境界。**豪雄：**豪杰英雄。

游月陂

程颢

导读

这首诗抒写游览月陂的感受。首联写月陂形势。中间两联写登楼所见：颔联说万物都随着秋天的来临而改变其形态，自己趁着水边向晚的凉意而举杯畅饮；颈联说秋天景色也有足供观赏之处。末联总结自己的收获说世事不值得计较，应该亲近自然，追求清净自如的理想境界。

原文

月陂堤上四徘徊[1]，
北有中天百尺台[2]。
万物已随秋气改[3]，
一樽聊为晚凉开[4]。

译文

登上月陂堤，在四周徘徊，北面有耸入云天的百尺高台。万物已经随着秋天的气候而发生变化，我举起酒杯，趁着傍晚的凉意而畅饮开怀。水塘中心的云影

水心云影闲相照[5]，	悠闲地照映，树林下面的泉声静静地传
林下泉声静自来[6]。	来。世间的事务变化无常，有什么值得
世事无端何足计[7]？	计较？只要遇上美好的节日，我就约定
但逢佳节约重陪[8]。	再来陪伴游玩。

注释

1 **月陂**(bēi)**：**半月形的山塘堤岸。**四徘徊：**四处来回漫步。

2 **中天：**耸入云天。

3 **秋气：**秋天的气候。

4 **樽：**酒杯。**聊：**姑且。

5 **水心：**水中央。**闲：**悠闲。**相照：**相互映照。

6 **泉声：**泉水的声响。**静自来：**从一片静谧中清晰地传来。

7 **无端：**没有头绪，变化无常。**何足计：**不值得去计较。

8 **但：**只要。**约：**邀。**重陪：**再来相伴游玩。

秋兴（其一）

杜甫

导读

《秋兴》是因秋景而起兴，感怀往事，是杜甫著名的组诗。这组诗写于大历元年(766)，当时诗人五十五岁，旅居夔州（今重庆奉节）。《秋兴》共八首，八首诗的共同主旨是：身居巫峡，心望京华。王嗣奭(shì)《杜臆》说："《秋兴》八首，以第一首起兴，而后七首俱发中怀，或承上，或起下，或互相发，或遥相应，总是一篇文字。"

本首是《秋兴》八首中的第一首。前两句开门见山，直写巫山巫峡秋天的景色和气氛，紧扣"秋兴"。三、四句气势十分雄壮："波浪"在下而说"兼天”，“风云”在天而说“接地”，用相反而相成的语句，描绘了巫峡秋季的“萧森”情景，并衬托出作者沉重的心境。五、六两句，由景及情，抒发诗人的羁旅思乡之情。“丛菊两开”，点出离开成都之后滞留夔州已有两年；“孤舟一系故园心”，说明漂泊在外，有家难归，非常思念故乡。最后两句，紧接上联，用寒夜传来的急促的捣衣声，烘托诗人的焦虑心情。

原文

玉露凋伤枫树林[1]，
巫山巫峡气萧森[2]。
江间波浪兼天涌[3]，
塞上风云接地阴[4]。
丛菊两开他日泪[5]，
孤舟一系故园心[6]。
寒衣处处催刀尺[7]，
白帝城高急暮砧[8]。

译文

白露降下，凋零了枫树林，巫山巫峡的气象萧瑟阴森。江面上的波涛拍打天空，边塞地区的风云多么汹涌，紧压地面，一片阴沉。丛丛菊花已经连续两年开放，我流下回忆往日的眼泪，一叶孤舟长期系在这里，撇不开思念故乡的心。家家户户忙着用剪刀、尺子剪裁御寒衣服，傍晚从高高的白帝城内，传来急促的捣衣声。

注释

1 **玉露：**白露。**凋伤：**草木凋谢衰败。

2 **气萧森：**秋天的气象萧瑟阴森。

3 **江间：**指巫峡江面。

4 **塞：**边塞。这里指夔州远离中原。

5 **两开：**菊花开了两次。即度过了两个秋天。**他日泪：**因为忆往昔而流泪。

6 **系：**拴住船只停泊。**故园心：**思念故乡的心。

7 **处处：**家家户户。**催刀尺：**指忙着用剪刀、尺子剪裁御寒衣服。

8 **白帝城：**在今重庆奉节东白帝山上。西汉末割据蜀地的公孙述筑此城，自称白帝，故名。**急暮砧：**傍晚时急促的捣衣声。砧，捣衣石。

秋兴（其三）

杜甫

导读

这是《秋兴》第三首。开头两句，写诗人因有家难回，离京华遥远，只好每天从早到晚闷坐江楼排遣愁思。三、四两句说江上的渔民连夜捕鱼，漂浮不定；已经是深秋，燕子依旧飞来飞去。这既是写景，也是借“渔人”“燕子”比喻自己漂泊无居的处境。后面两联直接抒情。第三联抒发自己政治上不得志的苦闷心情，用“匡衡抗疏”的典故，反衬自己任左拾遗时因上疏救房琯而遭贬的遭遇；又用“刘向传经”的典故，烘托自己远在山城而空怀报国的心愿。第四联借同学的显贵，进一步显示自己远离京都、贫困无依的处境。

原文

千家山郭静朝晖[1]，
日日江楼坐翠微[2]。
信宿渔人还泛泛[3]，
清秋燕子故飞飞[4]。
匡衡抗疏功名薄[5]，
刘向传经心事违[6]。
同学少年多不贱[7]，
五陵衣马自轻肥[8]。

译文

山城的千家万户，静静沐浴朝阳的光辉，我天天坐在江楼，观看山色，一片青翠。已接连两夜，渔人还在水上继续劳作；已经是清秋，燕子仍旧来往不停地飞。仿效匡衡上书直言，反而功名微薄；学习刘向传承五经，最终却事与愿违。青年时代的同学大多显贵了，他们居住在长安，衣服轻暖马儿肥。

注释

1 **山郭**:靠山的城郭。

2 **翠微**:青翠的山色。

3 **信宿**:接连两夜。信,再。**泛泛**:在水上漂浮的样子。

4 **清秋**:深秋。**故**:照旧。**飞飞**:不停飞动。

5 **匡衡抗疏**:匡衡,汉元帝时任丞相,封乐安侯。据《汉书·匡衡传》载,汉元帝初,匡衡多次上疏直言,颇得皇帝嘉赏,迁光禄大夫、太子少傅。抗疏,谓向皇帝上疏直言。

6 **刘向传经**:刘向是西汉经学家、文学家。据《汉书·刘向传》载,汉宣帝时,刘向曾讲论五经于石渠阁;汉成帝时,曾领校中五经秘书。**心事**:愿望。**违**:违背,实现不了。

7 **不贱**:即显贵。

8 **五陵**:汉代五个皇帝的陵墓。这里借指长安。**轻肥**:轻裘肥马。指服饰华贵,车马讲究,生活奢华。

秋兴(其五)

杜甫

导读

这是《秋兴》第五首。这首诗的内容是诗人怀念安史之乱以前的唐王朝的盛世。前六句是追忆,写长安宫殿的巍峨壮丽,早朝场面的庄严肃穆,以及自己曾得参列朝班“识圣颜”的欣慰回忆。其中“降王母”“满函关”等语,暗中讽刺杨贵妃得宠和唐玄宗迷信道教。末联笔端一转,写此时身处巫峡,仍然梦绕魂牵,忆念在肃宗朝担任左拾遗的事。这首诗反映了诗人对朝廷与国家的一片忠心。

原文

蓬莱宫阙对南山[1]，
承露金茎霄汉间[2]。
西望瑶池降王母[3]，
东来紫气满函关[4]。
云移雉尾开宫扇[5]，
日绕龙鳞识圣颜[6]。
一卧沧江惊岁晚[7]，
几回青琐点朝班[8]。

译文

蓬莱宫阙面对着终南山，承露的铜柱高耸入云霄。向西望见瑶池，迎接西王母降临，东方传来紫气，充满了函谷关。雉尾像云彩般移动，那是侍从们在打开宫扇，日光在龙袍的金色鳞片上缭绕，可看到皇帝的容颜。我寄住遥远的夔州，又惊叹年岁已晚，只能多次梦回青琐门，等候上朝时点名入班。

注释

1 **蓬莱**：指蓬莱宫。原名大明宫，唐高宗时改称蓬莱宫。在长安北面。**南山**：即终南山。在长安的南面。

2 **承露金茎**：支撑承露盘的铜柱。

3 **瑶池**：神话传说中昆仑山上的池名，为西王母所居之处。

4 **"东来"句**：《列仙传》载，老子出函谷关，关令尹喜望见天边有紫气从东而来，知道有圣人经过，果然老子乘青牛前来。

5 **云移**：宫扇像云彩般缓缓分开。**雉尾**：即野鸡尾巴上的羽毛。唐高宗时开始，宫扇上饰雉羽，称为雉羽扇，供皇帝上朝时遮面用。

6 **日绕龙鳞**：日光照耀在皇帝绣有金色鳞片的龙袍上。**圣颜**：皇帝的面容。

7 **沧江**：泛指江流。以江水呈苍色，故称。此指长江巫峡段，具体指作者当时所居的夔州。**岁晚**：指秋天，又指自己接近晚年。

8 **青琐**：古代宫门上都刻有连环形图案，并涂成青色，后以"青琐"代指宫门。**点朝班**：上朝时点名传呼，按次入班。

秋兴（其七）

杜甫

导读

这是《秋兴》第七首。前六句回忆长安的昆明池，寄托对长安的怀念。一、二两句，借汉言唐，“在眼中”三字，承上启下，点明下几联所写的风景，皆是过去自己亲眼所见。三、四两句，写池边的景物，同时展示唐朝当年的国力昌盛、景物壮丽。五、六两句写湖上的秋景，“沉云黑”“坠粉红”既进一步点出“秋”字，又暗喻国势逐渐衰败。尾联写自己眼前的处境，自己好像一个随波漂荡的渔翁，个人的命运与国家的命运紧密地联系在一起。

原文

昆明池水汉时功[1]，
武帝旌旗在眼中。
织女机丝虚夜月[2]，
石鲸鳞甲动秋风[3]。
波漂菰米沉云黑[4]，
露冷莲房坠粉红[5]。
关塞极天惟鸟道[6]，
江湖满地一渔翁[7]。

译文

昆明池水显示出大汉的武功，武帝时代的旌旗，呈现在我的眼中。织女的织机和丝线，空空地摆在夜晚的月色里，玉石雕成的鲸鱼，秋风吹来时，似乎其鳞甲在闪动。水面漂动的菰米，像乌黑的云朵一样密集，露水寒冷，莲花坠落，颜色粉红。这里是远在天边的关塞，有着只有鸟才能飞过的道路，我流落江湖，四处漂泊，就像一个渔翁。

注释

1 **昆明池**：在长安西南。汉武帝为了征服西南夷小国，就在长安仿昆明国滇池修建了昆明池，置战船于其中，训练水军。取名“昆明”，是寄托征南之意。

2 **织女:**昆明池边建造有牛郎、织女石像,分别放在东、西两侧,隔水相望以昆明池象征天河。**虚夜月:**夜里月色虽好,但织女不能织布,等于虚度时光。

3 **石鲸:**指昆明池中用玉石雕成的鲸鱼。**动秋风:**秋风吹来,石鲸的鳞甲似乎在闪动。

4 **菰(gū):**池沼中多年生草本植物,其果实称为“菰米”,又称“雕胡米”,可供食用。**沉云黑:**像黑色的阴云一样密集。

5 **莲房:**莲蓬。**坠粉红:**指莲花凋落。

6 **关塞:**边塞。此处指夔州。**极天:**远在天边。**鸟道:**只有鸟才能飞过的道路。

7 **江湖满地:**流落江湖,四处漂泊。

月夜舟中

戴复古

导读

戴复古是南宋“江湖派”著名诗人。这首诗描写诗人秋夜在船中的凄凉感受。首联说,月夜中的行船,载着满船的月光,似乎沉浸在虚空中;平静澄清的江水,散发着逼人的寒气。颔联说,诗兴在迷离的帆影中浮沉,梦魂在缥缈的桨声中摇动。颈联说,碧潭的水映照出天上星辰,红蓼迎风伴和着鸿雁悲鸣。尾联用“数点渔灯”“断桥垂露”收结。各种景色共同渲染出一种迷茫、悲愁的氛围。

原文

满船明月浸虚空[1],
绿水无痕夜气冲[2]。

译文

船满载着月光,似乎沉浸在虚空中,碧绿的河水没有一丝波痕,寒气上

诗思浮沉樯影里[3]， 梦魂摇曳橹声中[4]。 星辰冷落碧潭水[5]， 鸿雁悲鸣红蓼风[6]。 数点渔灯依古岸[7]， 断桥垂露滴梧桐[8]。	冲。写诗的灵感活跃在帆影里，我如梦似幻，精神摇曳在橹声中。星辰寂静，映照在碧潭的水中，鸿雁悲鸣，红蓼上方掠过一阵阵风。几只渔船亮着灯光，停靠在古老的码头，残破的桥梁边，露水滴落在梧桐叶上。

注释

1 **浸**:沉浸。**虚空**:天空。

2 **绿水**:指江水清澈。**无痕**:没有波痕。形容浪静。**冲**:向上涌动。

3 **诗思**:写诗的灵感。**浮沉**:或隐或现，十分活跃。**樯影**:帆影。

4 **橹**:大桨。比船桨长且大的摇船工具。

5 **冷落**:形容寂静。

6 **红蓼**:开红花的蓼草。

7 **渔灯**:渔船上的灯火。**依**:靠着。**古岸**:古来停船靠岸的码头。

8 **断桥**:残破的桥。

长安秋望

赵嘏

导读

这首诗是诗人旅居长安时伤秋思乡的作品。开头两句，写长安已经是凄凉的秋天。三、四两句写抬头所见的景象，“残星几点雁横塞”，描绘北雁南飞的匆忙；“长笛一声人倚楼”，写自己不能回乡，而凝神沉思。这两句写得非常传神，当时就受到著名诗人杜牧等人的赞叹，作者因而被称为“赵倚楼”。五、六句写低头所见的景象。末两句运用两个典故，衬托乡思。全诗诗意浓郁，形象逼真。

原文

云物凄清拂曙流[1]，
汉家宫阙动高秋[2]。
残星几点雁横塞[3]，
长笛一声人倚楼[4]。
紫艳半开篱菊静[5]，
红衣落尽渚莲愁[6]。
鲈鱼正美不归去[7]，
空戴南冠学楚囚[8]。

译文

各种风物都凄凉清冷，迎着曙光变动，朝廷的宏伟宫殿的周围开始呈现出深秋的景色。看天空留下残星几点，大雁从边塞横空飞过，听一曲悠长的笛声，我独自一人倚着高楼。篱笆边紫色而艳丽的菊花半开，多么寂静，小洲上已经落尽红色花瓣的莲花，带着哀愁。故乡的鲈鱼正美，却不能回去，空戴着南方人的帽子，学习那个楚囚。

注释

1 **云物**：景物。**凄清**：凄凉。**拂曙**：拂晓的光亮。

2 **汉家宫阙**：汉朝的宫殿，借指唐朝宫殿。**动**：变动。指宫阙周围的景物出现季节性的变化。**高秋**：深秋。

3 **残星**：拂晓稀疏的星星。**雁横塞**：鸿雁从边塞横空飞来。

4 **倚**：凭靠。

5 **紫艳**：紫色而艳丽。

6 **红衣**：指荷花的花瓣。**渚**(zhǔ)：水中的小块陆地。

7 **鲈鱼正美**：晋朝张翰的典故。《晋书・张翰传》云："翰因见秋风起，乃思吴中菰菜、莼羹、鲈鱼脍，曰：'人生贵得适志，何能羁宦数千里以要名爵乎！'遂命驾而归。"后来这个典故被用来表示思乡之情。

8 **南冠**：春秋时楚人之冠，后泛指南方人之冠，又用以借指囚犯。春秋时，楚人钟仪被晋国军队俘获，晋侯问："戴南冠而被拘囚的是谁？"有人回答："是楚囚。"后来人们用南冠代指囚犯。在本诗中，诗人是说自己戴着故乡的帽子却不能归去，因而心绪凄凉。

新　秋

杜甫

导读

这首诗是写诗人因秋天来临而感叹自己的飘零身世。天宝年间，杜甫曾三次向唐玄宗献赋，希望自己被征召录用，但是并没有受到朝廷的重视。故诗人看到新秋傍晚的物候，触发了光阴易逝、功名落空的心绪。首联迅速切入“新秋”这个题目，火烧云迅速变化消失，秋风乍起，人已经感受到了秋意。中间两联展开铺叙：树叶飘零，人们准备寒衣，秋蝉悲鸣，萤火闪烁。这四种景象交织在一起，构成了一幅冷落凄清的图画。末联写自己怀才不遇、功名不就，只能独自“搔首”感叹。

原文

火云犹未敛奇峰[1]，
攲枕初惊一叶风[2]。
几处园林萧瑟里[3]，
谁家砧杵寂寥中[4]。
蝉声断续悲残月，
萤焰高低照暮空[5]。
赋就金门期再献[6]，
夜深搔首叹飞蓬[7]。

译文

火烧般的云朵还没有收敛那奇特的云峰，我斜靠着枕头，开始惊奇地感受到一叶秋风。有几处园林，早就景物萧瑟，不知哪里传来的捣衣声，传播在寂寥的环境中。知了的悲鸣声，对着残月断断续续；萤火虫的光焰，高高低低照耀夜空。我写好大赋，期望去金马门再次进献。夜深了，只好搔着头，感叹身世像飞蓬。

注释

1 **火云**：火烧云。**敛**：收。**奇峰**：形容云彩像奇特的山峰一样耸立。

2 **攲**(qī)：倾斜。**一叶风**：指秋季来临，有一叶落而知天下秋之意。

3 **萧瑟:**指秋风吹来,花木凋零衰败。

4 **砧杵**(zhēn chǔ)**:**洗衣时的工具。砧,垫石;杵,槌衣棒。

5 **萤焰:**萤火。**暮空:**暮色中的天空。

6 **金门:**汉代宫门名,又叫金马门。《史记·滑稽列传》:"金马门者,宦署门也。门傍有铜马,故谓之曰金马门。"汉代,从各地征召来的才能优异者在金马门等候召见。这里指唐宫门。**再献:**再次献诗赋,以期选用。

7 **搔首:**挠头。形容焦急或有所思的样子。**飞蓬:**飞起的蓬草,用以比喻自己漂泊的身世。

中　秋

李朴

导读

李朴是北宋诗人。本诗描写的是中秋的皓月。首联写中秋之夜,皓月临空,圆如宝镜,万籁无声,一片寂静。次联写月亮平分秋色,照耀千里。第三联从有关月亮的神话传说展开联想,进一步烘托出月明如昼的美景。最后一联驰骋想象,表达了诗人登天界、游银河的浪漫理想。

原文

皓魄当空宝镜升[1],
云间仙籁寂无声[2]。
平分秋色一轮满[3],
长伴云衢千里明[4]。
狡兔空从弦外落[5],
妖蟆休向眼前生[6]。
灵槎拟约同携手[7],
更待银河彻底清[8]。

译文

明亮的月儿悬挂在空中,像打开的宝镜,云霄仙境的音乐也寂寞无声。一轮满月把秋天的景色平分两半,它伴随着云朵行走,照得千里光明。狡猾白兔,已经从月轮旁降落,妖怪蛤蟆,不要再在眼前产生。我打算约定乘灵槎之人携手共同游览,还要等待银河能够彻底澄清。

注释

1 **皓魄:**洁白光亮的月光。**宝镜:**指月亮像一面圆镜。

2 **仙籁**(lài):仙境的音乐。

3 **平分秋色:**中秋节是阴历八月十五,这一日正在秋季正中,故称"平分"。

4 **云衢**(qú):云彩流动的空中道路。衢,四通八达的道路。

5 **狡兔:**神话传说中在月中捣药的玉兔。**弦:**月亮半圆时形状像弓,称"弦"。

6 **妖蟆**(má):指神话传说中的月宫蟾蜍。传说月亮亏损是蟾蜍食月的缘故,故称妖蟆。

7 **灵槎**(chá):亦作"灵查"。能乘往天河的船筏。典出张华《博物志》卷十:"近世有人居海渚者,年年八月有浮槎去来,不失期。人有奇志,立飞阁于查上,多赍粮,乘槎而去。槎,木筏。**拟约:**打算约定。

8 **更待:**还要等待。

九日蓝田崔氏庄

杜甫

导读

这首诗写于乾元元年(758年)的重阳节。九日,指农历九月初九,即重阳节。蓝田在今陕西省蓝田县西。崔氏是诗人的朋友。诗人当时在华州(今陕西渭南华州区)任司功参军。宋朝诗人杨万里评价这首诗说:"一篇之中,句句皆奇;一句之中,字字皆奇。"甚至有人认为本诗是唐朝七律诗的代表作。本诗第一、二句便入对仗,如异峰突起,写老年悲秋而勉强寻欢。三、四句,用"孟嘉落帽"的典故,把寻欢的心境淋漓尽致地表达出来。五、六句转而写景,雄健挺拔,境界开阔。最后两句感叹自然景物常在而人事变化无常。

原文

老去悲秋强自宽[1]，
兴来今日尽君欢[2]。
羞将短发还吹帽[3]，
笑倩旁人为正冠[4]。
蓝水远从千涧落[5]，
玉山高并两峰寒[6]。
明年此会知谁健，
醉把茱萸仔细看[7]。

译文

衰老了，经常悲秋而勉强自我宽慰，今天兴致来了，要跟您尽情寻欢。含羞地捡起吹落的帽子，戴回到白发稀疏的头上，只好笑着请求旁人帮助，莫把帽子戴偏。蓝水由无数条山溪远远泻落汇聚而成，玉山并排耸立着两座高峰，显得格外清寒。明年再在这里会面，不知道有谁还康健，酒喝醉了，拿着茱萸仔细察看。

注释

1 **强：**勉强。**自宽：**自我宽慰。

2 **尽君欢：**跟您尽情欢乐。

3 **吹帽：**风吹帽落。《晋书 · 孟嘉传》载，东晋大将桓温重阳节宴集同僚官佐，参军孟嘉的帽子被风吹落而未觉察，桓温命人为文嘲之。

4 **倩(qìng)：**请(人代自己做)。**正冠：**把帽子戴端正。

5 **蓝水：**据《三秦记》载，蓝田有洲，方三十里，其水北流，合溪谷之水为蓝水。**千涧：**山间的无数条小溪。

6 **玉山：**在蓝田县境内，又名蓝田山，因产玉，故称“玉山”。**两峰：**指蓝田山和云台山两座山峰。**寒：**指山色苍翠而使人产生寒意。

7 **茱萸(zhū yú)：**植物名。香气浓烈，可入药。旧俗认为，农历九月九日重阳节佩茱萸囊、饮菊花酒，可以辟邪消灾。

秋　思

陆游

导读

陆游坚决主张抗金，而政治上受排挤，理想一再落空，故思想上有时不免苦闷彷徨，这首诗正是这种心情的流露。第一句说，世人争名逐利的劲头比火牛还要厉害，这主要是讽刺那些官场得意、争名逐利的人。第二句说，自己摆脱利欲，情愿到处漫游，像鸥鸟一样自由自在，这表现了诗人不得志的孤独苦闷，也表现了诗人不同流合污的高尚情操。第三、四句用“闲”与“醉”，写自己英雄无用武之地，只好借酒浇愁。第五、六两句借景抒情，用砧杵、残月、井梧烘托自己的愁绪。第七、八句说，自己本想借登高眺远来舒展愁眉，却连登高解闷的地方也找不到。

原文

利欲驱人万火牛[1]，
江湖浪迹一沙鸥[2]。
日长似岁闲方觉[3]，
事大如天醉亦休[4]。
砧杵敲残深巷月[5]，
井梧摇落故园秋[6]。
欲舒老眼无高处[7]，
安得元龙百尺楼[8]？

译文

有人受利欲驱使，就像上万头狂奔的火牛，而我在江湖流浪奔走，自由得像一只沙鸥。一天漫长得像一年，赋闲时才能感受到，事情大如天，喝醉了也可忘掉。深巷中，人们用杵捣衣，直到月亮落下，井边的梧桐树叶子飘落，故园已经是深秋。我想极目远眺，却没有高敞的地方，什么地方能找到元龙先生的百尺高楼？

注释

1 **利欲**:追求功名利禄的欲望。**火牛**:指火牛阵中尾巴后点了火而猛烈冲撞的牛群。战国时齐国将领田单曾用火牛阵击败燕国军队。田单先在一千多头牛的牛角上捆上尖刀,尾巴上系一捆浸透了油的芦苇,然后点燃芦苇,让牛群向燕军猛冲过去,紧跟着牛群的是五千名敢死士兵,终于彻底击溃燕军。

2 **浪迹**:到处漫游。**沙鸥**:水鸟。

3 **"日长"句**:这句是说,只有赋闲无事的人才会感觉到日长如年。

4 **休**:作罢,忘掉。

5 **砧杵**:捣衣石和棒槌。亦指捣衣。

6 **井梧**:井边的梧桐。**故园**:家乡。

7 **舒**:舒展。舒眼,指远望。**无高处**:没有可供远望的高处。

8 **"安得"句**:陈登,字元龙,三国时人。据《三国志·魏书·陈登传》载,名士许汜拜访陈元龙,晚上睡觉时,陈元龙睡上面的大床,而叫许汜睡下面的小床。后来许汜把这事告诉了刘备,刘备则把许汜批评了一顿,说他空有"国士"之名,天下大乱,没有救国之志,却去"求田问舍",光顾经营自己的小家庭;如果是自己遇到这事,就要叫许汜睡在地下,而自己却要睡在百尺高楼上,何止是上床与下床的差别。这句采用设问的方法,表达自己想得朝廷重用,一展治世之才的理想和抱负。

与朱山人

杜甫

导读

这是杜甫住在成都浣花溪畔时写的诗。诗题一作《南邻》。朱山人是杜甫在成都草堂时的邻居好友。诗的前四句写朱山人清贫幽居、质朴好客、随和善良的形象和生活情况。他家的儿童喜欢宾客，连在房前台阶上觅食的鸟雀也是那么的驯顺。五、六两句写朱山人居住的环境，淡淡几笔就勾勒出一幅江村生活的图画。最后两句写锦里先生殷勤送客和宾主道别的情景。这首诗语言质朴，生动活泼。

原文

锦里先生乌角巾[1]，
园收芋栗未全贫[2]。
惯看宾客儿童喜[3]，
得食阶除鸟雀驯[4]。
秋水才深四五尺，
野航恰受两三人[5]。
白沙翠竹江村暮，
相送柴门月色新[6]。

译文

锦里先生头上戴着乌角巾，田园能收获芋头、栗子，没有完全贫困。习惯看到宾客的儿童，见客人一来就欢喜，经常在台阶获得食物的鸟雀，非常驯顺，毫不怕人。秋天锦江水浅，水深只有四五尺，野外渡船狭小，恰好容纳两三个人。洁白的沙滩，青翠的竹林，江村已经天晚，先生送别我到柴门，月亮刚刚升上来。

注释

1 **锦里**：即锦官城。后用作成都的别称。**乌角巾**：一种隐士常戴的黑色的有折角的头巾。

2 **芋栗**：芋头、栗子。

3 **惯**：习惯，经常。

4 **阶除**：台阶。

5 **野航**：郊野渡口的船只。**恰受**：刚好容纳。

6 **柴门**：用柴木做成的简陋的门。**月色新**：指月亮刚刚出来。

闻　笛

赵嘏

导读

这首诗紧扣“闻”字细致描画笛音。首联写诗人忽然听到了悠扬的笛音。第二联写笛音忽而嘹亮高亢,飞越碧空,连天上的行云也被吸引住了;忽而又轻柔和缓,飘进人家的窗户。第三联用典故,由笛音的美妙想到古时桓伊的三弄玉笛,想到马融的《长笛赋》。第四联写只闻声而不见人,渲染出一种深广的美学境界,平添了一种余音缭绕的神秘气氛。

原文

谁家吹笛画楼中[1],
断续声随断续风[2]。
响遏行云横碧落[3],
清和冷月到帘栊[4]。
兴来三弄有桓子[5],
赋就一篇怀马融[6]。
曲罢不知人在否[7],
余音嘹亮尚飘空。

译文

谁人在那画楼中吹笛,断续的笛声伴随着断续的风。笛声忽而响亮,横过碧空,让行云都停留不动;忽而清幽,跟寒冷的月光融合,飘入门窗帘栊。我想起能乘兴吹奏三支曲子的桓伊,又怀念写了一篇《长笛赋》的马融。曲子吹奏完毕,不知道吹笛人还在那里没有,曲子的余音嘹亮,还飘荡在夜空中。

注释

1 **画楼:**雕饰华丽的楼阁。

2 **“断续”句:**断断续续的笛声随着断断续续的风隐约传来。

3 **响遏行云:**形容笛声的优美、高亢,连行云都被吸引住不动了。**横:**飞越。**碧落:**碧空。

4 **帘栊：**窗帘和窗户。也泛指门窗的帘子。

5 **桓子：**指东晋桓伊。他擅长音乐，善吹笛。有一次路过清溪，恰巧王徽之乘的船停泊在那儿，王请他吹笛。桓伊便下车吹了三段。人们只听到一阵嘹亮的笛音，等从陶醉中醒来时，桓伊已经上车走了。

6 **马融：**东汉经学家、文学家。善于作赋，会鼓琴，好吹笛，有名篇《长笛赋》。

7 **曲罢：**曲终。

冬　景

刘克庄

导读

这首诗描写初冬生活的情趣。前面三联写秋声渐紧，寒冬来临，主人命仆呼童，安排暖阁，熨平寒衣；然后，热好色泽如竹叶一样嫩绿清澄的新酒，煮熟好似剖开的橙子一样又香又黄的螃蟹。尾联写酒足饭饱以后，出去游园赏花。全诗展现的是一幅及时行乐的图画。

原文

晴窗早觉爱朝曦[1]，
竹外秋声渐作威[2]。
命仆安排新暖阁[3]，
呼童熨贴旧寒衣[4]。
叶浮嫩绿酒初熟[5]，
橙切香黄蟹正肥[6]。
蓉菊满园皆可羡[7]，
赏心从此莫相违[8]。

译文

晴天清晨就睡醒了，看到窗外的晨曦，竹林外面，深秋的风声、落叶声渐渐发威。命令仆人安排新修的取暖阁房，呼唤书童熨好往日的寒衣。烫热了色泽如竹叶一样嫩绿的新酒，剖开了像香橙一样金黄肥美的螃蟹。满园的芙蓉、菊花都十分值得玩赏，尽情观赏，从此不要违背自己的心意。

注释

1 **觉:**睡醒。**朝曦:**早晨的阳光。

2 **秋声:**指秋天的风声、落叶声、虫声等自然界的声音。**威:**威力。

3 **仆:**仆人。**暖阁:**有火炉取暖的小房间。

4 **童:**童仆。**熨贴:**用熨斗把衣服熨平。**寒衣:**冬衣。

5 **嫩绿:**浅绿色。

6 **"橙切"句:**肥硕的螃蟹,好似剖开的橙子,又香又黄。

7 **蓉菊:**芙蓉、菊花。**可羡:**值得玩赏。

8 **"赏心"句:**这句是说,从此以后要尽情享受赏心乐事,再也不能违背自己的心愿了。

小 至

杜甫

导读

小至,是冬至前一天,也称小冬日。诗题一作《冬至》。这首诗是写冬至节的感受。当时诗人在四川的夔州,正打算回到故乡去。冬至是一年季节的转折点。冬至以后,阳气逐渐回升,白天变长。诗人用刺绣添线、柳树将要萌芽、山梅冲寒欲放等场景,形象生动地写出了冬天里孕育着的春天气象。自然界中新的生机,也寄托了杜甫心中新的希望。尾联写诗人由眼前景物勾起了对故乡的回忆,让家人一同举杯欢饮,送旧迎新,希望能够早日回乡。

原文

天时人事日相催[1],
冬至阳生春又来[2]。

译文

自然季节和人间事务一天天变化,冬至阳气开始上升,春天又返回。刺绣

刺绣五纹添弱线[3]，
吹葭六管动飞灰[4]。
岸容待腊将舒柳[5]，
山意冲寒欲放梅[6]。
云物不殊乡国异[7]，
教儿且覆掌中杯[8]。

五彩花纹用的柔软丝线逐日增添，十二乐律的玉管内，葭莩灰飞动。水边的景象是，柳条等到腊祭将会萌发幼芽，山林的景象是，梅花冒着严寒就要开放。景物与故乡没有区别，但这里不是故乡，让儿子聊且喝尽端在手上的酒。

注释

1 **日：**一天天。**催：**催促，变化。

2 **冬至：**二十四节气之一，在每年阳历十二月二十一日至二十三日间。**阳生：**阳气上升。明王鏊《震泽长语·象纬》："冬至之日，一阳自地而升。"冬至一过，逐渐日长夜短，故言"阳生"。

3 **刺绣：**用丝线挑刺花纹图案。**五纹：**指青、黄、赤、白、黑五色花纹。**添弱线：**增添柔软的丝线。冬至以后白天渐长，刺绣者可以多添线继续绣下去。

4 **"吹葭(jiā)"句：**古时为了预测节气，把十二乐律的玉管放在木架上，把芦苇茎内的薄膜（称作"葭莩"）烧成灰，塞入律管内。由于热胀冷缩的原理，当节气变化时，相应律管内的葭莩灰会自行飞出，据此可判断哪一个节气到来。六管，以六律管代指六律、六吕十二乐律管。

5 **岸容：**河岸的容貌。指水边景象。**腊：**古代农历十二月祭祀众神。

6 **山意：**山的意态。**冲寒：**冒着寒气。

7 **云物：**景物。**不殊：**没什么区别。

8 **覆掌中杯：**倒置手中的酒杯。形容尽饮。

山园小梅

林逋

导读

林逋是北宋诗人。作者以清新淡雅的色彩，形象地画出了一幅疏落俏丽的梅花图。首联说，百花凋落之际，只有梅花繁盛而艳丽地开放着，小园里的美丽风光被梅花独占了。"独"字和"占尽"两字，写出了梅花不畏严寒的精神。三、四句是最被人传诵的佳句。诗人用清浅的水来反映小梅的横斜疏影，用朦胧的月色来陪衬梅花的清香，把上与下、动与静、色与香巧妙地交织在一起，互相映衬，形象鲜明。第三联使用拟人手法，通过"霜禽"和"粉蝶"对梅花的感受，写出了梅花最先报春的品格风貌。最后一联，诗人进一步把梅花拟人化，把梅花当成自己唱和的朋友。这首诗不仅语言美、意境美，而且把诗人的高洁志趣融入了梅花的形象之中。所以，这首诗被誉为古代咏梅的绝唱，南宋状元王十朋赞美说："暗香和月入佳句，压尽今古无诗才。"

原文

众芳摇落独暄妍[1]，
占尽风情向小园[2]。
疏影横斜水清浅[3]，
暗香浮动月黄昏[4]。
霜禽欲下先偷眼[5]，
粉蝶如知合断魂[6]。
幸有微吟可相狎[7]，
不须檀板共金樽[8]。

译文

百花都凋谢飘落了，梅花独自繁盛娇艳，它占尽了全部风光，开放在小园。疏朗的树影在清浅的水面横斜，幽淡的香气在朦胧月光下飘散。霜禽想停下来，先偷偷观看，蝴蝶如果知道这是花朵，一定神往魂断。幸而有轻声吟唱的诗句，可与之互相亲近，无须檀木歌板与金饰酒樽相伴。

注释

1 **众芳:**即百花。**暄妍:**繁盛而艳丽。

2 **风情:**风光。

3 **疏影:**疏朗的影子。

4 **浮动:**形容香气四处飘散。**月黄昏:**月色朦胧。

5 **霜禽:**鸟之白色者,鸥鹭之属。**偷眼:**偷看,窥视。

6 **如知:**假如知道。**合:**应当。**断魂:**销魂神往。形容情深而神往或极度哀伤。

7 **微吟:**轻声吟唱。**相狎**(xiá)**:**互相亲近。

8 **檀板:**檀木做成的打节拍的歌板。**金樽:**金饰的酒杯。

左迁至蓝关示侄孙湘

韩愈

导读

据《旧唐书·韩愈传》载,元和十四年(819年)正月,唐宪宗命人从凤翔法门寺迎接佛骨入宫供养。韩愈素不信佛,时为刑部侍郎,上奏疏极力反对,因而触怒宪宗,险些被杀,结果被贬为潮州刺史。"左迁"就是降职,古时右尊左卑,故称贬官为"左迁"。蓝关在今陕西省蓝田县东南。湘,指韩湘,韩愈的侄儿韩老成的长子,长庆三年(823年)进士。这首诗就是韩愈在贬赴潮州途中到达蓝关时所写的。

诗的首联"一封朝奏"与"夕贬潮阳",开门见山,诗意挺拔,把因上疏被贬的变故,一笔勾出。第二联倾诉自己的委屈,为了"除弊事"而遭遇贬谪,但是自己将不改初衷。第三联是情景交融的名句,"云横秦岭"写出离家日远,"雪拥蓝关"写出前途艰难,十分贴切生动地写出了环境的严峻和冷酷。末联以哀叹作结。这首诗的基调是悲凉而激越的,写出了封建官场瞬息即变的风涛险恶，故千百年来为世人所传诵，能够引起人们的感情共鸣。

原文

一封朝奏九重天[1]，
夕贬潮阳路八千[2]。
欲为圣朝除弊事[3]，
肯将衰朽惜残年[4]！
云横秦岭家何在[5]？
雪拥蓝关马不前。
知汝远来应有意，
好收吾骨瘴江边[6]。

译文

一封谏书早晨上奏到皇帝那里，傍晚就被贬到潮阳，路程遥远。本想要为圣朝除掉有害的事，岂肯因为衰老而爱惜残年！云雾横亘在秦岭，家在哪里？大雪封锁住蓝关，马儿也不愿向前。我知道你远来应该是有意相伴，好好收敛我的尸骨吧，在那充满瘴气的江边。

注释

1 **一封：**一封谏书。**朝奏：**早晨上奏。**九重天：**指皇帝。

2 **潮阳：**唐代潮州州治所在地，在今广东汕头市潮阳区。**路八千：**路程八千里。形容路途遥远。

3 **弊事：**对国家有害的事。指唐宪宗迎佛骨一事。

4 **肯：**岂肯。**衰朽：**年老多病。**残年：**残余的生命。

5 **秦岭：**又名秦山、终南山。在陕西西安市南。

6 **瘴江边：**指充满瘴疠之气的潮州一带。

干 戈

王中

导读

王中是南宋末诗人。此诗抒发了诗人生活在乱世的感受。首联写战争不断，兵连祸结，自己已经白发苍苍，无处可以避难。次联用生逢乱世的诗人王粲、杜甫自比。第三联写亲人离散，音信断绝，自己仿佛月夜里的乌鹊，找不到安身之所。末联幻想自己可以喝下让人酩酊大醉一千日的酒，在醉中度过乱世。“安得中山千日酒，酩然直到太平时”很出名，因为它写出了身处乱世者的共同心声。

原文

干戈未定欲何之[1]？
一事无成两鬓丝[2]。
踪迹大纲王粲传[3]，
情怀小样杜陵诗[4]。
鹡鸰音断人千里[5]，
乌鹊巢寒月一枝[6]。
安得中山千日酒[7]，
酩然直到太平时[8]。

译文

战争没有结束，我能到哪里去？我一事无成，两鬓却平添了白发。王粲作赋感怀，杜甫吟诗自遣，衰叹战乱频仍，我的心迹和他们大体一样。我的兄弟音讯全无相隔千里，我颠沛流离，如寒夜中月下的乌鹊找不到栖身的树枝。哪里能买到中山酿造的千日好酒，让我一醉到天下太平时才醒来。

注释

1 **干戈：**借武器指战争。干，盾牌，防御武器。戈，平头戟，进攻武器。**之：**前往。

2 **丝：**指白发。因蚕丝为白色，所以也称白发为“丝”。

3 **踪迹:**脚印,引申为行踪。**大纲:**大体,大概。**王粲:**东汉末年著名诗人。他生活于动乱时代,先后依附刘表、曹操,一生颠沛流离。

4 **小样:**略似。**杜陵:**杜甫,号杜少陵。杜甫逢"安史之乱",诗多伤世感时。

5 **鹡鸰**(jí líng):鸟名,或作"脊令"。《诗经·小雅·常棣》:"脊令在原,兄弟急难。"故后代以此鸟比喻兄弟。

6 **乌鹊:**鸟名。曹操《短歌行》云:"月明星稀,乌鹊南飞。绕树三匝,何枝可依?"

7 **安得:**哪里能得到。**中山千日酒:**《搜神记》载,中山人狄希,能酿造出千日酒,饮了此酒,人能够大醉千日不醒。

8 **酩然:**大醉的样子。

归　隐

陈抟

导读

陈抟(tuán)是五代至宋初著名的道士。"归隐"就是抛弃世俗和官场,回到山野居住。这是作者要往华山云台观隐居时写的诗歌。首联开宗明义:十年来为功名利禄到处奔走,而青山绿水经常浮现在梦中,召唤自己摆脱红尘。后面三联,用清贫安睡对比荣华富贵,用"野花啼鸟"对比军阀战争与富贵人家的笙歌,也就是用归隐进一步否定世俗的尔虞我诈与醉生梦死,否定充满战争动乱的现实。

原文

十年踪迹走红尘[1],
回首青山入梦频[2]。

译文

十年以来,奔走在世俗红尘,回头反思,青山经常进入梦中与我亲近。纵有

紫绶纵荣争及睡[3]，
朱门虽富不如贫[4]。
愁闻剑戟扶危主[5]，
闷听笙歌聒醉人[6]。
携取旧书归旧隐[7]，
野花啼鸟一般春[8]。

高官厚禄，怎么赶得上安稳入睡，红漆大门的人家，虽然富贵却不如清贫。看那靠武力扶助的乱世君主，令人哀愁，听那醉生梦死的嘈杂笙歌，让我更烦闷。携带往日的书籍回归往日的隐居处，看野花开放，听百鸟鸣叫，欣赏着同样的春光。

注释

1 **红尘**：世俗社会。

2 **回首**：回想。**频**：频繁。

3 **紫绶**(shòu)：紫色丝带。古代高级官员用作印绶或作服饰。这里指高官厚禄。**纵**：即使。**争**：怎么。**睡**：安稳睡眠。

4 **朱门**：红漆大门。指富贵人家。

5 **剑戟**：古时的两种兵器。这里指武力。**危主**：指乱世中的君主。

6 **聒**(guō)：声音嘈杂。

7 **旧隐**：以前的隐居地。

8 **一般春**：花开鸟鸣，欣赏的是同样的春光。

山中寡妇

杜荀鹤

导读

杜荀鹤是唐末诗人，他的诗多关心人民的疾苦。这首诗描写一个山中寡妇的悲惨遭遇。第一句“夫因兵死守蓬茅”，写这个寡妇的丈夫为国战死。第二句“麻苎裙衫鬓发焦”，写这个寡妇衣裳褴褛，面黄肌瘦。第三、四句“桑柘废来犹纳税，田园荒后尚征苗”，写官吏的横征暴敛。丈夫死了，桑柘废了，田园荒芜了，却还要“纳税”“征苗”。第五、六句“时挑野菜和根煮，旋斫生柴带叶烧”，写寡妇的贫苦生活，吃的是野菜，连根都舍不得丢掉，烧的是湿柴。最后两句“任是深山更深处，也应无计避征徭”，直接抨击横征暴敛，是全诗的画龙点睛之笔。这两句暗中使用了《礼记》“苛政猛于虎”的典故。《礼记·檀弓下》说，人们为了逃避横征暴敛，就逃到深山居住，即使那里有老虎，也不愿离去；但是现在即使逃到更偏僻荒凉的深山，也逃避不了苛捐杂税。

原文

夫因兵死守蓬茅[1]，
麻苎裙衫鬓发焦[2]。
桑柘废来犹纳税[3]，
田园荒后尚征苗[4]。
时挑野菜和根煮[5]，
旋斫生柴带叶烧[6]。
任是深山更深处[7]，
也应无计避征徭[8]。

译文

丈夫因为战争死了，妻子独自守着破旧茅棚，穿着麻苎做的裙子和衣衫，鬓发枯焦。桑树和柘树都枯死了，还要缴纳蚕丝税，田园全部荒芜了，官府还要征收青苗钱。经常挖野菜充饥，连菜根一起煮，急忙砍来湿柴，随即带着叶子烧。任凭是逃到深山更偏僻的地方，也没有办法逃掉赋税和徭役。

注释

1 **蓬茅**：茅草屋。
2 **麻苎裙衫**：指用粗麻做成的衣服。**焦**：枯焦。
3 **桑柘**：桑树和柘树。其叶可以养蚕。
4 **征苗**：征收青苗钱。唐朝在庄稼长苗时就按照田亩预征收税钱，叫作青苗钱。
5 **时**：时常。**挑**：挖取。
6 **旋**：随即。**斫**(zhuó)：砍。
7 **任是**：任凭是。
8 **无计**：没有办法。**征徭**：赋税和徭役。

送天师

朱权

导读

朱权是明太祖朱元璋的第十七子，封宁王。“天师”是对道士的尊称。诗中的天师当指东汉五斗米教的创始人张道陵的第四十三代传人张宇初，朱权曾拜他为师，研习道教著作。

朱权笃信道教，这首送别张天师的诗颇能够反映他与道教的密切关系。开头两句，写送客的时间是“霜落”“柳影疏”的初冬，地点是鄱阳湖畔。三、四句写张天师装束不凡，道术高超。五、六句写张天师骑鹤而来，乘凫而去，神妙莫测。尾联写张天师匆忙回归仙府，大概是因为仙桃快要成熟了。全诗都紧扣张天师的身份和道教特点开展，色彩斑斓，语言流畅。

原文

霜落芝城柳影疏[1]，
殷勤送客出鄱湖[2]。
黄金甲锁雷霆印[3]，
红锦韬缠日月符[4]。
天上晓行骑只鹤，
人间夜宿解双凫[5]。
匆匆归到神仙府，
为问蟠桃熟也无[6]。

译文

鄱阳城降了霜，柳树已经枝叶稀疏，我殷勤送你这位客人出了鄱阳湖。你的法衣像黄金铠甲，系着能呼唤雷霆的法印，你的红色丝绸套袋里，藏着能驱使日月的符箓。你早晨骑上一只仙鹤，在天上行走，你夜晚脱下一双能变成野鸭的鞋子，到人间住宿。你要匆匆回到神仙居住的洞府，是为了询问蟠桃有没有成熟。

注释

1 **芝城**:鄱阳城(今江西鄱阳)。鄱阳城有芝山,故名芝城。

2 **客**:指天师。**鄱湖**:鄱阳湖。在江西省北部。

3 **黄金甲**:金黄色的铠甲。此处指天师的法衣。**锁**:束,系。**雷霆印**:指能使雷鸣电闪的法印。

4 **红锦**:红色丝绸。**韬**(tāo):装物件的套袋。**缠**:收藏。**日月符**:指能够驱动日月的符箓。

5 **凫**(fú):野鸭子。传说东汉时叶县令王乔能把两只鞋子化为双凫,乘坐它们飞到京师。

6 **蟠**(pán)**桃**:神话传说中的仙桃,吃了可以长生不老。

送毛伯温

朱厚熜

导读

朱厚熜(cōng),即明朝世宗嘉靖皇帝。毛伯温,字汝厉,吉水(今江西吉水县)人。明正德年间进士,到了嘉靖朝累官至刑部尚书、兵部尚书兼右都御史。《明史》记载,嘉靖年间,安南国(明朝的藩属国)发生叛乱,嘉靖皇帝命毛伯温带兵征讨。毛伯温采用安抚手段,兵不血刃,很快就平息了动乱,因功加太子太保。

这首诗是毛伯温出师前嘉靖帝所赠的诗。这首诗一、二句写主将的装束和气概;三、四句写军容的威武雄壮;五、六句写王师力量强大,主将不凡,而叛军形同蝼蚁,微不足道;末两句是对主将的勉励和期望。这首诗字里行间充满了对毛伯温的信任和对平定叛乱的必胜信心,写得气势雄壮,说明嘉靖皇帝在位的前期还是具有一定的政治抱负和作为的。

原文

大将南征胆气豪[1]，
腰横秋水雁翎刀[2]。
风吹鼍鼓山河动[3]，
电闪旌旗日月高[4]。
天上麒麟原有种[5]，
穴中蝼蚁岂能逃[6]？
太平待诏归来日[7]，
朕与先生解战袍[8]。

译文

大将带兵南征，气魄多么雄豪，腰间横挎着寒光闪闪的雁翎宝刀。鼍鼓敲响，像大风呼啸，响得山河震动，旌旗猎猎，像电光闪烁，飘得如日月一样高。你像天上的麒麟，出身高贵，叛乱者像巢穴中的蝼蚁，岂能逃掉？叛乱平息，你受命归来的时候，朕亲手给先生脱下战袍。

注释

1 **胆气**：胆量，气魄。

2 **横**：横挎。**秋水**：形容刀面寒光闪烁，像秋水一样明澈。**雁翎刀**：形状像大雁翎毛的宝刀。

3 **鼍(tuó)鼓**：用鼍皮蒙的鼓。鼍，即扬子鳄。

4 **旌旗**：旗帜的总称。

5 **麒麟**：古代传说中的神兽。其状如鹿，头上有角，全身生鳞甲，为吉祥的象征。常用来比喻杰出的人才。

6 **蝼蚁**：蝼蛄和蚂蚁。比喻低贱而力量微不足道。

7 **太平**：指战乱平息。**待诏**：等候朝廷命令。

8 **朕**：我。古时帝王专用的自称。

第三类

五言千家诗上

春 晓

孟浩然

导读

诗人撷取春眠醒来一瞬间的感受而写成此诗。暮春季节,风雨之夜,诗人酣然入睡,一觉醒来,鸟声一片,因鸟啼而知天已放晴。转而念及昨夜一场风雨,不知又有多少花儿被吹打掉了。短短二十个字,既勾勒出春天早晨的美丽,刻画了大自然的瞬息变化,又表达了诗人爱春而又惜春的感情。语言浅近,如话家常。诗题《春晓》一作《春眠》。这首诗是五言的古绝句。五言的古绝句是近体诗的滥觞,它的平仄和押韵也比较自由。本诗押上声韵。

原文

春眠不觉晓[1],
处处闻啼鸟。
夜来风雨声,
花落知多少!

译文

春天睡眠,不觉天亮了,处处都有鸟儿鸣叫。听着夜晚以来的风雨声,不知花儿吹落了多少!

注释

1 **觉:**知觉,感觉。**晓:**天亮。

访袁拾遗不遇

孟浩然

导读

袁拾遗是作者的朋友，曾经担任拾遗官，但是获罪而被流放到岭南。这是一首怀念友人的绝句，诗中充满对朋友的同情。第一、二句采用对偶句，“洛阳”对“江岭”，“才子”对“流人”，把地域的迥异、身份的悬殊进行对照，把作者对朋友的惋惜心情表达得淋漓尽致。三、四句以两地春光作对比，既表达出对朋友的关怀，也流露出自己的孤独心情。

原文

洛阳访才子[1]，
江岭作流人[2]。
闻说梅花早，
何如此地春[3]？

译文

我专程到洛阳拜访你这个才子，可惜你已经成为流放到岭南的罪人。听说岭南梅花开放最早，能不能比得上洛阳这里的早春？

注释

1 **才子：**有才华的人。此指袁拾遗。

2 **江岭：**即大庾岭，位于江西与广东交界处。因岭上广种梅花，故又称梅岭。**流人：**因获罪而被流放的人。

3 **何如：**相比如何。

送郭司仓

王昌龄

导读

郭司仓，是一位姓郭的管理仓库的官吏。这是送别友人郭司仓的诗。诗的两联都对仗。前两句写惜别，客人留不住，主人心里十分惆怅。后两句写怀念，立意新奇。第三句“明月随良掾”，说客人走了，好像明月也跟随客人离开了；第四句“春潮夜夜深”，用潮水比深情，既形象，又含蓄，余味无穷。

原文

映门淮水绿[1]，
留骑主人心[2]。
明月随良掾[3]，
春潮夜夜深。

译文

碧绿的淮水映照着门庭，不放走客人的车骑，这是主人一片真心。似乎明月也跟随您这个好官走了，思念像淮水的春潮夜夜加深。

注释

1 **淮水**：即淮河。发源于河南桐柏山，流经安徽、江苏等省，注入长江。

2 **留骑**：好客的主人殷勤挽留客人，不放走客人的车骑。

3 **良掾**(yuàn)：好官吏。指郭司仓。掾，古代属吏的通称。

洛阳道

储光羲

导读

此诗《全唐诗》题为《洛阳道五首献吕四郎中》。这是其中的第三首。唐代利用隋朝旧城在洛阳建立东都,周围约七十里,地跨洛水南北,建筑整齐,道路宽广。本诗描写洛阳道的宽广与繁华。首句用“发”来形容洛阳道路的“直”,第二句用“多”形容道路四周的大好春光。第三、四句转而写人,写贵公子双双对对骑着骏马并驾而驰,趾高气扬,旁若无人,马络头上的玉器发出清脆的撞击声。本诗的特点是取景典型。

原文

大道直如发[1],
春日佳气多[2]。
五陵贵公子[3],
双双鸣玉珂[4]。

译文

洛阳的大道像头发一样笔直,春天的美丽风光更加多彩迷人。居住在五陵的贵族公子骑马奔驰,车骑成双成对,玉珂响声阵阵。

注释

1 **直如发:**形容洛阳大道平直如拉伸的头发。

2 **佳气多:**指天气宜人,风光秀美。

3 **五陵:**指长安附近汉代五个皇帝的陵墓,后以五陵泛指京城长安一带。这里是权豪聚居之地。

4 **双双:**指车骑并驾而行。**玉珂**(kē)**:**马络头上的玉制装饰物。

独坐敬亭山

李白

导读

敬亭山原名昭亭山，晋初为避司马昭讳而改名敬亭山。在宣州(今安徽宣城市宣州区)城北，风景秀丽。李白这首诗反映了作者的孤独苦闷的心情，其艺术特点是把客观景物拟人化，融情入景。开头两句写自己闲看鸟飞云散，只留下山与自己相伴。这就自然引出后两句：能和我彼此欣赏而不厌倦的，只有眼前这座敬亭山了。以山为友，仿佛山也孤独，与作者同病相怜，共处寂寞。这样的写法，不仅把敬亭山写活，而且情景交融，鲜明地烘托出作者的情感，明白如话而巧夺天工。

原文

众鸟高飞尽，
孤云独去闲[1]。
相看两不厌[2]，
只有敬亭山。

译文

鸟儿高飞，已经完全飞散，一朵云独自悠闲地飘去。互相看着，双方都不厌倦，只有我和敬亭山。

注释

1 **孤云**：一朵飘浮的云。**去**：离开，散开。**闲**：悠闲。

2 **厌**：厌倦。

登鹳雀楼

王之涣

导读

鹳雀楼，在今山西永济市蒲州镇，据说鹳雀经常在上面栖息，故名。这首诗是写景诗的佳作，也是绝句中的名作。宋沈括《梦溪笔谈》卷十五云："河中府鹳雀楼三层，前瞻中条（山名），下瞰大河（黄河）。唐人留诗甚多，唯李益、王之涣、畅诸三篇能状其景。"本诗的特点：第一是描写生动，用字恰切。它写出了鹳鹊楼的特色，依山临河，不止一层。"依"字形象生动，勾勒出旷野落日的景色；"入"字雄浑有力，写出了黄河奔腾向海的气势。第二是感情饱满，蕴含哲理。诗歌不仅表达出作者热爱大好河山的心情，而且能够给人启示。"欲穷千里目，更上一层楼"，不仅写出了鹳雀楼有多层，而且蕴含哲理：要使视野更开阔高远，就要立足更高，就要奋斗不息。此诗对仗也工整。两联都是对偶句，"白日"对"黄河"，"依"对"入"，"山"对"海"，"尽"对"流"，"千里目"对"一层楼"，音韵和谐，自然流畅。

原文

白日依山尽[1]，
黄河入海流。
欲穷千里目[2]，
更上一层楼。

译文

太阳傍着远山逐渐落下，黄河朝向大海汹涌奔流。要想极目远眺千里的风光，就要再登上一层高楼。

注释

1 **依山尽**：沿着远山而逐渐西沉。

2 **穷**：穷尽。写极目远眺。

观永乐公主入蕃

孙逖

导读

这首诗写的是唐王朝的和亲故事，歌颂民族间的友好关系。蕃(fān)，是古时对外族或外国的通称。唐玄宗开元五年(717年)，契丹首领李失活投靠唐王朝，被封为松漠郡王。唐玄宗封东平王外孙杨元嗣之女为永乐公主，婚配李失活。此诗即歌唱这个事件。

此诗开头两句描写边塞荒凉寂寞，终年寒苦，春风难度，莺燕罕至，春花少见，到了新年也没有春天的新景象。这两句是为公主远嫁契丹带来大好春光做反笔衬托。后两句“美人天上落，龙塞始应春”，说公主来到边塞，好像从天上下降人间，使荒凉的塞上春意盎然。

原文

边地莺花少[1]，
年来未觉新[2]。
美人天上落[3]，
龙塞始应春[4]。

译文

边塞地方少有莺啼花开的日子，新年来临也没有感觉到气象一新。美人来到这里，好像是从天上降落，龙塞一带开始感应到新春降临。

注释

1 **边地**：边塞之地。

2 **年来**：新的一年来临。

3 **美人**：指永乐公主。**天上落**：好像从天上降下来。

4 **龙塞**：即龙城。汉时匈奴地名，为匈奴祭天之处。泛指北方边地。**应春**：跟上春天的脚步。

春怨

金昌绪

导读

这是一首闺怨诗。诗题《春怨》,就是写女子春夜思念丈夫。本诗描写的是女子思念她远在辽西的丈夫,反映了战争给百姓造成的痛苦。诗没有从正面写少妇对远征丈夫的思念,却借少妇驱赶黄莺的行为和语言表现出来:怕黄莺儿啼叫把自己的好梦惊醒,使其不能在梦中到辽西去和丈夫相会,以求得安慰。这就把这个少妇的内心活动写得惟妙惟肖了,可谓构思新奇,诗意缠绵,词句清新。

原文

打起黄莺儿[1],
莫教枝上啼。
啼时惊妾梦[2],
不得到辽西[3]。

译文

赶走黄莺鸟儿,不让它在枝上乱啼。它乱啼时惊扰我的好梦,使我不能在梦中到达辽西与丈夫相聚。

注释

1 **黄莺儿:**黄莺。

2 **妾:**古代妇女自称。

3 **辽西:**辽河以西的地方。指诗中少妇的丈夫从军的所在地。

左掖梨花

丘为

导读

左掖(yè),指门下省。唐朝分别称门下省、中书省为左掖、右掖。这首诗是托物言志之作。诗人借咏左掖梨花,表达期望得到朝廷重用,以施展平生才学抱负的意愿。诗中以梨花比喻自己,以春风比喻皇恩德泽,词句比较恬淡清新,如用“欺雪”说明梨花的洁白,用“入衣”描写梨花的香气袭人。

原文

冷艳全欺雪[1],
余香乍入衣[2]。
春风且莫定,
吹向玉阶飞[3]。

译文

洁白素雅完全压倒了白雪,散发的余香一下就渗进衣内。春风暂且莫要停下,吹着花朵向玉阶纷飞。

注释

1 **冷艳:**形容梨花素雅美好。**欺:**压倒,超过。

2 **乍:**忽然。**入:**进入。

3 **玉阶:**玉石砌成或装饰的台阶,亦为台阶的美称。

思君恩

令狐楚

导读

本诗以宫廷生活为题材，描写宫女内心的痛苦。封建时代，皇帝从民间挑选大批女子入宫。她们进入宫廷后，终生幽居，只有寄托希望于万一，即得到皇上的恩宠。但是，大多数宫女的这种希望都只能落空。诗句描写春天景色的变迁，激起宫女们的心绪万千。绿树枝头，黄莺歌唱，红花丛中，彩蝶飞舞，自然界生机勃勃，但是深宫中的生活却是那样寂寥落寞。春光流逝，红颜将老，而皇帝的踪迹杳然。作者以委婉曲折的笔法，如泣如诉地道出了宫女们的幽怨心情。

原文

小苑莺歌歇[1]，
长门蝶舞多[2]。
眼看春又去，
翠辇不曾过[3]。

译文

小苑中的黄莺不再唱歌，长门宫飞舞的蝴蝶到处都是。眼看美好的春天又过去了，皇上的翠辇还不曾来过。

注释

1 **小苑：**指宫中的小园林。**歇：**停止。

2 **长门：**汉代宫名。汉武帝皇后陈阿娇失宠后所居的冷宫。此处借指宫妃幽居的处所。

3 **翠辇**(niǎn)**：**皇帝的车驾。

题袁氏别业

贺知章

导读

袁氏别业，就是袁家的别墅。这首诗前两句写自己与园主人素不相识，因游春赏花而路过此处，见林泉胜景而被吸引。园林之美，从侧面一笔带出。后两句坦率地向园主人表白：不用为无钱沽酒而发愁，我袋中有钱，可以拿去买酒共饮，共同欣赏园林之美。全诗风格雅淡，反映了诗人豪放的性格，潇洒的生活态度。

原文

主人不相识，
偶坐为林泉[1]。
莫谩愁沽酒[2]，
囊中自有钱[3]。

译文

别墅的主人，我们并不相识，我偶然久坐是为了欣赏此林泉胜景。主人啊，您不必徒然为买酒发愁，我自己的口袋里带有酒钱呢。

注释

1 **为**：为了。**林泉**：园林中的林木泉石。这两句是从侧面描写园林之美。
2 **莫**：不须，不用。**谩**：通"漫"。徒然，白白地。
3 **囊**：口袋。

夜送赵纵

杨炯

导读

这是一首送别诗。赵纵，赵州(今河北赵县)人，是作者的朋友。本诗开头两句使用双关手法，既说赵纵是赵地人，又说他的才能像赵国的连城璧那样可贵。赵纵姓赵，又来自赵国旧地，很容易让人联想到赵惠文王那块美玉的故事，作者信手拈来，用典自然，不露痕迹。后面两句，写送别时的情景，寓情于景。“明月满前川”中的“满”字，不单是形容月光普照大地，重点是在突出诗人送别朋友时的深情厚意。

原文

赵氏连城璧[1]，
由来天下传[2]。
送君还旧府[3]，
明月满前川[4]。

译文

赵国价值连城的和氏璧，从来就天下闻名。我送君返回故乡赵地，明亮的月光洒满眼前的平原。

注释

1 **连城璧**：价值连城的玉璧。这里指和氏璧。《史记·廉颇蔺相如列传》载，赵惠文王得楚和氏璧，秦昭王闻之，给赵惠文王写信，表示愿以十五座城池换和氏璧。

2 **由来**：从来，历来。**传**：传名，闻名。

3 **旧府**：故乡。

4 **川**：平川，平坦开阔的原野。

竹里馆

王维

导读

王维在辋川置有别墅。竹里馆是别墅的一部分，因绿竹围绕而得名。这首小诗，写诗人独自在竹林深处弹琴长啸，自得其乐，旁人无法了解其中妙境，只有皓月送来一派清光，如同知已的朋友。明月、竹林、琴声、啸声，还有幽处闲居的诗人，共同组合成一幅富有诗意的图画。

原文

独坐幽篁里[1]，
弹琴复长啸[2]。
深林人不知，
明月来相照。

译文

独自坐在幽深的竹林里，我一边弹琴，一边长啸。竹林幽深处，是外人所不知道的，只有明月来把我照。

注释

1 **幽篁**：幽深的竹林。

2 **长啸**：撮口发出悠长清越的声音。古人常以此述志。

送朱大入秦

孟浩然

导读

朱大是作者的朋友。秦，指今陕西一带，古代称秦地。这首送别诗，得力于选材的集中。朋友离别，要说的话很多，要写的事也不少，但作者集中笔墨，尽在“赠剑”两字上做文章。古人出门，常以宝剑相赠，以壮行色，何况友人所去的地方是五陵，那里多佩带宝剑的豪侠之士。

原文

游人五陵去[1]，
宝剑值千金[2]。
分手脱相赠[3]，
平生一片心。

译文

老朋友要去到五陵，我有宝剑，价值千金。分手时解下宝剑赠给您，表达我平生一片真心。

注释

1 **游人：**指朱大。**五陵：**此指长安。

2 **值千金：**形容剑的名贵。此处化用吴公子季札赠剑的典故。《史记·吴太伯世家》载，吴公子季札出使途中拜访朋友徐君，徐君喜欢季札的佩剑，但口不敢言；季札心里知道这事，但为了出使上国，当时并未将佩剑相赠。等季札出使回来再拜访徐君时，徐君已经去世，于是季札解剑系在徐君家树上离去。季札的随从问道：“徐君已经去世了，这宝剑是给谁呢？”季札回答道：“并不是像你想的那样。我是一开始心里就打算把剑送给徐君的，岂能因为徐君已经去世来违背自己的初心？”

3 **脱：**解下。

长干曲

崔颢

导读

《长干曲》,一作《长干行》,乐府杂曲歌辞名。长干,即长干里,古里巷名,在今南京市秦淮河南,临近长江。崔颢《长干曲》共四首,《千家诗》只选录第一首。本首诗描写一个船家女子在舟行途中跟另一船家男子初次相见进行搭讪的情景。第一句是女子问对方家在何处,第二句是女子自我介绍家住横塘。三、四句更加微妙,青年男子还来不及回答,女子似乎感到有点不好意思,故意改口说:"我只不过问问罢了,也许你是我的同乡吧。"二十个字,写出了一个热情大方、聪明伶俐的女子形象,更写出了她略带害羞的神态和微妙的心理活动,情景历历在目,描写栩栩如生。崔颢《长干曲》第二首,即描写男子的回答,说两人确系同乡。其诗云:"家临九江水,来去九江侧。同是长干人,生小不相知。"

原文

君家何处住[1]?
妾住在横塘[2]。
停船暂借问,
或恐是同乡[3]。

译文

您家住在什么地方?我的家住在横塘。停下船来暂且向您问问,或许我们是同乡。

注释

1 **君:**对对方的尊称,犹言您。

2 **妾:**古代女子自称。**横塘:**今秦淮河南岸。《文选》载左思《吴都赋》,刘渊林注云:"横塘在淮水南,近陶家渚,缘江筑长堤,谓之横塘。"

3 **"或恐"句:**因横塘与长干相近,问答时口音相似,故有同乡之疑。

咏　史

高適

导读

高適是唐朝著名的边塞诗人。咏史诗,是借历史上的典型人物或事件,寄托诗人的感慨和希望。这首诗借吟咏《史记·范雎蔡泽列传》中所记载的范叔和须贾的故事,为天下贫穷而有才华的人士呼吁。这首诗不仅批评了须贾的不识人才,而且哀叹世上多少人才都因不受重视而被埋没了。诗人希望有权势的人不要轻视处于贫困境地的人才,要有同情心。此诗大概是作者不得志时期的作品。

原文

尚有绨袍赠[1],
应怜范叔寒[2]。
不知天下士,
犹作布衣看[3]。

译文

须贾还能拿出丝袍赠送,大概是可怜范叔贫寒。他不了解范叔已是天下闻名的人才,还把范叔当作一般寒士看。

注释

1 **绨(tí)袍:**用较粗糙的丝制成的衣服。后多用为眷念故旧之典。

2 **应:**应该是,大概是。**范叔:**即战国时代政治家范雎。《史记·范雎蔡泽列传》记载,范雎为魏国中大夫须贾门客,两人一起出使齐国。齐襄王听说范雎口才很好,就赠给他很多礼品,没给须贾礼品。回国后,须贾就在魏相面前说范雎私通齐国,使范雎几乎被打死。范雎逃出魏国,化名张禄,投奔秦国并作了宰相,威镇诸侯。后来须贾出使秦国,范雎伪装得很贫困,衣衫褴褛地去见须贾,须贾可怜其贫寒,便取出自己的绨袍相赠。当须贾发现范雎就是秦国宰相张禄时，便肉袒谢罪，范雎因须贾尚有同情故人之心，便宽恕了他。

3 **布衣**：麻布粗衣，代指贫寒之士。这两句说：须贾不知道范雎已经是天下知名的人物，仍然把他当作普通的百姓来看待。

罢相作

李适之

导读

李适之是唐王朝的宗室，善于饮酒，爱好诗词。他在唐玄宗天宝年间担任左丞相，因为遭到权奸李林甫的诬害，被罢免职位，不久被逼自杀。这是李适之被李林甫陷害而罢相后写的诗。全篇充满了对政治与社会的讽刺。首句用"避贤"两字写罢相的原因，这是委婉曲折的反语。第二句写饮酒解闷，表达诗人的苦恼和不满。后面两句，用提问方式说：过去家中常来的那些清客，今朝还有几个人来呢？当宰相时，宾客盈门，应接不暇，而今退仕隐居，则门庭冷落，车马稀少。这十个字，道出了世情的恶薄，世态的炎凉。

原文

避贤初罢相[1]，
乐圣且衔杯[2]。
为问门前客，
今朝几个来？

译文

我刚被罢免宰相，是为了让位给贤人，此时正好端起酒杯痛饮，以慰我爱酒之心。试问过去常来的那些客人，如今还有几个人来？

注释

1 **避贤**：让位给贤人。贤人指李林甫，是反语。**罢相**：指诗人被罢去左相职务。

2 **乐圣：**喜欢饮酒。《三国志·徐邈传》记载，徐邈把醉酒叫作“中圣人”，又称清酒为“圣人”，浊酒为“贤人”。**衔杯：**口不离杯，即放怀饮酒。

逢侠者

钱起

导读

侠者，是具有武功而行侠仗义的人物。他们为人慷慨，往往一诺千金，路见不平，拔刀相助。钱起这首《逢侠者》就是赞美这样的人物。开头两句，开门见山，写对方既是行侠仗义的壮士，又与自己相逢在大侠剧孟的故乡，故此次相遇不同凡响。三、四两句，笔随情转，从自己对游侠的敬慕，顺理成章地想到人间不平之事，诗人有满腹话语需要倾诉，故说“寸心言不尽”，一直到“日将斜”，侠者不得不赶路了，才依依挥手分别。全诗前后呼应，一气呵成。

原文

燕赵悲歌士[1]，
相逢剧孟家[2]。
寸心言不尽[3]，
前路日将斜[4]。

译文

你是燕赵地区慷慨悲歌的壮士，我跟你相逢在大侠剧孟的老家。心中的知心话倾吐不尽，然而前路的太阳西斜将要落下。

注释

1 **燕赵：**都是战国时国名，燕国在今河北省北部及辽宁西部地区。赵国在今山西北部和中部以及河北省西部和南部一带。**悲歌士：**慷慨悲歌的人，指侠客剑士。古时燕赵之地，侠客剑士比较多。

2 **剧孟:**西汉时的大侠客,洛阳人。吴楚七国之乱时,周亚夫率军平叛,到了河南,听说这次叛乱没有得到剧孟的支持,他高兴地说:“吴楚举大事而不求孟,吾知其无能为已矣。”

3 **寸心:**指心。旧时认为心的大小在方寸之间,所以叫“寸心”。这里指心里的知心话语。

4 **前路:**指分别后,向前要走的道路。

江行无题

钱珝

导读

此诗作者原署名钱起,据明人胡震亨《唐音戊签》卷八八考证,应该是钱珝。钱珝是钱起的曾孙。此诗诗题一作《江行望匡庐》,它是《江行无题一百首》中第六十九首,记述在长江行船经过庐山的感受。全诗大意是:整个庐山都笼罩在云雾之中,那深山幽谷中是否还有六朝的高僧在修道呢?这首绝句,起句提带有力,“咫尺愁风雨”五个字,便把庐山高峨峻险的气势,一笔写尽,并自然地牵带出第二句“匡庐不可登”,表达了自己对庐山可望而不可即的心情。末句“犹有六朝僧”,用典故收束,既进一步写出了庐山的高邈旷远,又表明它自古以来就是高僧名士隐居的地方。言有尽而意无穷,发人遐想,诗意回荡。

原文

咫尺愁风雨[1],
匡庐不可登[2]。
只疑云雾窟[3],
犹有六朝僧[4]。

译文

相隔原本只有咫尺,但这令人发愁的风雨,使得这匡庐山不可攀登。我只能猜想:那云雾缭绕的洞穴中,是否还有六朝修道的高僧。

注释

1 **咫尺:**比喻相距很近。

2 **匡庐:**即庐山。传说古代匡俗兄弟七人在此结庐而居,故此山被称为庐山、匡山或匡庐。自东晋时僧慧远在庐山结社讲道,庐山佛教盛极一时,后来许多高僧在此居住。

3 **疑:**猜想。**窟:**山洞。

4 **六朝:**三国吴、东晋和南朝的宋、齐、梁、陈六个朝代都建都在金陵(今南京市),故历史上称"六朝"。

答李浣

韦应物

导读

作者韦应物的朋友李浣从楚地(今湖北、湖南一带)做官归来,以诗赠作者,作者以此诗相酬答。这首诗,前两句是写李浣做官归家后的生活情趣,后两句提问:楚地有很多诗人,你同哪一位往来得最密切呢? 这实际上是称赞李浣的才华,并表达出愿意跟李浣诗歌唱和的愿望。

原文

林中观易罢[1],
溪上对鸥闲[2]。
楚俗饶词客[3],
何人最往还[4]?

译文

您在树林阅读完《周易》,又到溪上观看白鸥,多么悠闲! 楚地历来有许多文人墨客,您最喜欢跟哪些人唱和往还呢?

注释

1 **易:**《周易》,又称《易经》。为儒家的经典之一。

2 **鸥:**水鸟。**闲:**悠闲。

3 **俗:**习俗。**饶:**多。**词客:**文人墨客。

4 **往还:**交往。这里指互相以诗文应酬唱和。

秋风引

刘禹锡

导读

“引”是一种乐曲和诗歌体裁。《文选·长笛赋》李善注:“引,亦曲也。”本诗写看到秋风送雁的感受。一、二两句从大处着笔,突兀而起,询问秋风从何处刮来,萧瑟寒凉,一阵阵吹送那南归的雁群。以此对比,游子思乡却不能像雁群一样南归。三、四两句从近处着笔,用风吹动树叶的情景,进一步衬托出旅途游子的孤单。“最先闻”三字概括了心中感受:只有夜不成寐的孤独的游子,最先听到这萧瑟的秋声。

原文

何处秋风至,

萧萧送雁群[1]。

朝来入庭树[2],

孤客最先闻[3]。

译文

秋风从哪里吹到这里,萧瑟凄凉,送走了雁群。它清晨就吹入庭院,摇动树木,孤独的旅人总是最先听到它的声音。

注释

1 **萧萧:**秋风吹动树木等所发出的凄凉声音。

2 **朝:**清晨。**庭树:**院中的树木。

3 **孤客:**孤独在外作客的人。**闻:**听到。

秋夜寄丘二十二员外

韦应物

导读

这是一首怀念友人的诗。丘二十二,姓丘名丹,他在兄弟辈中的排行是第二十二位。丘丹是诗人的朋友,嘉兴(今浙江嘉兴)人,曾任仓部员外郎。作者寄此诗时,丘丹正在临平山中学道。诗的开头从自己写起。诗人自己在秋夜中一边散步,一边吟诗,微微感到寒意和寂寞,于是很自然地想到隐居在深山里的朋友。三、四两句笔锋一转,由近及远,由己及彼,咏出对朋友的怀念与猜想:空山松子落,幽人应未眠。诗人想象在深山老林中,一边是松子坠落声,一边是丘丹独对孤灯,幽思未眠。这样叙写,就把互相思念的两地友情连在一起了。丘丹接到此诗之后,写了《和韦使君秋夜见寄》,其诗云:"露滴梧叶鸣,秋风桂花发。中有学仙侣,吹箫弄山月。"回答了诗人的想念。

原文

怀君属秋夜[1],
散步咏凉天[2]。
空山松子落[3],
幽人应未眠[4]。

译文

我怀念您,在这秋天的夜晚,我在凉爽的庭院散步咏诗。遥想您居住的空寂山林中松子已落下,您这个隐士应该还没有入眠吧。

注释

1 **怀:**怀念。**属:**正当。

2 **凉天:**凉爽的天气。

3 **空:**空寂。

4 **幽人:**隐居深山的人。指丘丹。

秋日

耿沛

导读

耿沛是唐朝诗人。这首《秋日》绝句，描述诗人傍晚一瞬间的感受，好像一幅速写画：傍晚秋风萧索，黄昏的夕阳返照到村庄的里巷，村庄外是冷清清的古道和瑟瑟抖动着的庄稼。斜阳的余晖、寂静的村庄和古道、秋风中摇摆的庄稼，共同寄托着诗人的淡淡哀愁。

原文

返照入闾巷[1]，
忧来谁共语？
古道无人行[2]，
秋风动禾黍[3]。

译文

落日的余晖斜照进村庄的里巷，忧愁向我袭来，我该向谁诉说心中的苦闷？村庄外的古道，已经没有人行走，只有庄稼在萧瑟秋风中摆动。

注释

1 **返照**：落日的余晖斜照。**闾巷**：村庄的里巷。

2 **古道**：古老的道路。

3 **禾黍**(shǔ)：泛指庄稼。

秋日湖上

薛莹

导读

薛莹是晚唐诗人。这是一首即景怀古的诗。秋日傍晚，诗人泛舟太湖，处处寒烟笼罩，水波浮动，诗人的怀古之情油然而生：浮沉千古事，谁与问东流？古往今来，这里的兴废存亡的历史故事，就像江水东流般一去不返，还有谁去过问呢？只好发出无可奈何的感慨。诗中描写的“落日”“烟波处处愁”，或是处在风雨飘摇之中的晚唐社会的写照。

原文

落日五湖游[1]，
烟波处处愁。
浮沉千古事[2]，
谁与问东流[3]？

译文

太阳落下的时刻，我在太湖漫游，处处烟雾笼罩着水波，让人怅惘。千古以来那些浮沉往事皆随江水东流，还有谁去过问呢？

注释

1 **五湖**：这里主要指太湖一带。

2 **浮沉**：指兴废存亡的变化。**千古事**：古代的历史故事。春秋时代吴、越两国在太湖流域一带争霸，起初是吴强越弱，后来越王勾践采用范蠡的策略，终于反败为胜，打败吴王夫差；三国时，太湖流域一带又是东吴孙权兴邦立业的地方。

3 **“谁与”句**：意思是谁还会去过问那些往事的是非曲直。

宫中题

李昂

导读

李昂就是唐文宗。唐朝中期以后出现了宦官专权的局面，他们拉帮结派，有时甚至擅自废立皇帝。唐文宗李昂想改变这个局面，于是在大和九年(835年)任命李训、舒元舆为丞相，郑注为凤翔节度使，暗中策划布置，想把宦官一网打尽。但是，计划被宦官仇士良等人识破，他们将计就计，杀害了李训、郑注等人，把唐文宗囚禁于深宫。这就是历史上有名的“甘露之变”。

这首诗是唐文宗李昂遭受宦官软禁时在皇宫中写下的，故名《宫中题》。李昂这首诗，描写了长期遭受软禁的心情。开头两句写景物变化，秋天辇路因久无人行走而长满杂草，春天上林苑中鲜花满枝。末尾两句直接抒情：自己登高远望，怀念已经被害的臣下，想到再没有帮助自己的人，心中无限伤悲与凄凉。二十个字如泣如诉，写尽彷徨、苦闷和孤独。

原文

辇路生秋草[1]，
上林花满枝[2]。
凭高何限意[3]，
无复侍臣知[4]。

译文

秋天，车驾行走的道路长满荒草，春天，上林苑中鲜花开满树枝。我登临高处眺望，心事无限，却再没有亲近的臣下可以懂得。

注释

1 **辇路：**皇帝车驾所经的道路。

2 **上林：**泛指皇宫的园林。

3 **凭高:**登临高处。**何限:**无限。

4 **复:**再。**侍臣:**侍奉帝王的臣下。

寻隐者不遇

贾岛

导读

贾岛是中唐著名诗人。他访问一位隐居者而未能见到,就写了这首诗。全诗以问答形式叙写。起句突兀而起,向隐者的小弟子发问,并且点明环境;以下三句写隐者的小弟子的回答。这三句回答的话,初看极平淡无奇,细嚼则颇有诗味。它层层递进,步步深入。“言师采药去”,写出隐者的特点与品格。“只在此山中,云深不知处”,这种回答,似近实远,似可望而实不可即,不仅写尽了高山耸立云端的壮观,也刻画了隐者这样一个颇近神奇的人物。这三句答话,还写出了童子一副天真烂漫的神情。

原文

松下问童子,
言师采药去[1]。
只在此山中,
云深不知处[2]。

译文

松树底下询问童子他的师父去哪儿了,童子说师父已经采药离去。就在这座大山中,只是云雾笼罩,我也不知在何处。

注释

1 **师:**师父。

2 **云深:**白云笼罩着的高山深处。**处:**处所,地方。

汾上惊秋

苏颋

导读

苏颋(tǐng)是盛唐著名文人。这首诗是写他秋季到汾上旅行的感受。汾,即汾河,流经今山西省中南部。惊秋,是说因秋景而引起情绪波动。本诗写景和抒情交错进行,一句紧扣一句。第一句描写寒凉的秋天,北风早至;第二句写离家万里的流离生活,路途迢迢来到这凄凉萧索的汾河边上。这两句借用汉武帝的《秋风辞》:“秋风起兮白云飞”“泛楼船兮济汾河”。这种借用,可以增加诗歌的容量。第三、四句用“摇落”两字把情绪的颓唐和万物凋残糅合在一起,一阵阵的秋声更是触动旅人情怀,使人不敢听而又不得不听。

原文

北风吹白云[1],
万里渡河汾[2]。
心绪逢摇落[3],
秋声不可闻[4]。

译文

寒冷的北风吹卷着白云,我离家万里,渡过汾河。心中伤感惆怅,又遇到树木凋残零落,这秋天的悲凉声音,实在不忍听闻。

注释

1 **北风:**北方吹来的风。亦指寒冷的风。

2 **河汾:**黄河与汾河。汾河是黄河的第二大支流。这里指汾河。

3 **心绪:**心境。**摇落:**凋残,零落。指秋季树木凋零。

4 **秋声:**秋天的风声、落叶声等。

蜀道后期

张说

导读

张说(yuè)是与苏颋齐名的盛唐文人。此诗抒写旅行在外而急切想回家的心情。旅行地点是艰难的蜀道,归期晚于预定的回家日期叫作“后期”。诗人离家外出,本来预先算好归期的。但是,这次没能按照预定的日期即没有在秋天来到之前赶回家,反而让秋风抢先到达故乡洛阳城了。诗人采取拟人化的手法,把秋风写活了。秋风原是无情无知的,诗人却写秋风与人竞争,抢在前头,以此烘托诗人归乡心切而又无可奈何的情思。

原文

客心争日月[1],
来往预期程[2]。
秋风不相待[3],
先至洛阳城[4]。

译文

作客异乡的心情,总是争取早日回家,所以预先定下来往的时间和路程。可惜秋风不肯等待我,它竟比我先到达了我的故乡洛阳城。

注释

1 **客:**在异乡的人。**争日月:**指争取时间早回家乡。

2 **预期程:**预先定下旅程期限。

3 **待:**等待。

4 **至:**到达。

静夜思

李白

导读

李白这首小诗，一千多年以来，家传户诵，许多牙牙学语的幼儿都能够背诵。诗人写自己深夜在异乡的感受。开头两句说，床前一片明亮皎洁的月光，好似地上撒着一层白霜。用“地上霜”比喻“明月光”，十分逼真地描绘出了深秋月光的特点，既写出了诗人朦胧的感觉，又衬托出秋夜的寂静。第三、四句“举头”“低头”四字，于静中转出动来，又由动作反映出诗人内心的情绪。特别是第四句把明月和故乡联系起来，点出思乡这个主题。一切远离故乡的人，每当霜晨月夜，都会产生跟诗人相同的感受，故此诗具有典型意义而为人们广泛地传诵。这四句诗落笔自然，一气呵成，每一句都明白晓畅，每一句又含有深意。清人沈德潜说得好：“旅中情思，虽说明却不说尽。”

原文

床前明月光，
疑是地上霜[1]。
举头望明月[2]，
低头思故乡[3]。

译文

床前洒下一片明亮的月光，仿佛是地上结了一层白霜。我抬头仰望天上的明月，低下头思念起我的故乡。

注释

1 **疑**：怀疑，疑心。

2 **举头**：抬头。

3 **思**：怀念。

秋浦歌

李白

导读

李白的《秋浦歌》共十七首，这是其中第十五首。秋浦，地名，在今安徽省池州市贵池区，因城西南有秋浦湖而得名。这首诗借揽镜照白发来抒发诗人怀才不遇的感慨。此诗的特点是使用极度夸张的手法。开头两句来得非常突兀：白发竟然有三千丈长，那是因为没完没了的忧愁苦闷。这样起笔，是何等惊人。后两句又用疑问口气，表达吃惊的感受：明镜里秋霜似的白发不知从何而来。四句结合在一起，写尽了诗人心情的复杂和曲折。

原文

白发三千丈[1]，
缘愁似个长[2]。
不知明镜里，
何处得秋霜[3]！

译文

白发长达三千丈，这是因为愁闷，才有这样长。我不知道这面明镜中，是从何处得来的白发像秋霜！

注释

1 **三千丈：** 言极长。这是极度夸张的修辞手法。

2 **缘：** 因为。**个：** 如此，这样。

3 **秋霜：** 形容头发像秋霜一样白。

赠乔侍御

陈子昂

导读

陈子昂这首诗是赠送给乔侍御的。侍御是官名,即侍御史,担任监察之职。乔侍御是作者的朋友。本诗头两句说:朝廷对投机取巧的官吏,给以莫大的荣耀;而对卫国戍边、建立功勋的将帅,却没有重视。后两句运用"骢马使"的典故说:可惜像桓典那样正直忠诚的人,到老时都得不到重用,一片雄心又当向谁去表白呢?全诗运用典故,委婉地讽刺了唐朝廷用人不公、赏罚不明的政治现象,表达了对乔侍御的赞美和同情,同时也抒发了诗人自己怀才不遇的愤慨。

原文

汉庭荣巧宦[1],
云阁薄边功[2]。
可怜骢马使[3],
白首为谁雄[4]?

译文

汉朝的朝廷,让取巧奉承的官员获得荣耀,云台和麒麟阁,都轻视防守边疆的战功。可怜威名远震的骢马御史,已经头发雪白,能够为谁称雄?

注释

1 **汉廷:**汉朝朝廷。这里实指唐朝廷。**荣:**显耀。**巧宦:**指靠投机取巧、谄媚奉承而飞黄腾达的官吏。

2 **云阁:**云台和麒麟阁的合称,是汉时陈列功臣画像以示纪功的地方。**薄:**轻视。**边功:**戍边取得的战功。

3 **骢(cōng)马使:**东汉末年,桓典担任侍御史,他执法公正,不避权贵,经常骑一匹骢马巡视,威名远震,当时称他为骢马御史。这里以桓典比乔侍御。骢马，青白色的马。

4 **白首：**白头。指年老。**雄：**称雄。

答武陵太守

王昌龄

导读

这是王昌龄酬答武陵太守的诗。武陵是郡名，在今湖南省常德市。汉朝称郡的长官为太守，这里是沿用历史称呼。当时武陵郡的长官姓田，王昌龄曾被贬为龙标（今湖南黔阳）的县尉。他从武陵返回金陵（今南京），田太守为他设宴送行，诗人就写了此诗答谢。诗的头两句说，自己仗剑远行，对田太守的情谊表示感谢。三、四两句，运用典故，以田太守比信陵君，自己比信陵君的门客，说自己将永远铭记知遇之恩。

原文

仗剑行千里[1]，
微躯敢一言[2]。
曾为大梁客[3]，
不负信陵恩[4]。

译文

我携带宝剑行走千里，低微的我冒昧地献诗感谢您。既然曾经做过大梁城的食客，就不会辜负信陵君的厚恩。

注释

1 **仗剑：**身佩宝剑。**千里：**形容路途遥远。

2 **微躯：**微贱的身体。这是自谦之辞。**一言：**指下面表示感谢的两句话，也是指这首表示感谢的诗。

3 **大梁客：**大梁，战国时魏国首都，在今河南省开封市西北。客，门客。魏国信陵君魏无忌，为战国“四公子”之一，居住大梁城，礼贤下士，门下有食客三千人。

4 **不负**:不辜负。

行军九日思长安故园

岑参

导读

九日,就是农历九月初九日重阳节。唐肃宗至德二载(757 年)九月,作者随军从灵武到彭原,正逢重阳节。重阳节的传统习俗中,人们都登高览胜,饮酒赏菊,故触发了诗人对长安居所的怀念而写了这首诗。诗的头两句说:今天是重阳佳节,很想去登高赏菊,可惜没有像太守王弘那样的人给我送酒来,连借酒浇愁都不可能。第三、四句由重阳赏菊,想到"故园菊",想到国家的破碎局面,想到自己的故园长安还在安史叛军的铁蹄之下,在战火之中。末句"应傍战场开",不仅点出了愁怀的原因,也进一步开拓了诗境,烘托了主题。

原文

强欲登高去[1],
无人送酒来[2]。
遥怜故园菊[3],
应傍战场开[4]。

译文

我勉强想要登高去,但是没有人给我送酒来。远远地怀念故园的菊花,此时大概只能傍着战场绽开。

注释

1 **欲**:想要。**登高**:古人有在重阳节登高、饮酒、赏菊的习俗。

2 **送酒来**:据《南史·陶潜传》记载,陶渊明有一次在家过重阳节,没有酒喝,便在宅旁的菊花丛中闷坐。后来太守王弘派人送酒来,陶渊明随即畅饮，醉后而归。

3 **遥怜**：远远怀念。**故园**：指长安。当时岑参有别墅在长安，故称长安为故园。

4 **傍**：靠着。**战场**：当时唐朝首都长安还在安史叛军的铁蹄之下，战斗激烈。

婕妤怨

皇甫冉

导读

皇甫冉是唐朝诗人。这是一首宫怨诗。《婕妤怨》是后人借班婕妤的故事以自况或批判现实的诗题。婕妤(jié yú)，是古代宫妃的称号。汉武帝时开始设置，后世沿袭。汉成帝时的宫妃班婕妤是著名历史学家班固的祖姑，有文才，贤能却为赵飞燕所谮，不复被皇帝宠幸，有《自悼赋》《捣素赋》《怨歌行》等作品，描写在宫廷中的苦闷心情。《怨歌行》又名《团扇歌》，载入《文选》。

本诗采用失宠宫妃的口吻，头两句说：得宠的宫妃们打扮得花枝招展，在宫殿内吹箫侍宴，只有班婕妤独处深宫，贤而无宠。三、四句描写失宠者的心理，她发问说：试问受到宠爱的人，你们能把眉毛画得有多长呢？作者借班婕妤的幽怨，用“宠”与“怨”做强烈对比，表现了封建宫廷生活的冷酷，道出了宫妃们的精神痛苦。但是，此诗不仅是一首宫词，而且是别有所指，即借失宠宫妃表达诗人自己怀才不遇的一腔悲愤。

原文

花枝出建章[1]，
凤管发昭阳[2]。

译文

你们打扮得花枝招展走出建章宫，又到昭阳宫奏乐侍宴。我想要问你们这些借问承恩者[3]，双蛾几许长[4]？

承受恩宠的人，你们把一双眉毛画得有多长？

注释

1 **花枝**：指得宠的宫妃打扮得花枝招展。**建章**：宫殿名。汉武帝时建造，在长安城外未央宫西。

2 **凤管**：笙箫或笙箫之乐的美称。**昭阳**：昭阳宫。《三辅黄图·未央宫》："武帝时，后宫八区，有昭阳……等殿。"后泛指后妃所住的宫殿。

3 **承恩者**：指承受帝王宠爱的妃子。

4 **双蛾**：女子美丽的双眉。蚕蛾之须弯曲细长，因以喻女子长而美的眉毛。

题竹林寺

朱放

导读

朱放是唐朝诗人。他在政治上不得意，寄情自然山水。本诗头两句说风景秀丽的竹林寺值得留恋，并感叹人世间的光阴短促，容易消逝。后两句进一步说：我深情地留恋着竹林寺的风景，怕从此分别以后，再到这里的机会不多了。诗中"殷勤"两字，用得颇好。作者想借烟霞而消遣，对胜景而解闷，把竹林寺人格化，好像青山留人，古寺招客，写出了胸中一段深情。

原文

岁月人间促[1]，
烟霞此地多[2]。
殷勤竹林寺[3]，
更得几回过[4]？

译文

人间的岁月短促，这里的烟雾云霞胜景却是极多。情意深切的竹林寺啊，我还能够有多少回探访经过？

注释

1 **促:**短暂。

2 **烟霞:**烟雾云霞。此指竹林寺的山水胜景。

3 **殷勤:**情意恳切周到。

4 **得:**能够。**过:**探访。

题三闾大夫庙

戴叔伦

导读

戴叔伦是唐朝诗人。这首诗的诗题一作《三闾庙》。三闾大夫,指屈原。他是战国时楚国的三闾大夫,掌管王族昭、屈、景三姓的事务。楚怀王因听信谗言,把他放逐到今湖南地区。他被流放后,楚国日益衰败,连郢都也被秦军占领。他怨愤交加,最后投汨罗江自尽。后人在此修建三闾大夫庙纪念屈原,故址在今湖南汨罗境内。

这首怀古诗,是诗人经过三闾大夫庙怀念伟大的爱国诗人屈原的。诗歌头两句突兀而起地说:那沅江、湘江的流水,永远流淌不完;屈原的怨恨是多么深沉啊,就好像这永远流不尽的江水!三、四句接着说:三闾大夫庙前,夕阳西下,秋风飒飒,枫叶红透,萧萧飘落,使人感到寂寞和凄凉。诗人对屈原事迹着墨不多,只以傍晚的落日、呜咽的江水、萧瑟的秋风、飘零的枫叶,渲染出一幅荒凉萧索的图景,从而寄托对屈原的哀思。

原文

沅湘流不尽[1],
屈子怨何深[2]!
日暮秋风起,
萧萧枫树林[3]。

译文

沅江、湘江的水永远流不尽,而屈子的哀怨又是多么深沉!傍晚太阳西斜,刮起秋风,枫树林里落叶萧萧。

注释

1 **沅湘:**湖南的沅江、湘江。是当时屈原流放所经过的地方。

2 **屈子:**即屈原。“子”是古代对男子的尊称。

3 **萧萧:**树叶飘落的声音。

易水送别

骆宾王

导读

这是一首怀古诗,吟咏易水送别的悲壮的历史故事。易水就是今河北省易县的易河。战国时,荆轲为燕国太子丹入秦刺杀秦王,太子丹在河边送别荆轲,荆轲慷慨激昂,作《易水歌》。本诗开头两句,形象地描述了当年太子丹送别荆轲以及荆轲怒发冲冠的情景。第三句用一个“没”字过渡,说明荆轲已经牺牲,历史悲剧已经远去。第四句用“水犹寒”作结,今日的易水像当年那么寒冷,回荡着“风萧萧兮易水寒”的歌声,笼罩着一股英豪之气。这是点睛的一笔,勇士的事迹和精神可以流传千古。骆宾王是初唐著名诗人,对武则天当权心怀不满,因此借咏史以讽今,宣扬荆轲的侠义精神。

原文

此地别燕丹[1],
壮士发冲冠[2]。
昔时人已没[3],
今日水犹寒[4]。

译文

就在这个地方告别燕太子丹,壮士视死如归,怒发冲冠。历史已经过去,英雄已经牺牲,今天易河的水却还是同样寒冷。

注释

1 **燕丹:**燕国的太子丹。

2 **壮士:**指荆轲。**发冲冠:**愤怒得头发直竖,把帽子都顶了上去。据《史记·刺客列传》记载,荆轲为燕太子丹入秦刺秦王,太子丹饯别于易水之上,荆轲按剑而歌曰:"风萧萧兮易水寒,壮士一去兮不复还。"随从之士皆慷慨激昂,怒发冲冠。

3 **没:**通"殁",死亡。荆轲入秦后,上殿刺秦王,其事未成,为秦所杀。

4 **寒:**寒冷。照应荆轲所歌的"风萧萧兮易水寒"。

别卢秦卿

司空曙

导读

这是一首感情真挚的送别诗。司空曙是唐朝"大历十才子"之一。卢秦卿是诗人的朋友。诗歌写道:卢秦卿跟别人早定了约会期限,明早必须离开,在分别的夜晚,诗人与他难舍难分,频频举杯相劝,希望他多留片刻。诗人知道老朋友的友情和酒挽留不住卢秦卿,因此生发一个奇想:希望刮一阵"石尤风",阻止他的船只进发。这个奇想,具有强大的艺术表现力量,反映了诗人的一片真情。

原文

知有前期在[1],
难分此夜中[2]。
无将故人酒[3],
不及石尤风[4]。

译文

我知道你有已预约好的会面,但是今夜实在不舍分别。不要让老朋友拿起酒杯相劝的挽留,还赶不上那能把你吹回来的顶头风的作用。

注释

1 **前期**:先前的约定。

2 **难分**:难舍难分。

3 **将**:拿着。**故人**:老朋友。

4 **不及**:不如。**石尤风**:行船时猛烈的顶头风。相传石氏女嫁给尤郎为妻,丈夫经商远行,石氏女长期痛苦思念而病死,她临死时叹息说:"今凡有商旅远行,吾当作大风,为天下妇人阻之。"宋孝武帝的《丁督护歌》说:"愿作石尤风,四面断行旅。"

答　人

太上隐者

导读

太上隐者是唐朝一位隐埋真实姓名的隐士,他隐居在终南山中。有人遇见这位隐士,向他询问,他就写下了这首诗作为回答。诗歌回答说:我偶尔来到这棵松树底下,用石头当枕头而自在安眠。山中没有历书,只见暑去寒来,连今朝是何年何月也不知道。太上隐者的这首诗反映的是道教的绝圣弃智、返归自然的思想。全诗使用白描手法,好似顺口溜,平淡通俗而又耐人寻味。

原文

偶来松树下[1],
高枕石头眠。
山中无历日[2],
寒尽不知年[3]。

译文

我偶尔来到松树下面,高枕着石头安眠。山中没有历书,严寒散去天就转暖,也不知到了哪一年。

注释

1 **偶来:**偶尔来到。

2 **历日:**指记载年月日的历书。

3 **寒尽:**指严寒消尽,天气转暖,一年过去。**不知年:**不知到了哪一年。

第四类

五言千家诗下

幸蜀回至剑门

李隆基

导读

作者李隆基，就是唐玄宗，世称唐明皇。天宝十五载(756年)安禄山的军队逼近长安，六月十三日清晨，唐玄宗逃亡到蜀地(今四川省)。次年九月长安收复，太子李亨已经继位，迎接唐玄宗回京。当车驾到剑门关时，唐玄宗对左右侍臣说："剑门天险若此，自古及今，败亡相继，岂非在德不在险耶？"因而写下这首诗。幸，指帝王驾临某地。剑门即剑门关，在今四川省剑阁县东北，因境内有剑门山得名。山上两峰如剑，两崖相对如门，故叫剑门。

唐玄宗前期励精图治，后期享乐腐化，号称风流皇帝，酿成"安史之乱"。经过"安史之乱"这场风波后，他似乎又清醒了一些，这首诗便是他试图总结历史教训而作。此诗境界阔大，功力深厚。起句"剑阁横云峻"，一下就勾勒出剑门山的高峻之势。第二句是说自己的车驾又从蜀中回到这里，流露出喜悦的感情。第三、四两句进一步以生动的比喻、明丽的色彩、古老的神话表现出剑门山的险峻、神奇和壮丽。第五、六句由静转动，由远及近，写登山时盘旋而上的见闻和感受：千乘万骑在灌木丛中行进，山头上的白云拂面而来。在前六句描写剑门之险的基础上，第七句"乘时方在德"突然一转，总结历史教训，点明治国的根本在于德政。第八句是表扬平定叛乱的功臣，认为他们的才干和功绩足以刻石记功，青史留名。

原文

剑阁横云峻[1]，
銮舆出狩回[2]。
翠屏千仞合[3]，
丹嶂五丁开[4]。
灌木萦旗转[5]，
仙云拂马来[6]。
乘时方在德[7]，
嗟尔勒铭才[8]。

译文

剑门山云雾横绕，形势高峻，我的车驾出巡，又从蜀中返回至此。山高千仞像青翠的屏风围绕，赤色的悬崖，传说是由五个大力士凿开的。繁茂的灌木萦绕着旌旗转动，变幻的云朵拂着马匹飘来。治国应顺应时势，要注重德政，各位平定叛乱的大臣，你们都是可以青史留名的人才。

注释

1 **剑阁：**即剑门关。**峻：**山高而险。

2 **銮舆**(luán yú)**：**帝王的车驾。**狩**(shòu)**：**打猎。帝王被迫离开都城，往往借“出狩”作为掩饰之词。

3 **翠屏：**青绿色的屏风。此处形容山色青翠、山势高峻。**千仞：**形容山势极高。

4 **丹嶂：**指赤色的高险的山崖。**五丁：**古代神话中开凿蜀道的五个大力士。

5 **灌木：**矮小的树木。**萦：**环绕，缠绕。

6 **仙云：**高山上飘忽变幻的云雾。**拂：**掠过。

7 **乘时：**顺应时势。**德：**德政，德治。

8 **嗟：**赞叹，赞美。**尔：**你们。**勒铭：**在金石上面镌刻铭文。比喻建立功勋。

和晋陵陆丞早春游望

杜审言

导读

杜审言是初唐诗人。这首诗写在外地做官而思念故乡的心情。和(hè),就是唱和。晋陵是唐代郡名,在今江苏省常州市。陆丞,是一位姓陆的晋陵县丞。县丞是辅佐县令的官员。当时,陆丞作了《早春游望》,杜审言以此诗相酬答。诗的首联说,“宦游人”对春天景物的变化特别敏感,特别惊心,因为离开故乡又是一年了。起句“独有”两字,笔力雄健。中间两联用生动细腻的笔法,着意刻画江南早春的景色:太阳从海上升起,立刻云蒸霞蔚;梅花红了,柳条绿了,标志着春天到了;暖和的气候,催着黄莺歌唱;阳光照到水中,使蘋草转变成绿色。这四句,有色,有香,有动,有静,构成了一幅绚丽夺目的画面,这就是首联中所说的“物候新”。末联收束全诗,点明唱和之旨,并呼应第一联。此诗格律谨严,对仗工整,构思缜密。

原文

独有宦游人[1],
偏惊物候新[2]。
云霞出海曙[3],
梅柳渡江春[4]。
淑气催黄鸟[5],
晴光转绿蘋[6]。
忽闻歌古调[7],
归思欲沾巾[8]。

译文

独有在外地做官的人,特别敏感于景物的变化更新。太阳从海上升起,云蒸霞蔚;长江南岸,梅红柳绿,标志到了新春。气候变暖,催促着黄莺歌唱;阳光晴朗,水中之蘋变得绿沉沉。忽然听到您唱出古人的曲调,我不由得思念起故乡,眼泪沾湿手巾。

注释

1 **宦游人:**在外做官的人。

2 **偏惊:**形容特别敏感。**物候:**自然界动植物随季节气候变化而变化的周期现象。泛指时令。

3 **曙:**天亮。

4 **春:**春意盎然。

5 **淑气:**和煦的气候。**黄鸟:**黄莺。

6 **晴光:**晴好的春光。**蘋:**蕨类植物,生浅水中,又名田字草。

7 **歌:**唱。**古调:**古人的曲调。比喻高雅脱俗的诗文、言论。

8 **归思:**想要回故乡的念头。**沾巾:**指流泪。

蓬莱三殿侍宴奉敕咏终南山

杜审言

导读

作者因参加皇帝寿诞侍宴而写了这首诗。蓬莱三殿,指唐朝在长安城北大明宫内所建筑的宫殿。终南山,简称南山,属于秦岭山脉,在今陕西西安市南。奉敕(chì),就是奉皇帝的命令。这首诗借咏终南山来称颂皇帝。首联说,北斗星悬挂在京城边,终南山倚靠在宫殿前。其中的"北斗""南山",不仅点明地势,而且暗喻皇帝的威望与长寿。颔联写"金阙""玉堂"非常巍峨,金阙高耸入云霄,玉堂像挂在树梢上。这是衬托皇帝的高贵。颈联说京城中和乐喜庆的气氛散布到了终南山,祥瑞的云气在山间缭绕。"佳气""瑞烟",都是在渲染祥和升平的气象。末联点出题意。此诗风格庄重典雅。

原文

北斗挂城边[1]，
南山倚殿前[2]。
云标金阙迥[3]，
树杪玉堂悬[4]。
半岭通佳气[5]，
中峰绕瑞烟[6]。
小臣持献寿[7]，
长此戴尧天[8]。

译文

北斗星悬挂在城边，终南山倚靠在殿前。金阙高大，插入云霄，玉堂高耸，悬挂树梢。美好的云气环绕着半山腰，祥瑞的云烟缭绕在主峰间。小臣献上这首诗祝寿，希望大唐长远如此，头顶尧天。

注释

1 **北斗**：北斗星。
2 **南山**：即终南山。
3 **云标**：云端。比喻极高处。**金阙**：指皇宫。**迥**：高大。
4 **杪**(miǎo)：树梢。**玉堂**：玉饰的殿堂。亦为宫殿的美称。
5 **半岭**：半山腰。**佳气**：美好的云气。
6 **中峰**：主峰。**瑞烟**：祥瑞的云烟。
7 **小臣**：作者自称，意谓官小职卑。
8 **戴**：头顶。这里有享受、享有的意思。**尧天**：尧能法天而行教化，后因以"尧天"称颂帝王盛德和太平盛世。

春夜别友人

陈子昂

导读

这首诗围绕一个"别"字，层层展开，步步深入。开头两句写友人为自己设宴饯别，隆重而殷勤。三、四两句说：宴会上的离愁别绪，更显朋友情深，自己要离开友人，跋山涉水。五、六句说：宴会持续到天将亮，月亮在高树后隐去，银河也在晓色中消失。“隐”“没”两字更觉传神，把天亮前的景色特征抓住了，使读者看到一幅曙色初开时的图景。最后两句是道别，其中“悠悠”两字是双关语，一是忧前途漫漫，洛阳遥远；二是叹岁月悠悠，不知道“此会在何年”。全诗炼字精妙，对仗工整。

原文

银烛吐青烟[1]，
金樽对绮筵[2]。
离堂思琴瑟[3]，
别路绕山川[4]。
明月隐高树，
长河没晓天[5]。
悠悠洛阳道[6]，
此会在何年？

译文

银烛燃烧，吐着青烟，我们举起酒杯，对饮在这丰盛的酒宴中。堂上的离别筵席，充满了深厚的友情，分手后的路程，环绕着河流与大山。明月西斜，隐没在树枝后，银河暗淡，消失在快亮的天空。去洛阳的道路遥远漫长，再来这里相会，要到哪一年？

注释

1 **银烛：**银白色蜡烛。
2 **金樽：**酒杯的美称。**绮筵：**丰盛佳美的筵席。
3 **离堂：**指饯别的场所。**琴瑟：**此处既指宴会上所奏之乐，又指朋友间的深厚情谊。《诗经·小雅·鹿鸣》：“我有嘉宾，鼓瑟鼓琴。”
4 **别路：**分别后要走的路。
5 **长河：**银河。**没：**淹没，消失。
6 **悠悠：**漫长旷远。

长宁公主东庄侍宴

李峤

导读

李峤是唐代诗人,曾经担任中书令。长宁公主是唐中宗李显的女儿,唐中宗宠爱她,赐以东庄别墅。有一次,李峤跟随中宗皇帝到长宁公主的东庄别墅,在宴会上写了此诗。诗的前半部分写皇帝车驾排场和随从的情况。五、六两句写东庄别墅宏大壮观:树木高大苍翠,与邻近的终南山连接在一起;四周云蒸霞蔚,与远处的渭水相映照。尾联写车驾流连忘返。这首诗描写公主的别墅气象宏大,从一个侧面反映了封建皇族的奢华生活。

原文

别业临青甸[1],
鸣銮降紫霄[2]。
长筵鹓鹭集[3],
仙管凤凰调[4]。
树接南山近[5],
烟含北渚遥[6]。
承恩咸已醉[7],
恋赏未还镳[8]。

译文

别墅面向碧绿的原野,皇帝的车驾好像从那云霄降临。长长的筵宴中,众多官员齐集,优美的乐曲,招引凤凰飞到。树木连接着附近的南山,烟云把远处的渭河笼罩。承受恩泽的都已经喝醉,流连美景的还没有回朝。

注释

1 **别业:**指东庄别墅。**青甸:**古时都城以外称郊,郊外称甸。青甸即郊外碧绿的田野。

2 **鸣銮:**指帝王的车驾。**紫霄:**指天空。

3 **长筵:**筵宴排成长列。形容酒席的盛大排场。**鹓(yuān)鹭:**鹓雏和白鹭,二鸟飞行有序。这里是比喻众多的随从官员有秩序地排列着。

4 **仙管:**形容优美的音乐。**凤凰调:**形容音调优美,能招引凤凰等仙鸟飞来。这是运用《尚书》中“箫韶九成,凤凰来仪”的典故。

5 **南山:**指终南山。

6 **北渚:**指渭水。

7 **承恩:**承受皇帝赐宴的恩泽。**咸:**都。

8 **恋赏:**流连赏玩。**还镳(biāo):**还镳,指车驾返回朝廷。

恩赐丽正殿书院宴应制得林字

张说

导读

这个诗题的意思是:蒙皇上恩泽参加丽正殿书院宴会,皇帝命令分韵作诗,得“林”字韵。书院,在唐朝是藏书的地方,后来才发展为学校。丽正殿书院是唐代藏书的建筑。当时张说担任书院使,执掌儒臣讲读经史文章之事。“应制”就是奉皇帝的诏命写作诗文。“制”指皇帝的命令。张说参加皇帝举行的宴会,奉命作诗。古代写诗,有时限定用某个字押韵。得“林”字,就是限定要用跟“林”字韵部相同的字进行押韵。“林”字属于诗韵韵部中的“侵韵”。所以,这首诗第二句用“林”字,第四、六、八句用“心”“深”“音”,它们都属于“侵韵”。

这首应制诗,紧扣书院的特点展开。前四句所用的典故,都跟书院相关。后面四句歌颂皇帝对自己的知遇之恩。

原文

东壁图书府[1]，
西园翰墨林[2]。
诵诗闻国政[3]，
讲易见天心[4]。
位窃和羹重[5]，
恩叨醉酒深[6]。
载歌春兴曲[7]，
情竭为知音[8]。

译文

这里是东壁星照耀的图书府，又像西园一样，是文人才子汇集的地方。诵读《诗经》，能够了解国家的政治，讲解《周易》，可以发现上天的用心。我窃居重要的职位，承蒙皇上的厚恩，此时深深醉了。我歌一曲春和景明，竭尽忠诚报答皇上的知遇之恩。

注释

1 **东壁：**星宿名。《晋书·天文志上》："东壁二星，主文章，天下图书之秘府也。"因此称皇宫藏书之所。

2 **西园：**园林名。传为曹操所建。曹丕、曹植等经常在西园召集文人学士诗酒唱和。**翰墨：**笔和墨。指文章或文士。

3 **诗：**指《诗经》。**国政：**国家的政治。

4 **易：**指《易经》。**天心：**上天的意旨。

5 **位窃：**窃居官位。这是作者自谦之辞。**和羹：**为羹汤调味。后来比喻宰辅之职。

6 **恩叨：**承受皇帝的恩典。

7 **载歌：**即作诗歌唱。

8 **情竭：**竭尽忠诚。**知音：**知己。此处指皇帝的知遇之恩。

送友人

李白

导读

这首诗的主题是送别友人。开头两句写送别的环境。“青山”与“北郭”,“白水”与“东城”之间,用了“横”字和“绕”字,既写景,又寓情,青山和郊野是连在一起的,白水和城墙是互相围绕的,象征着朋友之间心心相印、依依不舍的感情。第二联用“孤蓬”,形容相互道别之后,彼此不容易再见。第三联说:友人的行踪像天上的浮云,飘移不定;我送别友人时的心情,就像西下的夕阳,充满凄凉与不舍。末联用分别时马的长鸣作结,进一步渲染临别时依依不舍的感情。

原文

青山横北郭[1],
白水绕东城[2]。
此地一为别[3],
孤蓬万里征[4]。
浮云游子意[5],
落日故人情[6]。
挥手自兹去[7],
萧萧班马鸣[8]。

译文

青山横卧在北郭外,白水环绕着东城。我们在这里告别后,彼此就像孤独的蓬草万里飘行。浮动的云朵就是远游者的行踪,西下的夕阳就是老朋友的心情。我们在这里挥手告别,连马儿也在分别时萧萧哀鸣。

注释

1 **横:**横卧。**郭:**古代城墙分内外两重,外城叫郭。

2 **白水:**形容在太阳光的照射下,清澈的河水像一条白练。

3 **为别:**即相互告别。

4 **蓬:**蓬草,也叫飞蓬。蓬草遇风飞旋,转动不定,常用来比喻辗转客路的旅人。

5 **游子:**在外远行的人。

6 **故人:**友人。

7 **自兹:**从此。

8 **萧萧:**形容马叫声。**班马:**离群的马。此指离别的马。班,分别。

送友人入蜀

李白

导读

作者的友人从陕西境内进入蜀地,作者写诗送行。作者借描写入蜀道路的崎岖险恶、陡峭难登,表达对友人的关怀和惜别之情,并且暗示人生道路的坎坷,宦海风波的险恶。末联"升沉应已定,不必问君平",意思是说:人生的升降得失已成定局,不必再去问卦占卜。这既是殷勤的嘱咐、勉励,也是深深的叹息。这首送别诗,写法别致。前面六句,都是描写蜀道的艰难崎岖,几乎跟《蜀道难》一样。诗中"山从人面起,云傍马头生"两句,描写山峰的陡峭高峻,十分形象新颖,是广为人传诵的佳句。

原文

见说蚕丛路[1],
崎岖不易行[2]。
山从人面起[3],
云傍马头生[4]。
芳树笼秦栈[5],

译文

听说蚕丛古国的道路,崎岖艰险,不容易通行。山峰迎着行人的脸面竖起,白云贴着坐骑的头颅上升。葱茏的树木笼罩着秦地的栈道,春天的河流环绕着

春流绕蜀城[6]。	蜀地的都城。人生的升降得失，
升沉应已定[7]，	大概是早已经注定，不必去问那
不必问君平[8]。	卖卜的严君平。

注释

1 **见说**：听说。**蚕丛**：传说中的古蜀国的开国君主。

2 **崎岖**：道路高低不平。

3 **"山从"句**：山峰迎着人脸陡峭而起。

4 **"云傍"句**：山上的白云贴近马头飘过。

5 **笼**：笼盖。**秦栈**：由秦入蜀的栈道。

6 **流**：河流。这里指锦江。**蜀城**：蜀地的城市，或说就是四川成都。

7 **升沉**：指人生的得失、官职的升迁贬抑。

8 **君平**：汉代严遵，字君平，在成都隐居，以卖卜为生。

次北固山下

王湾

导读

王湾，唐代诗人。这首诗描述诗人清晨在江面上行船的所见所感。次，就是停泊。北固山，在今江苏省镇江市，下临长江。《元和郡县志》卷二五润州丹徒县载："北固山在县北一里，下临长江，其势险固，因以为名。"唐朝人殷璠所选编的《河岳英灵集》，也选录了此诗，但诗题和字句都有差别：诗题作《江南意》；第一、二句为"南国多新意，东行伺早天"；最后两句为"从来观气象，惟向此中偏"。

本诗开头两句先写北固山的地理形势，写自己置身在青山绿水之中，别有一番天然情趣。第二联写顺水顺风的行船感受。先用“平”字、“阔”字形容涨潮时长江的气势雄壮，水面辽阔；再用“正”字、“悬”字表明此时正当顺风，船帆高悬，行船平稳，反映出诗人心情的舒坦。第三联捕捉住海上日出的瞬息变化和江上春气回转的微妙特征，用“生残夜”“入旧年”相对，写残夜未尽，旭日就已经从海上升起；旧的一年还未过去，江上已经使人感到了春天的气息。这两句互相呼应，一写日出早，一写春来早，并把夜和日、旧和新之间的交接现象，十分形象生动地表达出来。这两句得到当时号称“燕许大手笔”的燕国公张说的高度称赞。《河岳英灵集》说：“湾词翰早著，为天下所称最者不过一二。游吴中作《江南意》诗云：‘海日生残夜，江春入旧年。’诗人已来少有此句，张燕公手题政事堂，每示能文，令为楷式。”末联写自己的思乡之情，见大雁北归而生思乡之情，希望大雁能把书信带回洛阳家乡去。

原文

客路青山外[1]，
行舟绿水前。
潮平两岸阔[2]，
风正一帆悬[3]。
海日生残夜[4]，
江春入旧年[5]。
乡书何处达[6]，
归雁洛阳边[7]。

译文

旅行的道路依傍着北固山，我乘着船在碧绿的江水中向前。潮水涨平了两岸，江面更加开阔，风向很正，船帆顺风高悬。天还没有全亮，旭日已经从海面升起，旧年还没过去，江上已经进入了春天。写回故乡的书信，用什么办法能够送达，我抬头仰望飞回北方而经过洛阳的大雁。

注释

1 **客路**：旅行的道路。**青山**：指北固山。

2 **潮平**：江水高涨与两岸齐平。

3 **风正**：风顺。**一帆悬**：指船上风帆高挂。

4 **海日**：从海上升起的旭日。**残夜**：指夜尽天快亮时。

5 **江春**:江上迎来早春。

6 **乡书**:家书,家信。

7 **归雁**:北归的大雁。

苏氏别业

祖咏

导读

祖咏是唐代诗人。苏氏,是作者友人,生平事迹未详。别业即别墅。这首诗主要描写苏氏别墅的清幽、寂静。首联就点明诗眼“幽”字,并说这幽静的环境使自己产生了隐居的念头。次联说,终南山与门窗相对,沣水与园林映照,具体描写了别业依山傍水的幽静环境。第三联进一步从细节入手描写环境的幽静:竹枝上还存留着冬天的残雪;还没有到傍晚,庭院中就光线暗淡了。第四联抒发作者在别业的心境和感受:这里好像是与世隔绝的世外桃源,人们可以悠闲地坐着听春禽的婉转歌唱。这呼应了首联的“到来生隐心”。

原文

别业居幽处[1],
到来生隐心[2]。
南山当户牖[3],
沣水映园林[4]。
竹覆经冬雪[5],
庭昏未夕阴[6]。
寥寥人境外[7],
闲坐听春禽[8]。

译文

别墅坐落在幽静的地方,我来到这里就产生了隐居的想法。终南山正对着门窗,沣河水映照着园林。竹林还覆盖着冬天的积雪,没到傍晚,庭院就已经暗昏。此处寂静得几乎是在尘世之外,我们悠闲地坐着,听春天百鸟的声音。

注释

1 **幽处:**幽静的地方。

2 **隐心:**隐居的念头。

3 **南山:**终南山。**户牖(yǒu):**门窗。

4 **沣(fēng)水:**渭水的支流。终南山和沣水,都在今陕西省西安市境内。

5 **覆:**覆盖。

6 **昏:**光线暗淡。**夕阴:**傍晚阴晦的气象。

7 **寥寥:**寂静,人迹稀少。**人境外:**尘世之外。

8 **春禽:**春天的鸟儿。

春宿左省

杜甫

导读

唐代的门下省,在宣政殿殿廊的左侧,称"左省"。宿,指值夜班。唐肃宗至德二年(757年)五月,杜甫官拜左拾遗,左拾遗属门下省。乾元元年(758年)杜甫春夜宿门下省值班时写下这首诗。杜甫在担任左拾遗期间,非常小心谨慎,力避疏漏渎职。这首诗反映了诗人当时的心境。前半首写景:首联描写傍晚景象,花儿鲜艳的颜色朦胧了,鸟儿归巢了;第二联描写入夜后的景象,宫中的千门万户在星空下灯火璀璨,高耸入云的宫阙傍着月亮而获得更多的光辉。后半首描述诗人的心情,他尽心尽职,难以入眠,一心想着明天的早朝与奏章,多次询问是否快天亮了。

原文

花隐掖垣暮[1],
啾啾栖鸟过[2]。

译文

花儿暗淡不见了,庭院到了傍晚,归巢的鸟儿啾啾鸣叫着飞过。宫殿的千门万户

星临万户动[3]，	在星空下灯火璀璨，光耀闪动，高耸入云的
月傍九霄多[4]。	宫阙几乎靠近月亮，光辉更多。不能安睡，
不寝听金钥[5]，	倾听是不是有打开宫门的钥匙声，听到风
因风想玉珂[6]。	吹的声响，联想到百官上早朝时的马铃声。
明朝有封事[7]，	心中为明早有奏章呈送而着急，多次询问
数问夜如何[8]。	天是否快亮了。

注释

1 **掖垣：**门下省和中书省的院墙，亦借指门下、中书两省。唐时门下省和中书省分别处在禁中宣政殿殿廊的左侧和右侧，故门下省称为“左掖”，中书省称为“右掖”。

2 **啾啾：**鸟的鸣叫声。**栖鸟：**傍晚归巢的鸟。

3 **星临：**星光照临。这里指夜晚来临。

4 **九霄：**九重天，高空。

5 **不寝：**不能安眠。**金钥：**清晨开宫门的钥匙声。

6 **玉珂：**马勒上的玉石装饰，即马铃。

7 **封事：**密封的奏书。官吏给皇帝上书奏事，用黑色袋子密封，以防泄密。

8 **数（shuò）问：**多次、反复地问。**夜如何：**夜晚到了什么时候。《诗经 · 小雅 · 庭燎》：“夜如何其？夜未央，庭燎之光。”

题玄武禅师屋壁

杜甫

导读

本首诗写于梓州(今四川三台县),是杜甫观赏了玄武禅师寺院的壁画以后写的。玄武禅师,是一位和尚的法号。诗一开头,诗人就以惊叹的口气发问:不知是什么时候,顾虎头那样的丹青高手在壁上画下了这些优美的图画? 这一问,高度赞扬了壁画的壮丽奇伟。中间四句描写壁画的具体画面:红日高悬,光芒映照在泉石林木间;天空蔚蓝,江海中碧波汹涌;高山之巅,画的是斗法的锡杖和白鹤齐飞;广阔的海面上,画的是木杯横渡,鸥鸟飞翔。末两句对画抒情,说因为看画而激起了自己遁世隐居的念头。这既是赞美画作之语,也符合诗人当时的心境。他一生颠沛流离,希望能够隐居安稳度日。

原文

何年顾虎头[1],
满壁画沧洲[2]?
赤日石林气[3],
青天江海流[4]。
锡飞常近鹤[5],
杯渡不惊鸥[6]。
似得庐山路,
真随惠远游[7]。

译文

是哪年来了画家顾虎头,在寺院墙壁上画满了水滨之地的各种景物?火红的太阳照耀着山石树林,碧蓝的天空下江海波涛奔流。僧人宝志的禅杖腾空起飞,经常靠近白鹤道人的鹤,高僧乘着木杯渡海,连海鸥都不会惊动。我似乎看到庐山修行的道路,真想跟随惠远禅师遨游。

注释

1 **虎头:**东晋时著名画家顾恺之的小字。

2 **沧洲:**水滨之地。古时常用以称隐士的居处。这里指玄武禅师寺院壁画上的各种风光。

3 **石林:**泉石与林木。

4 **江海流:**江海中波涛汹涌。

5 **锡:**锡杖。僧人所用之物,又称禅杖。据《高僧传》载,潜山风景秀丽无比,梁时高僧宝志与白鹤道人都想居留此地,二人相持不下。梁武帝因两人都很有名,要他们以自己随带的宝物来比试高低。道人放鹤先飞,宝志也将锡杖挥入云中。白鹤虽先飞,但待它快飞到山巅时,空中锡杖飞动,赶在白鹤之前矗立在山巅之上。梁武帝以鹤、杖为标记,分别在此地建立道观和寺院。

6 **杯渡:**乘木杯渡海。据《高僧传》载,有高僧乘木杯渡海而来,因名"杯渡禅师"。

7 **惠远:**晋代高僧名。据《高僧传》载,惠远禅师在庐山隐居,当时一些著名人物如刘遗民、雷次宗等都抛弃尘世上的荣华富贵,跟随惠远修道。

终南山

王维

导读

终南山,亦称南山,又名太一山、太乙山。秦岭山峰之一,位于唐代都城长安的西南。本诗描写终南山的雄伟气势。开头两句用"近天都""到海隅",夸张地描写终南山的高大绵亘的气势。沈德潜《唐诗别裁集》称:"'近天都',言其高;'到海隅',言其远。"三、四两句写登山途中所见的景物,由远及近,用"白云回望合,青霭入看无"点染出终南山云雾迷蒙的景色。五、六两句写山的辽阔高峻，视角是从高处往低处看。“阴晴众壑殊”几个字，把千山万壑的奇妙姿态一笔画出。末联“欲投人处宿，隔水问樵夫”，写出了深山人迹之少，更写出了山之峻涧之深，还可看出诗人游山终日而流连忘返，并且蕴含着一种生活哲理。这首诗是把诗情、画意、哲理融为一体的佳作。

原文

太乙近天都[1]，
连山到海隅[2]。
白云回望合[3]，
青霭入看无[4]。
分野中峰变[5]，
阴晴众壑殊[6]。
欲投人处宿[7]，
隔水问樵夫[8]。

译文

太乙山靠近京城长安，山山相接连绵到海边。山中回头一望，白云已经在身后合拢，远处的青色雾气，走进去却再看不见。一峰之隔，就分属不同的地域，有的天阴，有的天晴，各处山谷差异分明。我想找有人烟的地方投宿，只能隔着深谷的溪水，询问樵夫。

注释

1 **太乙**：终南山的别称。**天都**：指唐王朝的都城长安。

2 **海隅**(yú)：海边，海角。

3 **回望**：回头看。**合**：聚合。

4 **青霭**(ǎi)：青蓝色的雾气。

5 **“分野”句**：这句是说终南山地域广大，一峰之隔便分属不同的地域。分野，与星次相对应的地域。古代以十二星次的位置划分地面上州、国的位置与之相对应。就天文说，称作分星；就地面说，称作分野。

6 **壑**(hè)：山谷。**殊**：不同。

7 **人处**：有人居住的地方。

8 **樵夫**：砍柴的人。

寄左省杜拾遗

岑参

导读

这首诗写于唐肃宗至德三载(758年)。左省,即门下省。杜拾遗,指杜甫。当时,杜甫任门下省的左拾遗。岑参四十四岁时,担任中书省的右补阙。右补阙和左拾遗,都是谏官,职责是规谏皇帝的过失。这首诗前四句描绘了他与杜甫联步上朝的情景,流露出某种喜悦心情。五、六两句笔锋骤转,抒发年华已老而政治抱负不能施展的幽怨苦闷:头发白了,看到落花就生悲愁,又羡慕别人像鸟儿那样直上青云。末两句"圣朝无阙事,自觉谏书稀",好像在歌功颂德,实际上藏讥讽于颂歌之中,批评朝廷宠信宦官权臣,粉饰太平。

原文

联步趋丹陛[1],
分曹限紫薇[2]。
晓随天仗入[3],
暮惹御香归[4]。
白发悲花落,
青云羡鸟飞[5]。
圣朝无阙事[6],
自觉谏书稀[7]。

译文

我们经常共同小步疾行,登上宫殿的丹陛,虽然分曹治事,我隶属于中书省。天亮时跟随皇帝的仪仗进入,傍晚时沾染上御炉的香气回归。头发白了,看到有花凋谢就悲伤,仰望青天,羡慕鸟儿高飞。圣明的朝廷,没有什么过错的事,我自己感觉劝谏的奏章写得很少。

注释

1 **联步:**两人同步而行。**趋:**小步疾行。**丹陛:**宫殿前台阶,因是红色,故称。

2 **分曹:**分别属于不同的官署。**限:**限定于,隶属于。作者时任中书省的右补阙,居右;杜甫时任门下省的左拾遗,居左。**紫薇:**紫薇花。中书省官署内多种植紫薇花,故中书省又称紫微(紫薇)省。

3 **天仗:**皇帝的仪仗。

4 **惹:**沾染。**御香:**御炉飘出的香气。

5 **青云:**青天的云朵,亦借指青天。喻高官显爵,人们往往把升官高迁叫作青云直上。

6 **圣朝:**封建时代尊称本朝,亦作为皇帝的代称。**阙:**缺陷,过失。

7 **谏书:**规谏皇帝的奏章。

登总持寺阁

岑参

导读

本诗写登总持寺阁远望长安的感受。总持寺,是长安终南山半山腰上的一座佛寺。诗题一作《登总持阁》。本诗描写登高所见的景物,形神兼备。首联写登上高阁,二、三联都围绕一个"高"字展开:天气晴朗,村落的树木都历历在目;五陵一带烟雾迷漫,令人哀愁;凭栏远眺,秦岭显得低矮;从窗内俯瞰,渭水也显得细小。后两句主要是抒发感受:领悟清净的佛理,摆脱世间烦恼。

原文

高阁逼诸天[1],
登临近日边。
晴开万井树[2],
愁看五陵烟[3]。
槛外低秦岭[4],

译文

高耸的阁楼逼近青天,登上去,似乎离太阳不远。天气晴朗,千万村落的树木清晰地展现在眼前,五陵一带烟雾迷漫,令人顿生思古之幽情。靠着栏杆远眺,秦

窗中小渭川[5]。 早知清净理[6]， 常愿奉金仙[7]。	岭显得那么低矮，从窗内俯瞰，渭水显得细小。我早就知道清净的佛理，愿意经常侍奉佛祖。

注释

1 **逼**：靠近。

2 **开**：铺开，呈现。**井**：相传古制八家为井，后引申为人口聚居地。这里泛指田宅、乡里。

3 **五陵**：西汉五个皇帝陵墓所在地，又称五陵原。均在渭水北岸今陕西咸阳市附近。

4 **槛**：栏杆。**低**：觉得低。形容词意动用法。

5 **小**：觉得小。形容词意动用法。

6 **清净理**：佛理。佛教主张清静去欲，远离人间的罪恶与烦恼。

7 **金仙**：指佛，也指金色的佛像。

登兖州城楼

杜甫

导读

这首诗写于唐玄宗开元二十五年(737 年)。兖(yǎn)州在今山东省，跟春秋时代鲁国都城曲阜邻近。当时，杜甫的父亲杜闲在兖州担任司马，杜甫时年二十五岁，前去探望父亲，写下了这首诗。全诗笔力雄健，气势壮阔。第一联写诗人登上高楼，纵目远眺。第二联写远景，渤海泰山，青徐旷野，千里河山，尽收眼底。第三联写近景，秦碑鲁殿，断壁颓垣，千年往事，涌上心头。两联时空交错，境界开阔。第四联收束全诗。清人浦起龙评说："首、二，点事。三、四，横说，紧承'纵目'。五、六，竖说，转出'古意'。末句仍缴还'登'字，与'纵目'应。局势开拓，结构谨严。"

原文

东郡趋庭日[1]，
南楼纵目初[2]。
浮云连海岱[3]，
平野入青徐[4]。
孤嶂秦碑在[5]，
荒城鲁殿余[6]。
从来多古意[7]，
临眺独踌躇[8]。

译文

来到兖州探望父亲的日子里，我初次登上南楼放眼眺望。飘浮的云朵将渤海、泰山连为一体，平坦的田野伸展进青州、徐州。孤独的山峰中，还有秦朝碑刻存在，荒废的城墙内，是鲁国宫殿的残留。我从来多怀古的情绪，此时登高远望，独自惆怅感慨。

注释

1 **东郡**：这里指兖州。**趋庭**：谓子承父教。此指儿子去探望父亲。《论语·季氏》："（孔子）尝独立，鲤（孔子之子）趋而过庭。曰：'学诗乎？'对曰：'未也。''不学诗，无以言。'鲤退而学诗。"趋，小步快走，表示恭敬。

2 **南楼**：兖州城的南楼。**纵目**：极目远望。**初**：初次。

3 **海岱**：渤海和泰山。

4 **入**：伸展进。**青徐**：青州地区和徐州地区。

5 **孤嶂**：孤独突起的山峰。**秦碑**：秦代铭刻的石碑。《史记·秦始皇本纪》："二十八年，始皇东行郡县，上邹峄山，立石，与鲁诸儒生议，刻石颂秦德。"

6 **鲁**：春秋时代的诸侯国鲁国，在今山东省西南部。**余**：保存，留下。

7 **古意**：怀古的情绪。

8 **临眺**：登高远望。**踌躇**：犹豫，徘徊。这里指惆怅感慨。

送杜少府之任蜀州

王勃

导读

王勃,“初唐四杰”之一。这首诗是送别朋友的名作。杜少府是作者朋友,生平不详。他前往蜀州担任县尉,王勃写诗送行。县尉负责一县的治安,“少府”是县尉的别称。“之任”,就是前往上任。蜀州的治所在今四川省崇州市。本诗首句写送别的地点及朋友要前往的地方。送别处是三秦大地护卫着的都城长安,朋友前往的地方是辽远的蜀地。这样开头,气势雄壮,意境开阔,寄托了作者送别的无限深情。三、四句写此次送别的特点,是客中送客,彼此都是因做官而远离家乡的人,所以更充满惆怅。五、六句“海内存知己,天涯若比邻”,突然一转,诗意由低沉变得昂扬,是古今传诵的佳句。它写出了友情的真谛,是安慰朋友,也是自勉,并具有生活哲理。最后两句写惜别而不作悲哀语。

原文

城阙辅三秦[1],
风烟望五津[2]。
与君离别意,
同是宦游人[3]。
海内存知己[4],
天涯若比邻[5]。
无为在歧路[6],
儿女共沾巾[7]。

译文

这里是被三秦护卫的京城,而您将前往风烟弥漫的五津。跟您离别情意更加深重,因为我们同是在外地做官的人。只要四海之内有知己,即使远隔天涯,也好像邻居一样亲近。不要在分别的岔路口,与那小儿女一样让泪水沾湿手巾。

注释

1 **城阙**:城门两边的望楼。此处指京城长安。**辅**:护卫。**三秦**:相当于现在的关中地区,古为秦地。项羽灭秦后,将这一带分为雍、塞、翟三国,故称三秦。

2 **风烟**:风尘烟雾。**五津**:四川岷江上的五个渡口:白华津、万里津、江首津、涉头津、江南津。

3 **宦游人**:在外做官的人。

4 **海内**:四海之内,天下。**存**:存在,有。**知己**:知心好友。

5 **天涯**:天边。形容极远之处。**比邻**:近邻。

6 **无为**:不要。**歧路**:岔路。指分手处。

7 **儿女**:指青年男女。**沾巾**:泪水沾湿手巾。

送崔融

杜审言

导读

崔融是杜审言的朋友,字安成,齐州全节(今山东济南东)人。当时他在节度使幕中担任书记官。这首送别诗的特点是激励朋友为国立功。首联点题,说明朋友远行的原因。三、四两句,描写远征军队的威武雄壮。五、六句,描写边塞的战争气氛:清晨,军旗在寒风中飘动;夜晚,笳声在边城上响起。最后两句,预祝战争胜利,寄托对朋友的希望和鼓励。

原文

君王行出将[1],
书记远从征[2]。
祖帐连河阙[3],
军麾动洛城[4]。

译文

君主即将派遣大将出兵,您这个书记官也要从军远征。饯别的帐篷,从城楼连接到黄河边,雄壮的军队,轰动了整个洛阳城。早晨军旗升起,

旃旆朝朔气[5]，
笳吹夜边声[6]。
坐觉烟尘扫[7]，
秋风古北平[8]。

在北风中飘舞，夜晚胡笳吹响，是特有的边塞之声。我顿时感觉到烽烟和尘土即将扫尽，秋风吹拂时，古北要塞已经恢复平静。

注释

1 **行**：将要。**出将**：遣将出征。

2 **书记**：主管文书事务的官。此指崔融。

3 **祖帐**：古代为远行人送别，常在郊野路旁搭建帷帐，摆酒筵，以示隆重。古代远行祭祀路神叫作“祖”。**河**：黄河。**阙**：宫阙。

4 **麾**(huī)：古代用以指挥军队的旗帜。**洛城**：指东都洛阳。

5 **旃旆**(zhān)：旗帜。**朝**：早晨。**朔气**：北方的寒气。

6 **笳**：胡笳。**边声**：指边境上羌管、胡笳、画角等音乐声音。其音多哀厉悲凉，古时军中常用以警昏晓，肃军容。

7 **坐觉**：顿时感觉到。形容时间的短暂。**烟尘**：战场上的烽烟和尘土。

8 **古北**：古代军事要地，是长城重要隘口，又名古北口。在今北京密云的东北。

扈从登封途中作

宋之问

导读

这首诗的主旨是歌颂帝王出巡游幸。宋之问是初唐诗人。武则天前往祭祀嵩山时，宋之问随行，并赋诗祝贺。皇帝出巡时护驾随从叫作“扈(hù)从”。“登封”，登山封禅。武则天于天册万岁二年(696年)腊月祭祀嵩山，并将年号改为万岁登封，改嵩阳县为登封县(今河南登封市)。这首诗虽然是应景之作，但笔法刚健，意境壮阔。中间两联写景颇有特色：三、四句说，早上的云气拂着帐幔一起翻卷，晚上的灯火与星光交相辉映，把天上人间融为一体；五、六句以谷暗山鸣作衬垫，写出了千旗万乘的气派。

原文

帐殿郁崔嵬[1]，
仙游实壮哉[2]！
晓云连幕卷[3]，
夜火杂星回[4]。
谷暗千旗出，
山鸣万乘来[5]。
扈从良可赋[6]，
终乏掞天才[7]。

译文

帷帐组成的行宫多么高大敞亮，实在壮观啊，皇帝出巡像神仙出行一样！清晨的流云与帷幕一起舒卷，夜晚的灯火跟星光呼应。上千的旗帜飘舞，遮得山谷昏暗，皇帝的车驾到来，大山也为之欢呼雷鸣。跟随君主出行，真应该献赋歌颂，可惜我终究缺乏那种杰出的才能。

注释

1 **帐殿**：古代帝王出行，休息时以帐幕为行宫，称帐殿。**郁**：盛大的样子。**崔嵬**(wéi)：高耸巍峨的样子。

2 **仙游**：神仙出外游乐。这里是对皇帝出游的美称。

3 **卷**：舒卷。

4 **夜火**：夜晚的灯光。**杂**：夹杂，连同。

5 **山鸣**：山谷雷鸣。此处暗用汉武帝登嵩山闻山鸣的典故。据《史记·封禅书》《汉书·武帝纪》记载，汉武帝登嵩山时，从官闻山中有声而鸣，如呼"万岁"者三。**万乘**：皇帝的车驾。

6 **良可赋**：很值得写诗赋歌颂。良，副词，甚，很。

7 **掞**(yàn)**天**：光焰照耀天空。比喻才华出众。掞，照耀。

题义公禅房

孟浩然

导读

唐代的诗人和僧人交往密切，他们之间常有诗文往来。孟浩然这首诗，就是题赠寺院僧人的。义公是当时的一位禅宗高僧。禅房是僧人修禅的房间。这首诗首联两句，说义公禅房处在空旷的山林中。颔联写于禅房观望时所见，千山万谷都在阶底，只有一座奇峰迎面耸立。诗人不写禅房之高而“高”字自在其中。颈联用夕阳返照、庭阴空翠，渲染出环境的幽静。尾联用佛家语，以莲花的高洁，赞美义公洁身静修，一尘不染。

原文

义公习禅寂[1]，
结宇依空林[2]。
户外一峰秀[3]，
阶前众壑深[4]。
夕阳连雨足[5]，
空翠落庭阴[6]。
看取莲花净[7]，
方知不染心[8]。

译文

义公于寂静中修习禅理，在空旷的山林盖了间房屋。门外有一座山峰，多么秀丽，台阶前众多的山谷，多么幽深。雨水接连着下够了，夕阳放出光芒，山林苍翠的树木覆盖庭院，形成一片清阴。观看并且汲取莲花的清净，才能领略出污泥而不染的真心。

注释

1 **习：**学习，修习。**禅寂：**指坐禅习定。禅宗提倡寂静坐禅以明心见性，觉悟佛理。

2 **结宇：**建造房屋。**空林：**空旷寂静的山林。

3 **户外：**门外。

4 **壑：**山谷。

5 **“雨足”句：**这句是说，久雨初停，夕阳放出光彩。雨足，雨水充足，指久雨。

6 **空翠：**苍翠的树木。**阴：**指树荫。

7 **莲花：**莲花清净香洁，不染纤尘，佛家用它比喻佛心。

8 **染：**沾染。

醉后赠张九旭

高適

导读

此诗是高適与张旭饮酒，酒酣之后，赠给张旭的。张九旭即张旭，字伯高，吴县(今属苏州市)人。唐代著名书法家，草书最著，人称“草圣”。他在兄弟辈中排行第九，故称“张九”。全诗充分描写了张旭的艺术才能与性格特征。第一联写张旭为人不喜交游；第二联写他醉后狂放不羁而书法达到圣境；第三联写他不羡慕富贵，直到年老才被朝廷任用；末联诙谐地说他现在当了官，早晚得侍奉皇上，再不能像过去那样纵情自在了。

原文

世上漫相识[1]，
此翁殊不然[2]。
兴来书自圣[3]，
醉后语尤颠[4]。
白发老闲事[5]，
青云在目前[6]。
床头一壶酒，
能更几回眠[7]。

译文

世上的人喜欢随意结交朋友，这位老翁却很不一般。兴致来了，写字自然达到圣境，酒醉以后，说话尤其显得疯癫。老到头发都白了，也悠悠然不肯求官，青云直上的事儿，却忽然降临在眼前。过去你床头经常摆着一壶酒，看今后你还能够安稳睡眠多少回。

注释

1 **漫相识：**随意交往。漫，随意。

2 **此翁：**指张旭。**殊不然：**完全不一样。此指交游不广，与“漫相识”正好相反。

3 **“兴来”句:**兴致来了,书法自然达到入圣超凡的境界。

4 **颠:**同“癫”,癫狂,狂放不羁。张旭善饮酒,与李白、贺知章等合称“饮中八仙”。据记载,他醉后号呼狂走,索笔挥洒,变化无穷,故又称“张颠”。杜甫《饮中八仙歌》也说:“张旭三杯草圣传,脱帽露顶王公前,挥毫落笔如云烟。”

5 **“白发”句:**一生到老不求闻达,以闲居自乐。

6 **青云:**青云直上,喻高官显爵。这里指张旭被朝廷任为书学博士一事。**目前:**眼前。

7 **“一壶酒”“几回眠”两句:**据说张旭常置酒床头,醒后便饮,醉后又睡。

玉台观

杜甫

导读

道教的庙宇叫“观”。唐高祖李渊的儿子李元婴被封滕王,担任洪州(今江西南昌市)刺史,建了这座庙宇。滕王工书画,善音律,喜建亭台楼阁,对政治不感兴趣,常携僚属歌伎,诗酒作乐。其所绘《滕王蛱蝶图》,其所建滕王阁,广为后人称道。《风俗通》说,玉台是上帝所居之处,李元婴用作道观名称。唐代宗广德二年(764年),杜甫游玉台观,写了两首以玉台观命名的诗。第一首是七律,第二首是五律,即本诗。本诗的特点是大量运用道教的神仙传说,烘托道观的宏伟壮观。诗中的用典颇能切合滕王的特点。如:“萧史”句,暗合滕王曾经率女道士朝拜真人之事;“鲁恭”句,切合滕王的身份及其多才善文的特点。诗句虚实相生,颇见功力。

原文

浩劫因王造[1],
平台访古游[2]。

译文

这玉台观是滕王所建,我来到这里访古漫游。这里的彩云,萧史

彩云萧史驻[3]， 文字鲁恭留[4]。 宫阙通群帝[5]， 乾坤到十洲[6]。 人传有笙鹤[7]， 时过北山头。	曾经为之留步，这里的文字，是鲁恭王的遗留。这里的宫阙可以通向五方天帝，这里的殿宇可以延伸到大海中的十洲。人们传说有骑鹤的仙人，时常经过这里的北山头。

注释

1 **浩劫：**本为佛家语，指一个物质世界从生成到毁灭的非常漫长的时段。道家借用此语，称宫观的台阶石基为“浩劫”，意谓基础奠成，千秋不坏。这里用浩劫代指玉台观。**王：**指滕王李元婴。

2 **平台：**古台名，遗址在河南商丘。西汉时梁孝王筑，并曾与文士邹阳、枚乘等在此游览作文。这里是以平台指玉台观。

3 **萧史：**古仙人。据《列仙传》载，萧史为春秋秦穆公时人，善吹箫。穆公以其女弄玉妻之，并建筑凤台作为他们的居所。数年后，夫妇二人皆随凤凰飞去。

4 **鲁恭：**西汉的鲁恭王。《汉书·鲁恭王传》记载，鲁恭王为了扩建自己的府第，曾毁坏孔子旧宅，于壁中得古文经传。这里以鲁恭王比喻滕王，以鲁恭王发现的古文经传比喻滕王的书画作品。

5 **群帝：**道家谓五方之帝。这里泛指众神仙。

6 **乾坤：**指玉台观的殿宇。**十洲：**大海中神仙居住的十处名山胜境。亦泛指仙境。《海内十洲记》载，八方巨海之中，有祖洲、瀛洲、玄洲、炎洲、长洲、元洲、凤麟洲、聚窟洲、流洲、生洲。

7 **笙鹤：**指仙人乘骑之仙鹤。《列仙传》载，周灵王的太子晋（王子乔），好吹笙，作凤鸣，后骑鹤在缑氏山顶，举手告别众人成仙而去。

观李固请司马弟山水图

杜甫

导读

这是一首咏画诗。李固请求司马弟画了一幅山水图画，诗人观看图画后写了咏画诗。诗歌采用浪漫的笔法，运用大量的神话故事，描写图画的壮观。诗中还说，只恨自己年华已老，画中的神山胜境，不能亲临，更加渲染了图画的艺术魅力。清人仇兆鳌《杜诗详注》卷一四评道："见山水恨不能亲至其地，见人物又叹不能离俗而去。上下两段，各用一景一情，谓之虚实相间格。"

原文

方丈浑连水[1]，
天台总映云[2]。
人间长见画[3]，
老去恨空闻[4]。
范蠡舟偏小[5]，
王乔鹤不群[6]。
此生随万物[7]，
何路出尘氛[8]。

译文

这山像方丈山，与海水浑然一片，又像天台山，总是掩映着烟云。我于人间常常在画中看见如此仙境，而年老的我，多么遗憾，只能空闻。范蠡的扁舟太狭小，王乔的仙鹤不会成群。这一生只能跟万物相伴，没有办法脱离红尘。

注释

1 **方丈**：方丈山，古代传说中的海上三神山之一。《史记·秦始皇本纪》："齐人徐市等上书，言海中有三神山，名曰蓬莱、方丈、瀛洲，仙人居之。"**浑**：全然。**连水**：跟水相连。

2 **天台**(tāi):天台山,跨浙江省天台、宁海、奉化等县市,主峰华顶山,在天台县东。山上有隋代敕造的国清寺,为佛教天台宗的发源地。**总**:总是,经常是。**映**:遮掩,掩映。

3 **"人间"句**:意思是这样的仙山奇景在人间只能从图画中看到。

4 **空闻**:空闻其名。

5 **范蠡**:春秋末越国大夫,越为吴败后,他辅助越王勾践,发愤图强,复仇灭吴。功成后,弃官驾舟泛游太湖,不知所终。**偏小**:比较狭小。

6 **王乔**:王子乔,即周灵王太子晋。他得道成仙,乘鹤而去。**鹤不群**:鹤不会成群,说明很少。与上句相合,船偏小,鹤不群,是说无法到达图画中的仙境。

7 **随万物**:随着万物一同沉浮。

8 **尘氛**:尘俗世界。

旅夜书怀

杜甫

导读

唐代宗永泰元年(765年)正月,杜甫因论事罢官,辞去剑南节度使严武幕僚职务。四月,杜甫赖以存身的好友严武去世。杜甫无所依托,于五月率全家离开成都草堂,乘舟东下,途中写下这首诗。旅夜书怀,就是在旅途的夜晚写诗抒发胸中的感受。诗的开头两句,写夜晚宿于小舟中,"危""独"两字含有孤独凄凉之意。三、四句写景,"星垂平野阔,月涌大江流",描写天地广阔,更加反衬出自己的孤独。这一联写景非常贴切:平坦的原野上空星星似乎是挂垂着,而原野显得更加广阔;大江奔流,月亮似乎是从江中涌出的。五、六句说,自己虽然文章写得好,但名声不应靠诗文以显;年老多病,只好从官场中退出来。仇兆鳌《杜诗详注》说"五属自谦,六乃自解"。

沈德潜《唐诗别裁集》解云"胸怀经济,故云名岂以文章而著;官以论事罢,而云老病应休。立言之妙如此"。诗人运用曲笔,微妙地表达失意牢骚。最后两句感叹身世飘零,说自己漂泊不定,像一只在茫茫天地之间没有栖身之地的沙鸥。洪仲在《苦竹轩杜诗评律》中说:"七、八(句)说得宽闲,而悲愤愈甚。"

原文

细草微风岸,
危樯独夜舟[1]。
星垂平野阔[2],
月涌大江流[3]。
名岂文章著[4]?
官应老病休[5]。
飘飘何所似[6]?
天地一沙鸥[7]。

译文

微风吹拂江岸的小草,夜晚,我独自停泊下桅杆高耸的小舟。星空低垂,平野更显得广阔,江水澎湃奔流,月亮似从江中涌出。名声难道要靠文章才能显赫?官职因为年老多病是应该辞去。我到处漂泊,跟什么相似?恰如那天地间飞行的沙鸥。

注释

1 **危樯:**高耸的桅杆。
2 **平野:**平坦的原野。
3 **涌:**奔涌。
4 **岂:**难道,哪能。
5 **应:**一作"因"。**休:**退休。
6 **飘飘:**随处漂泊,无依无靠。
7 **沙鸥:**鸥鸟喜集于江上沙洲,故名。

登岳阳楼

杜甫

导读

岳阳楼是岳阳城西门的城楼，下临洞庭湖。唐代张说贬谪岳州时建造，宋代滕子京曾经重修。唐朝代宗大历三年(768年)秋冬间，杜甫由湖北进入湖南，登岳阳楼，写下这首诗。前半首写景，气势磅礴。一、二句用“昔闻”“今上”相互映衬，表达出初次到洞庭、登临岳阳楼的喜悦心情。三、四句用“东南坼”“日夜浮”，展示出洞庭湖的地理位置与无限广阔。后半首抒情，转为悲怆孤寂。五、六两句一转，写自己的老病与孤独。七、八句再次转折，从个人想到国家大事，诗境得到升华，表现出诗人忧国忧民的崇高精神境界。诗人巧妙地把写景抒情结合在一起，诗境忽开忽合，感情忽喜忽悲，顿挫回旋，具有强烈的艺术效果。

原文

昔闻洞庭水[1]，
今上岳阳楼。
吴楚东南坼[2]，
乾坤日夜浮[3]。
亲朋无一字，
老病有孤舟[4]。
戎马关山北[5]，
凭轩涕泗流[6]。

译文

昔日就听闻洞庭湖的名声，今天才登上了岳阳楼。湖水在东南方向分流，吴楚两地被分割开来，天地万物，日夜随湖水浮沉。亲戚、朋友，不见一字音信，年老、多病，只有一叶孤独的小舟。北方的山河和要塞，正处于兵荒马乱中，我靠着栏杆，涕泗横流。

注释

1 **昔:**以前。**洞庭:**洞庭湖。在湖南省东北部,长江南岸。

2 **吴:**吴地。指江浙一带。**楚:**楚地。主要指长江中游的湖南、湖北。洞庭湖的南北是楚地,东面是吴地。**坼**(chè)**:**裂开。

3 **"乾坤"句:**乾坤,指天地万物;日夜浮,日夜随其浮沉。极言洞庭之壮阔《水经注·湘水》:"湖水广圆五百余里,日月若出没于其中。"

4 **老病:**杜甫时年五十七岁,老迈多病。

5 **戎马:**指战争。**关山北:**指唐朝北方地区的山河和要塞。当时安史之乱才平息,北方又有吐蕃入侵。

6 **凭轩:**倚着栏杆。**涕泗:**眼泪与鼻涕。

江南旅情

祖咏

导读

这是诗人在江南旅途中写的怀念故乡与亲人的诗。第一联说,楚山绵亘不断,回乡的道路寂寞而漫长。第二联说,自己百无聊赖,只有朝看海色,夜听潮声,以此消遣解闷了。第三联说,在江南书剑飘零,不仅回不了老家,甚至连家信也无法寄到,只有仰望南天星斗。第四联说,自己没有办法把这里的橘子带回家孝敬父母。全诗层层深入,围绕"旅情"两字展开。

原文

楚山不可极[1],
归路但萧条[2]。
海色晴看雨[3],
江声夜听潮[4]。

译文

楚地的群山走不到尽头,回归的旅途只有冷落萧条。破晓看天空景象,推测是天晴还是下雨,夜晚听江中涛声,就知道正在涨潮。携带宝剑滞

剑留南斗近[5]， 书寄北风遥[6]。 为报空潭橘[7]， 无媒寄洛桥[8]。	留外乡，只能仰望南天的星斗，想靠北风寄信，却离故乡路途遥遥。想寄潭州的橘子回家孝敬父母，却没有人帮我捎带到洛阳。

注释

1 **楚：**指湖南、湖北一带。这里是古代楚国的地域。**极：**尽头。

2 **归路：**归途。**但：**只。**萧条：**寂寞，冷落。

3 **海色：**特指破晓时天空的景象。**晴看雨：**辨别是天晴还是下雨。

4 **江声：**指江水的波涛声。

5 **剑：**古代文人常携带书剑，故以书剑代指文人生涯。**南斗：**南斗星。在北斗星以南，形似斗，故称。这里借指南方。

6 **“书寄”句：**靠北风寄信，却离故乡洛阳很遥远。

7 **“为报”句：**此句用陆绩怀橘之典，表达自己的思乡怀亲之情。三国时吴人陆绩，六岁时在袁术府上做客，怀藏袁府橘子三枚，以期回家孝敬其母。空潭，澄澈的深潭，这里指潭州；空潭橘，则指潭州的橘子。因长沙市南的昭山下湘江水中有深潭，叫作昭潭，隋开皇九年(589 年)改湘州为潭州。长沙市湘江中的橘子洲，则以产橘得名。《太平御览》引《湘中记》云：“或曰昭潭无底橘洲浮。”注：“昭潭，湘水至深处也；橘洲，每大水，诸洲悉没，而橘洲独存焉。”

8 **媒：**媒介。此指带信的人。**洛桥：**指洛阳市天津桥。桥在洛水上，故称。这里指代洛阳。

宿龙兴寺

綦毋潜

导读

綦毋潜是唐代诗人。此诗抒写游龙兴寺而留宿的经历，主要描写僧侣的生活情景。诗中大量使用佛家的词语，如“方丈室”“比丘衣”“白日传心”“青莲喻法”“天花”等。诗人用这些词语描写佛寺中的情景，显得十分贴切。

原文

香刹夜忘归[1]，
松清古殿扉[2]。
灯明方丈室[3]，
珠系比丘衣[4]。
白日传心净[5]，
青莲喻法微[6]。
天花落不尽[7]，
处处鸟衔飞。

译文

游佛寺直到夜晚流连忘归，松树的清幽笼罩着古殿的门扉。灯光照亮方丈室，念珠系在比丘衣。在白天传授清净的心法，借青莲讲明佛法的精微。天花纷纷降落不尽，处处有鸟衔着天花飞。

注释

1 **香刹**：佛寺的别名。
2 **松清**：松树清幽。
3 **方丈**：指寺院的住持或长老所居的房舍。后亦称住持或长老为方丈。
4 **珠**：念珠。**比丘**：即和尚。
5 **传心**：传授佛家心法。
6 **青莲**：青色莲花。佛教以莲花清净无染，故常用以指称和佛教有关的事物，如佛法、佛寺、佛经等。**喻法**：讲明佛法。佛经喜欢用比喻或寓言讲解佛法。**微**：精微。
7 **“天花”句**：天花乱坠，形容讲经成功。佛祖说法，诸天神受感动，各色香花于虚空中缤纷坠落。

破山寺后禅院

常建

导读

常建是唐代诗人。诗题一作《题破山寺后禅院》。破山寺，又名兴福寺，在今江苏省常熟市虞山北麓。禅院，指僧人所居场所。《舆地纪胜》云："兴福寺，在常熟之破山。齐郴州刺史倪德光舍宅为寺。唐常建诗云'竹径通幽处，禅房花木深。山光悦鸟性，潭影空人心'，即此地也。"这首诗的首联写诗人清晨进入山林中的古寺，领起以下各句。颈联说，弯曲的小路，愈走愈通向幽静的地方，只见禅房隐藏在花木丛中。这两句，历代诗人都很称赞。颈联两句说，秀美的山色顺应鸟的天性，使它们非常快乐活跃，澄碧的潭水使人陶醉，把人心中的杂念一洗而空。最后，用"惟闻钟磬音"结尾，反衬古寺的幽静，令人遐思万千。这首诗很有名，特别是第三、四句"曲径通幽处，禅房花木深"，经常被人引用，成语"曲径通幽"即源于此。据说，宋代大文豪欧阳修看了这两句，想"效其语作一联，久不可得"。第五、六句"山光悦鸟性，潭影空人心"，也很出色。清朝沈德潜《唐诗别裁集》评论说："鸟性之悦，悦以山光；人心之空，空因潭水。此倒装句法，通体幽绝。"

原文

清晨入古寺，
初日照高林[1]。
曲径通幽处[2]，
禅房花木深[3]。
山光悦鸟性[4]，
潭影空人心[5]。

译文

清晨进入古寺，初升的太阳照耀着高林。弯曲小路通向幽静的处所，禅房周围花木葱茏。山光让鸟儿随性欢乐，潭影把人心的杂念洗尽。各种声响都已经消失，

万籁此俱寂[6]**，** **惟闻钟磬音**[7]**。**	只听到敲打钟磬的声音。

注释

1 **初日：**初升的太阳。**高林：**佛家称僧徒聚集的处所为“丛林”。此处不称丛林，也不称山林，而称高林，一个“高”字透露出诗人的赞美之情。

2 **曲径：**弯曲的小路。

3 **禅房：**佛徒习静之所。泛指寺院。

4 **悦鸟性：**顺应鸟的天性，使它们欢乐。

5 **空人心：**消除人的杂念。

6 **万籁：**各种声响。**寂：**寂静。

7 **惟闻：**只听到。**钟磬**(qìng)**：**钟和磬。佛教法器。

题松汀驿

张祜

导读

张祜(hù)是唐代诗人。这是张祜题在松汀驿壁上的诗，松汀驿是驿站名，在今江苏境内。本诗主要是描写该处的山水风光。首联就抓住了江南的山水特点，“远含空”写出了群山逶迤起伏，连绵伸向远方；“苍茫泽国”，写出了湖泊密布，河网纵横。次联写这里的地理位置特点，因为近海而日出很早，因为江面宽阔而风声入耳。第三联写近景，依山傍岭，鸟道崎岖，村落之间，小路相连。这六句写景，高低远近的风景尽收笔底，异彩纷呈，宛若一幅图画。末联设问，诗人设想这美丽的山水中，一定有高士隐居。这一结尾方式，使诗意更加回荡。

原文

山色远含空[1]，
苍茫泽国东[2]。
海明先见日[3]，
江白迥闻风[4]。
鸟道高原去[5]，
人烟小径通[6]。
那知旧遗逸[7]，
不在五湖中[8]？

译文

山色远远地连接天空，这里处在广阔无边的泽国之东。近海一天亮，就先看到太阳，江上白浪浩荡涌动，远远就能听见风声。鸟才能飞越的山道，向高原延伸，有人烟的地方，也只有小路相通。怎么知道往日隐居的杰出人物，今天已经不在这五湖之中？

注释

1 **含**：衔接。此处指远处的山色与蓝天相融合。
2 **苍茫**：广阔无边的样子。**泽国**：多水的地方。
3 **“海明”句**：指临近大海，天亮得早，比别处先看到太阳升起。
4 **江白**：江上泛起白色浪花。**迥**(jiǒng)：深远貌。
5 **鸟道**：只有飞鸟才能通过的道路。形容山路险峻狭窄。
6 **小径**：小路。
7 **那**：同“哪”，哪里。**遗逸**：指隐居不仕的杰出人物。
8 **五湖**：泛指太湖一带。春秋时代，范蠡曾经泛舟五湖。

圣果寺

释处默

导读

释处默是唐朝和尚，法号处默。圣果寺旧址在今浙江杭州城南凤凰山上。本诗首联从上山写起，描写前往寺院途中的景物，渲染山路盘旋、藤蔓密集之态。第二联突出圣果寺特殊的地理位置：地处吴、越接壤，山岭绵亘，两地隔江相对。第三联写景，远近交错，古树茂密是近景，天水相接是远景。末联写俯瞰山下，寺院之声与世俗之音交织在一起。这首诗既写出了圣果寺的特殊风貌，又寄托着作者的特殊感受。

原文

路自中峰上[1]，
盘回出薜萝[2]。
到江吴地尽[3]，
隔岸越山多[4]。
古木丛青霭[5]，
遥天浸白波[6]。
下方城郭近[7]，
钟磬杂笙歌[8]。

译文

沿着中峰的道路爬上山坡，盘绕迂回，穿越薜荔和女萝。走到钱塘江，已经是吴地的尽头，看隔江对岸，越地的山峦绵延众多。古树密集，笼罩着青色的雾霭，远天低阔，浸在钱塘江的白波中。俯看下方，城郭近在眼底，寺庙的钟磬声夹杂着城市的笙歌。

注释

1 **中峰：**山的主峰。
2 **盘回：**曲折迂回。**薜萝：**薜荔及女萝，两种野生藤蔓植物。
3 **江：**指钱塘江。
4 **越：**越地。钱塘江以南在春秋时为越国的地域。
5 **青霭：**青色的云雾。
6 **白波：**江海的白色波涛。
7 **下方：**山下。**城郭：**这里指杭州的城墙。
8 **钟磬**(qìng)：指寺庙里的钟和磬的声音。**笙歌：**指城市中的尘俗之声。

野　望

王绩

导读

王绩是隋末唐初诗人。这首诗描写傍晚时分的山村景色，抒发诗人徘徊寂寞的心情。颔联、颈联四句写景很有特色，宛然一幅古朴的山村黄昏秋色图：株株树木衰黄，座座青山转暗，“牧人”赶着牛羊，“猎马”携带着猎物，纷纷返回家园。尾联写自己怀念不食周粟而上山采薇充饥的伯夷、叔齐，表达了自己的情趣与志向。王绩这首五律，无论是平仄还是对偶，都比较规范，是初唐五言律诗成熟的象征。

原文

东皋薄暮望[1]，
徙倚欲何依[2]。
树树皆秋色[3]，
山山惟落晖[4]。
牧人驱犊返[5]，
猎马带禽归[6]。
相顾无相识，
长歌怀采薇[7]。

译文

傍晚登上东皋眺望，独自徘徊，不知应归依到哪里。棵棵树木都呈现枯黄的秋色，座座山头都映照落日的余晖。牧人挥鞭驱赶牛羊返家，猎人骑马驮着猎物回归。环顾周围没有一个人相识，只好放声歌唱，怀念采薇而隐居的伯夷、叔齐。

注释

1 **东皋：**一个小地名。皋，水边高地。隋朝末年，王绩隐居在家乡龙门（今山西省河津市），经常游览附近的北山、东皋，并自号“东皋子”。**薄暮：**傍晚，太阳将落山时。

2 **徙倚:**徘徊。**依:**归依。

3 **秋色:**指树木凋残的衰败景色。

4 **落晖:**落日的余晖。

5 **犊:**小牛。此泛指牛羊等牲畜。

6 **猎马:**猎人打猎骑的马。**禽:**此处指捕获的猎物。

7 **长歌:**放声高歌。**怀:**怀念。**采薇:**薇,一种可以充饥的野菜,又名野豌豆。商朝灭亡以后,伯夷、叔齐不食周粟而隐居,经常上山采薇充饥。

送别崔著作东征

陈子昂

导读

崔著作,指作者的朋友崔融。崔融担任节度使幕府书记。"著作",本来是对著作郎或著作佐郎的称呼,其职责是搜集整理国史资料和撰述国史。本诗把幕府书记称为"著作"。崔融从军出征时,陈子昂担任右拾遗(谏官),写了这首诗送别,把自己对战争的看法和盘托出。首联写出征的季节。第二联提出"非乐战""慎佳兵",意思是说:圣上出兵,并不是因为喜欢打仗;将帅用兵时要慎重从事,不能任意杀戮。第三联一转,用"侵南部""扫北平",形容军势强大,像强劲的风云一样横扫,不管南方或北方都不难平定。这说明诗人并非反对打仗,对于卫国守土的战争,他是赞同的。末联又转为奉告:出征从军,要以捍卫国土疆界为己任,不要贪功受赏,追求虚名。这首诗反映了陈子昂的军事思想。

原文

金天方肃杀[1],
白露始专征[2]。

译文

秋天正是肃杀的季节,
到了白露将帅才领军出征。

王师非乐战[3]， 之子慎佳兵[4]。 海气侵南部， 边风扫北平[5]。 莫卖卢龙塞[6]， 归邀麟阁名[7]。	王师并不是爱好战争，将帅要慎重用兵。像大海的风云一样席卷南部，像边塞的烈风一样横扫北境。不要邀功图赏，一心只想胜利回朝后在麒麟阁上留下美名。

注释

1 **金天**：秋天。秋属“五行”中的“金”，故称。**肃杀**：萧瑟。

2 **白露**：二十四节气之一。《月令七十二候集解》：“八月节，秋属金，金色白，阴气渐重，露凝而白也。”**专征**：古代帝王授于诸侯或将帅掌控军旅的特权，不须帝王命令，便可自专征伐。此处泛指出兵征伐。

3 **王师**：指朝廷的军队。**乐战**：好战。

4 **之子**：这个人。指出征的将帅。**慎佳兵**：意为用兵要慎重，不能任意杀戮。《老子》：“夫佳兵者，不祥之器。”后人以“佳兵”指坚甲利兵或喜好用兵。

5 **边风**：边塞强烈的北风。**北平**：指唐朝的北平郡。治所在今河北省卢龙县。

6 **卖卢龙**：出卖卢龙。指邀功图赏。据《三国志·魏书·田畴传》载，曹操北征乌丸，从田畴计，取道卢龙塞，大获全胜，论功封赏田畴，田畴辞曰：‘岂可卖卢龙之塞以易赏禄哉！’”卢龙塞在今河北省喜峰口一带。

7 **邀**：邀功。**麟阁**：即麒麟阁。封建帝王表彰功臣的地方。汉代在未央宫建麒麟阁，宣帝时曾画霍光等十一名功臣像于阁上，以表彰其功绩。唐朝的凌烟阁，与麒麟阁相当。

陪诸贵公子丈八沟携妓纳凉晚际遇雨（其一）

杜甫

导读

杜甫的《陪诸贵公子丈八沟携妓纳凉晚际遇雨》，描写的是“携妓行乐”的世俗题材。贵公子，是富贵人家的子弟。丈八沟，是唐时在长安用人工开凿的一条河道。《陪诸贵公子丈八沟携妓纳凉晚际遇雨》诗共两首，第一首描写“携妓纳凉”，第二首描写“晚际遇雨”。第一首极力渲染快乐悠闲的情景，小船漫游，轻风细浪，竹林茂密，荷香四溢，公子佳人，调冰雪藕，简直是仙境一般。

原文

落日放船好[1]，
轻风生浪迟[2]。
竹深留客处[3]，
荷净纳凉时[4]。
公子调冰水[5]，
佳人雪藕丝[6]。
片云头上黑，
应是雨催诗[7]。

译文

太阳落下，正好驾船漫游，轻风徐来，浪花缓缓生起。竹林茂密，是留客的好去处，荷塘清净，正当是纳凉时。公子调制冰凉的饮料，佳人料理鲜嫩的莲藕。一片乌云飘过头顶，天空变黑，这大概是天公以雨相催促，要快快写诗。

注释

1 **放船：**泛舟，驾船游玩。

2 **生浪迟：**水面上缓缓地泛起浪花。

3 **竹深：**指水边竹林茂密。

4 **荷净**：荷叶清净可爱。

5 **调冰水**：调制冰水，作冷饮用。

6 **佳人**：即陪伴的歌妓。**雪**：洗刷，清洗。

7 **雨催诗**：因突然下雨而催动诗兴。

陪诸贵公子丈八沟携妓纳凉晚际遇雨（其二）

杜甫

导读

《陪诸贵公子丈八沟携妓纳凉晚际遇雨》第二首描写“晚际遇雨”的狼狈之态。小船在风雨中飘摇，小船上的男女游客衣服淋湿，惊慌失措。这就跟第一首形成鲜明的对比。这两首诗描写的虽然是“携妓行乐”的世俗题材，但是诗人似乎另有寄托。前首写乘兴而来，后首写败兴而归，反差强烈，寓有“乐极生悲”之意。同时，也似乎象征着社会上的风云变幻。

原文

雨来沾席上[1]，
风急打船头。
越女红裙湿[2]，
燕姬翠黛愁[3]。
缆侵堤柳系[4]，
幔卷浪花浮[5]。
归路翻萧飒[6]，
陂塘五月秋[7]。

译文

雨点落下，湿透了坐席，狂风猛刮，波浪打在船头。越地美女，红裙被淋湿，燕地佳人，皱起眉头发愁。船紧靠着堤岸，缆索系在柳树上，船上的帐幔被风卷落水中，随着浪花漂浮。回去的路上，更加冷落扫兴，这丈八沟的盛夏五月，好像寒秋一般。

注释

1 **沾:**沾湿。

2 **越女:**越地美女。**红裙湿:**红色衣裙被雨淋湿。

3 **燕姬:**燕地美女。诗中越女和燕姬,皆泛指歌妓,非特指。**翠黛:**指眉。古时女子用青黑色颜料画眉,故称。

4 **缆:**系船的绳子。**侵:**靠近。

5 **幔:**船上的帐幔。

6 **翻:**反而。**萧飒:**即萧索,萧条冷落。

7 **陂(bēi)塘:**池塘。指丈八沟。**五月秋:**五月本为盛夏,但雨后天气寒凉,好像秋天。

宿云门寺阁

孙逖

导读

云门寺故址在今浙江绍兴的云门山上。传说仙人王子乔曾居于此,常有五色祥云笼罩,所以人们建了云门寺。诗人夜宿寺院,紧扣"宿"字,描写夜景与自己的感受。第一联点出云门寺坐落的地点和幽美。第二联写高阁夜晚悬挂上明灯,照见千山;山风吹卷帐幔,阵阵凉气透进阁楼,使人感到了秋意。第三联写阁高窗明,天上的斗牛二星似乎挂在纱窗上面;壁画中的"鸿雁",是秋天有代表性的物象。"宿斗牛"三字,开启末联"天路近""白云游"的诗境:因为寺阁高耸,疑与天近,自己产生了驾白云而遨游太空的梦想。全诗环环相扣,一气呵成。

原文

香阁东山下[1]，
烟花象外幽[2]。
悬灯千嶂夕[3]，
卷幔五湖秋[4]。
画壁余鸿雁[5]，
纱窗宿斗牛[6]。
更疑天路近[7]，
梦与白云游[8]。

译文

美丽的阁楼建在东山下，烟云花木远离尘世，特别清幽。晚上挂起灯笼，照亮屏嶂似的千山，清风卷动帐幔，感受五湖的凉秋。墙壁上的图画，残留的形象是大雁，纱窗外的星空，悬挂的星宿是斗牛。更令人怀疑此地已经靠近通天的道路，梦境中乘着白云遨游。

注释

1 **香阁**：云门寺的阁楼。**东山**：即云门山。
2 **烟花**：指山上的云烟花木。**象外**：物象之外，即超脱尘世的景象。
3 **千嶂**：形容山峰连绵不绝，像许多屏障排列在一起。
4 **幔**：帐幔。**五湖**：指太湖一带的五个湖泊。
5 **画壁**：指寺院墙壁上的图画。**余鸿雁**：意为只剩下鸿雁，其他画面已剥落模糊了。
6 **斗牛**：星宿名。即二十八宿中的斗宿和牛宿。
7 **天路**：上天的道路。
8 **白云游**：乘白云遨游。

秋登宣城谢朓北楼

李白

导读

谢朓北楼又名谢公楼，南齐诗人谢朓任宣城（今安徽宣城）太守时建造，后来曾经改名叠嶂楼。本诗描写诗人在一个秋天的傍晚登楼所看到的江城的美丽风光。全诗好像一幅色彩艳丽的图画，诗中的"如画"两字，正道出了此诗的特点。首联写登临的地点与时间。中间两联描写景物：三、四句的"两水""双桥"，"明镜""彩虹"，字字相对，色彩斑斓，而使用动词"夹"和"落"，化静为动，赋予静止的景物以动的生命；五、六句"寒橘柚""老梧桐"，不仅写出了深秋季节景物的特点，也写出了人们对秋景的心理感受，景中寓情，情景交融。第四联写怀念修筑此楼的诗人谢朓。李白对谢朓是非常钦佩的，他有诗句说："解道澄江净如练，令人常忆谢玄晖。"玄晖是谢朓的字，"澄江静如练"是谢朓的著名诗句。

原文

江城如画里[1]，
山晚望晴空。
两水夹明镜[2]，
双桥落彩虹[3]。
人烟寒橘柚[4]，
秋色老梧桐[5]。
谁念北楼上，
临风怀谢公[6]。

译文

河流环绕的宣城像图画一样，我傍晚登山眺望晴朗的天空。两条溪水夹着城市，好像两面明镜，两座桥梁跨在溪上，好像降落的彩虹。人烟稀少，橘柚林显得寒冷，秋色已深，梧桐叶衰老枯黄。谁人能够理解我独自在北楼上，迎风思念谢公的心情。

注释

1 **江城：**指被水环绕的宣城。

2 **两水：**指环绕宣城的宛溪、句溪。**明镜：**指溪水明亮如镜。

3 **双桥：**指宛溪上的凤凰、济川两桥。**彩虹：**形容双桥形状像两道彩虹。

4 **"人烟" 句：**村落人烟稀少，使橘柚林显得冷落寒凉。"寒" 字是形容词的使动用法。

5 **"秋色" 句：**秋色已深，使梧桐树叶枯黄凋落。"老" 字是形容词的使动用法。

6 **临风：**面对秋风。**谢公：**指谢朓。

临洞庭上张丞相

孟浩然

导读

临洞庭,就是到洞庭湖眺望。张丞相,指张九龄。唐玄宗开元二十一年(733年),孟浩然西游长安,写了这首诗赠给当时在相位的张九龄,目的是想得到张的赏识。唐朝开元年间,是一个人心振奋的圣明之世,故诗人也想出仕,干一番事业。所以,他希望得到当权者的推荐。但是,他又是一个内心高洁的文人,于是借此诗将内心的渴望委婉地进行表达,干谒而不降低身份,称颂对方也有分寸而不谄媚,措辞含蓄,不落俗套。

本诗首联就气势不凡,写出了洞庭湖的广阔雄浑,八月湖水上涨,水光和天色上下相映,融成一片。第二联"气蒸云梦泽,波撼岳阳城"两句,更进一步写出了洞庭湖的气势与精神:湖上的水汽,蒸腾弥漫于云梦泽周围的广大地域;湖中的波涛,激荡摇撼着岳阳古城。这两句曾经使许多诗人在描写洞庭湖方面都甘拜下风,为之搁笔。第三联写自己无船渡湖,实际上又暗示自己想出仕做官却无人荐举。第四联写自己羡慕湖边的"垂钓者",实际上是暗示羡慕已经做官的人,进一步表达自己出仕的愿望。

原文

八月湖水平[1],
涵虚混太清[2]。
气蒸云梦泽[3],

译文

洞庭湖八月湖水涨平,湖水跟天空一色,交相辉映。水汽蒸腾,弥漫在广大的云梦泽,波涛激荡,

波撼岳阳城[4]。 欲济无舟楫[5], 端居耻圣明[6]。 坐观垂钓者, 徒有羡鱼情[7]。	摇撼着古老的岳阳城。我想要渡湖,却没有船和桨,我坐着不做事,又愧对时代的圣明。坐下观看垂钓的渔夫,空有羡慕他们获得鱼的感情。

注释

1 **湖水平:**农历八月,洞庭秋汛,湖水涨平。

2 **涵虚:**指湖中充满空明光亮的湖水。**混:**混同。**太清:**指天。

3 **气蒸:**湖上水汽蒸腾。**云梦泽:**古薮泽名。又称去梦大泽,地域非常广阔。借指楚地。

4 **岳阳城:**今湖南岳阳市,在洞庭湖东岸。

5 **济:**渡。**楫:**船桨。

6 **端居:**谓平常居处。指不出仕闲居。**耻:**认为可耻,意动用法。**圣明:**称颂皇帝英明无所不知,也用于称颂皇帝治理下的太平盛世。

7 **羡鱼:**羡慕别人获得鱼。

过香积寺

王维

导读

王维喜欢山水名胜,又信仰佛教。此诗是他访问香积寺而写的。香积寺旧址在今陕西西安南。过,就是拜访、探望。此诗前两联写寻访过程,诗人走入崇山峻岭,只见白云缥缈,古木参天,深山密林中,忽然传来钟声,原来香积寺就在这座山中。未见其寺,先闻其声,走到山林深处而寺院自现。第三联描写寺周围的环境,用“泉声咽危石,日色冷青松”,把环境的幽静和深邃,描绘得十分传神。末联使用“空”“安禅”“毒龙”等佛教语,写自己受到环境的洗涤,增加了对佛教的向往。全诗神形兼备,意境超脱。俞陛云在《诗境浅说》中说:“常建过破山寺,咏寺中静趣,此诗咏寺外幽景,皆不从本寺落笔。游山寺者,可知所着想矣。”

原文

不知香积寺,
数里入云峰[1]。
古木无人径[2],
深山何处钟。
泉声咽危石[3],
日色冷青松[4]。
薄暮空潭曲[5],
安禅制毒龙[6]。

译文

不知香积寺在哪里,走了多少里路,进入云雾缭绕的山峰。古树茂密,没有人行走的小路,忽然听到深山什么地方有钟声。泉水流经高大的岩石,声音呜咽,阳光也带着寒色,照着青松。傍晚到了空潭的弯曲处,静坐入定,制伏心中的毒龙。

注释

1 **云峰:**云雾缭绕的山峰。
2 **无人径:**没有人走的小路。形容古木参天,人迹罕至。
3 **咽危石:**泉水流经高大的岩石,发出呜咽之声。
4 **冷青松:**因山深林密,光线阴暗,连照到青松上的日光也似乎带着寒意。
5 **薄暮:**傍晚。**曲:**水岸弯曲处。
6 **安禅:**僧人闭目合掌,静坐入定,排除一切杂念,专注于佛法,叫作“安禅”。**毒龙:**比喻心中的邪念或妄想。

送郑侍御谪闽中

高适

导读

这首送别诗，是为被贬谪到远方的朋友而写的。郑侍御是作者的朋友，担任侍御史，遭受贬谪。闽中，指今福建省境内。这首诗重点是宽慰朋友。首先用自己曾经去过闽中来劝慰朋友。接着说闽中很不错，天气暖和，山水美丽，没有可怕的瘴疠之气，只管放心前去。末两句进一步劝慰说：你小心谨慎，前途保重，今后还有回京复官的希望。

原文

谪去君无恨[1]，
闽中我旧过[2]。
大都秋雁少[3]，
只是夜猿多[4]。
东路云山合[5]，
南天瘴疠和[6]。
自当逢雨露[7]，
行矣慎风波[8]。

译文

贬谪离开京城，您不要遗憾，闽中我从前曾经去过。大体上秋天从北方飞来的大雁很少，只不过是到了夜晚猿猴叫声太多。从东路前往那里，山岭高耸入云，那里虽然是南方，但是瘴疠缓和。你自然会碰上皇上的恩泽，放心去吧，小心路上的风波。

注释

1 **恨**：遗憾。

2 **旧过**：过去到过。

3 **大都**：大多数情况。

4 **猿多**：福建多山，夜里经常听到猿的叫声。

5 **东路**:指从浙江东南部进入闽中的山路。**云山合**:群山高耸入云,像与白云连在一起。

6 **南天**:南方。这里特指闽中。**瘴疠**:南方山林间的毒气。**和**:和缓。指毒气较少。

7 **自当**:终当。**雨露**:本指自然界的雨露,这里喻指皇帝的恩泽。

8 **行矣**:相当于"去吧"。**慎**:当心。**风波**:指旅途中的风险。

秦州杂诗

杜甫

导读

秦州,即今甘肃省天水市。乾元二年(759年),宰相房琯军事失利,杜甫为房辩护,被贬为华州司功参军。当年秋天,杜甫弃官携家西行,离开长安,由华州到达秦州。流寓中感慨多端,一气写成了《秦州杂诗》组诗。这组诗篇共有五律二十首,歌吟秦州地区的山水风物,感伤时局战乱和个人身世。

本诗是《秦州杂诗》的第十九首。前六句写战事频繁,兵荒马乱。末两句说自己希望朝廷能够筑坛拜将,起用有才能的人率兵平定战乱。飞将,本指西汉名将李广,此处喻指郭子仪。郭子仪是平定安史之乱的名将,但是当时因宦官鱼朝恩等人的诽谤而被罢去兵权。此诗反映了诗人忧国忧民的崇高情怀。此诗的写景,颇有象征色彩。如"西极动""北庭寒",既是风寒月冷的自然现象,也是兵荒马乱的社会图景,还是诗人内心的凄凉感受。

原文

凤林戈未息[1],
鱼海路常难[2]。

译文

凤林地区战争没有停息,通往鱼海的道路经常行走困难。烽火冲天,

候火云峰峻[4]，
悬军幕井干[3]。
风连西极动[5]，
月过北庭寒[6]。
故老思飞将[7]，
何时议筑坛[8]？

像云峰一样高峻，孤军深入，军营的井水也已经枯干。西风猛烈，连西方极远之地也在颤动，冷月当空，北方的边境更显得严寒。边塞的故老们思念飞将军，什么时候来商议拜将筑坛？

注释

1 **风林**：在今甘肃临夏南。**戈未息**：战争还在进行。

2 **鱼海**：湖泽名。又名鱼海子。在今内蒙古阿拉善右旗境，当时常为吐蕃所侵扰。**路常难**：指战争发生，无法通行。

3 **候火**：观察军情的烽火。**云峰峻**：比喻烽火既高且烈，边庭情况紧急。

4 **悬军**：深入敌方的孤军。**幕井**：此处指军营的水井。

5 **西极**：西方极远之地。

6 **北庭**：北庭都护府。这里泛指西北边地一带。

7 **故老**：指久住边城的老人。这里是作者自指。**飞将**：西汉名将李广，号飞将军。唐朝诗人常用飞将的典故，如王昌龄《出塞》："但使龙城飞将在，不教胡马度阴山。"

8 **筑坛**：筑坛拜将。据《史记·淮阴侯列传》记载，韩信有将才而未被重用，后经萧何再三推荐，刘邦终于设坛具礼，拜韩信为大将军。

禹庙

杜甫

导读

这首咏叹古迹的诗写于唐代宗永泰元年(765年)。当时,杜甫离开成都往东,船经忠州,拜访禹庙而写了这首诗。开头一联,用“空山”“秋风落日斜”,展示了禹庙空旷萧瑟的环境,也充满对治水英雄的凭吊之情。第二联写庙内的景物。“荒庭”“古屋”,进一步渲染荒凉气氛,又是一种不平的叹息。“橘柚”是写实景,“龙蛇”是写壁画,又包含夏禹治水的典故,讴歌夏禹治水的伟大功绩。胡应麟在《诗薮》中说:“‘荒庭垂橘柚,古屋画龙蛇’……杜用事入化处,然不作用事看,则古庙之荒凉,画壁之飞动,亦更无人可着语。此老杜千古绝技,未易追也。”第三联描写庙外景物,临空俯瞰,云气缭绕,江水奔腾,赞叹了禹庙的形势,也歌颂了大禹治水的气概和业绩。末联写大禹艰苦治水,凿通三巴,造福人民,所以人民建立禹庙永远纪念他。

原文

禹庙空山里[1],
秋风落日斜。
荒庭垂橘柚[2],
古屋画龙蛇[3]。
云气嘘青壁[4],
江声走白沙[5]。
早知乘四载[6],
疏凿控三巴[7]。

译文

禹庙建筑在凌空的山崖上,我来探访时,秋风吹拂,太阳就要落下。荒凉的庭院垂挂着橘柚的果实,古屋的壁上画着征服龙蛇的图画。庙外青色崖壁上,云气缓缓生起,江水奔流过白色沙滩,声响巨大。早就知道大禹乘坐四种交通工具,疏通河道,凿掉险阻,开辟了三巴。

注释

1 **禹庙：**为纪念夏禹治水而建的庙宇。**空山里：**指禹庙建筑在临江的悬崖上。

2 **垂橘柚：**橘柚树上垂挂着果实。又指夏禹治水时，在四川一带广植橘柚，以利民生。

3 **画龙蛇：**画着征服龙蛇的图画。夏禹治水时，征服了危害人民的龙蛇猛兽。

4 **"云气"句：**庙外山崖青色石壁上云气缭绕。《千家诗》作"云气生虚壁"，依杜甫原本改正。

5 **走：**跑。这里指江水奔流。**白沙：**白色的沙滩。

6 **乘四载：**指夏禹治水时，所乘坐的四种交通工具。《史书》记载，大禹治水时，陆行乘车，水行乘船，泥行乘橇，山行乘樺。

7 **疏凿：**开凿，疏通。**控：**控制，开辟。**三巴：**泛指今重庆市一带。东汉末，益州牧刘璋设巴郡、巴东郡、巴西郡，合称"三巴"。

望秦川

李颀

导读

秦川，指以长安为中心的关中平原一带。《三秦记》："长安正南秦岭，岭根水流为秦川，一名樊川。"李颀是唐代诗人。这首诗是诗人弃官离开长安时的作品。全诗描写自己从长安失意而归，回望长安，触景伤怀。首联写朝阳初升，秦川一望无际。第二联写远近的山河一片明净，京城的宫阙重重叠叠，壮观雄伟。第三联笔锋一转，描写秋色，景物由明快转为萧条冷落，透露出作者的怅惘心情。末联说自己已经走在离开长安的道路上，冒着霜露，十分凄凉。全诗借景寓情，一咏三叹，宛转地表达出官场不得意的心情。

原文

秦川朝望迥[1]，
日出正东峰。
远近山河净[2]，
逶迤城阙重[3]。
秋声万户竹[4]，
寒色五陵松[5]。
有客归欤叹[6]，
凄其霜露浓[7]。

译文

早晨瞭望，秦川开阔广大，太阳升起，从那正东的山峰。远远近近的山河，多么明净，绵延起伏的城墙楼台，一重又一重。萧瑟秋声发自千家万户的竹林，寒冷色调笼罩五陵地区的古松。我这个客子发出"回去吧"的叹息，凄凉寒冷，霜露非常浓重。

注释

1 **迥**：遥远开阔。

2 **净**：明净。

3 **逶迤**(wēi yí)：连绵起伏的样子。**城阙**：城墙和楼观。**重**：重叠。

4 **秋声**：此指秋风吹动竹林时发出的声音。**万户**：万家。

5 **五陵**：长安城郊西汉五个皇帝的陵墓所在地。

6 **客**：客子，在外乡的人。作者自称。**归欤**：犹言"回去吧"。《论语·公冶长》："子在陈曰：'归欤！归欤！'"

7 **凄其**：凄凉貌。**霜露浓**：寒霜冷露浓重。说明时在深秋。《礼记·祭义》："霜露既降，君子履之，必有悽怆之心，非其寒之谓也。"

同王征君湘中有怀

张谓

导读

张谓是唐代诗人。王征君是作者朋友，名字不详。“征君”是称呼不接受朝廷征召的人士。“同”，是说自己与王征君共同唱和。这首诗描写自己在湘中（洞庭湖南）思念故乡的情绪。首联写自己跟王征君同游洞庭，见秋风萧瑟，湘水北流，激起了绵绵的乡愁。第二联进一步渲染，说只有在梦中才能回到相隔万里的故乡，五更梦醒仍是身在异乡，更添愁苦。第三联写乡愁难遣，于是抛开书卷，借酒浇愁。尾联写怀念京洛的亲戚朋友，进一步烘托出回乡的愿望。全诗极力铺排，摇曳生姿。

原文

八月洞庭秋[1]，
潇湘水北流[2]。
还家万里梦，
为客五更愁[3]。
不用开书帙[4]，
偏宜上酒楼[5]。
故人京洛满[6]，
何日复同游[7]？

译文

八月，秋天景色充满洞庭湖，来自潇湘的江水向北奔流。离家万里，回家只在梦中，作客在外，五更醒来更加忧愁。不用打开书阅读，此时最适合登上酒楼饮酒。京城和洛阳到处是老朋友，哪一天能够再跟他们同游？

注释

1 **洞庭秋**：洞庭湖充满秋天景色。

2 **潇湘**：即指湖南境内的湘水。潇水是湘江上游的主要支流，潇水和湘江汇合后往北流入洞庭湖，再入长江。

3 **为客**：客居外乡。

4 **书帙**(zhì)：布帛制成的包书套子。泛指书籍。

5 **偏宜**：最适宜。

6 **故人**：老朋友。**京**：指京城长安。**洛**：指东都洛阳。**满**：众多。

7 **复**：又，再。

渡扬子江

丁仙芝

导读

扬子江是长江的别名，主要指长江下游江苏仪征、扬州一带河段，因扬子津及扬子县而得名。丁仙芝是唐代诗人。这首诗是描写自己从江南渡江到镇江的所见、所闻和感受。前四句主要写景：首联开门见山，写乘船渡江，船两边都是空明浩渺的水波；次联写船逐渐接近对岸，透过树林已经可以看到扬子驿的轮廓，润州城的山也渐渐高出水面，清晰可见了。后四句主要抒情：季节已经是深秋，秋声四起，寒意袭人，透露出淡淡的乡愁。

原文

桂楫中流望[1]，
空波两畔明[2]。
林开扬子驿[3]，
山出润州城[4]。
海尽边阴静[5]，
江寒朔吹生[6]。

译文

划着桂木船桨到了江心，放眼四望，水波浩渺，两岸空明。树林空旷的地方，那是扬子驿，青山环绕之中，那是润州城。靠近大海，景色幽暗宁静，北风吹来，江上寒意顿生。更

更闻枫叶下， 淅沥度秋声[7]。	听到枫叶落下，淅淅沥沥传播着秋声。

注释

1 **桂楫：**桂木制成的船桨。楫，短桨。**中流：**河流中心。

2 **空波：**空明浩渺的水波。**两畔：**两岸。

3 **扬子驿：**古驿站名。在今江苏扬州市邗江区南。

4 **润州：**唐代州名。州治在今江苏省镇江市。古时以州东面有润浦而得名。

5 **海尽：**指扬子江尽头与东海相接。**边阴静：**指接近海边，景色幽暗而宁静。

6 **朔吹：**北风吹来。

7 **淅沥：**形容雨、雪、树叶等坠落的声音。**度：**传来。**秋声：**指秋风吹落叶的声音。

幽州夜饮

张说

导读

幽州，唐代方镇名，治所在今北京城西南。张说是朝廷大员，在担任右羽林将军检校幽州都督时，写了这首诗。全诗的主旨是：身居要职，年岁渐老，更要及时努力，不可辜负朝廷的重托。开头四句说，一个风雨交加、落叶萧萧的秋夜，军队在华丽的大堂里举行夜宴，一派欢乐景象，但是自己并没有忘记年岁渐老。第三联说，军队应该讲求武功，舞蹈应该是舞剑，音乐应该是吹笳，不可玩物丧志。末联以歌颂朝廷恩遇作结。

原文

凉风吹夜雨，
萧瑟动寒林[1]。
正有高堂宴[2]，
能忘迟暮心[3]？
军中宜剑舞[4]，
塞上重笳音[5]。
不作边城将[6]，
谁知恩遇深[7]？

译文

夜晚吹起凉风下起雨，萧瑟的声音震动寒冷的树林。高堂上正在举行欢乐的宴会，但是我怎能忘记老年之境已经临近？军营中最适宜的舞蹈是剑舞，边塞上最重要的音乐是胡笳音。如果不担任边城的将领，谁能了解皇上的恩遇有多深？

注释

1 **萧瑟**：形容树木被秋风吹动时发出的声音。

2 **高堂**：高大的厅堂。

3 **迟暮**：太阳将落山的时候。形容年岁渐老。

4 **剑舞**：军队中常以舞剑取乐。

5 **塞**：边塞。当时幽州一带是边防要地。**笳**：古乐器名，即胡笳。声音悲壮苍凉。

6 **边城将**：守卫边防的将军。

7 **恩遇**：皇帝的恩德和信任。

《千家诗》作者生平索引

（按照汉语拼音方案的音序排列）

B

白居易(772—846),字乐天,晚号香山居士。原籍太原(今山西省太原市西南),后迁居下邽(今陕西省渭南市北)。唐德宗贞元进士,历任杭州、苏州刺史,官至刑部尚书。他是唐代著名诗人,其诗最大特点:一是关心民间疾苦,特别是新乐府的创作;二是长于叙事,语言浅近易懂。这都对当时和后世诗风影响巨大。存诗三千多首,有《白氏长庆集》。

白玉蟾(1194—1229),原名葛长庚,字如晦,后因过继白姓,改名白玉蟾。南宋闽清(今福建省闽清县)人。他曾隐居武夷山学道,成为道教南宗五祖之一,擅长书画,能诗。

C

蔡确(1037—1093),字持正,泉州晋江(今福建省晋江市)人。宋神宗时为相,媚上欺下,死于贬所。

蔡襄(1012—1067),宋代书法家,字君谟,兴化仙游(今福建省仙游县)人。官至端明殿学士。工于书法,正楷、行书、草书均佳,有独特风格,是"宋四家"之一。兼善诗文,诗多应酬唱和之作,长于铺排叙事。

曹豳(bīn)(1170—1249),字西士,温州瑞安(今浙江省瑞安市)人。宋宁宗嘉泰进士,曾任浙东提点刑狱、左司谏等职,累官至福州知府,以宝章阁待制致仕。

岑参(约715—770年),江陵(今湖北省荆州市荆州区)人。唐玄宗天宝三载(744年)进士,初为率府兵曹参军,后来两次从军边塞。先任安西节度使高仙芝幕府的掌书记,后任北庭节度使封常清幕府的判官。肃宗朝任右补阙。代宗时,担任嘉州(治今四川省乐山市)刺史,故世称"岑嘉州"。岑参长期在边塞生活,对北地风光和士卒生活比较了解,故擅长描写边塞风光民俗、军旅生活。他特别长于七言歌行,诗风奇峭,气势豪迈,格调悲壮,自成一家。他是唐朝边塞诗派代表人物,与高適并称"高岑"。今存诗三百余首,有《岑嘉州诗集》。

常建,生平不详,唐代诗人。开元中,与王昌龄同榜进士,曾任盱眙(今江苏省盱眙县)尉。他仕途不得意,以山水浪游为乐,诗多描写名胜风景和田园风光。其诗风格淡雅,质朴中寓有深意,有"其旨远,其兴僻,佳句辄来"的美誉。有《常建集》。

晁说(yuè)**之**(1059—1129),字以道,号景迂生,济州巨野(今山东省巨野县)人。宋神宗元丰进士,官终徽猷阁待制。善画山水,兼工诗文,著有《景迂生集》《晁氏客语》等。

陈抟(tuán)(?—989),五代至宋初著名的道士,字图南,自号扶摇子,亳州真源(今河南省鹿邑县)人。曾举进士不第,隐居武当山、华山修道。宋太宗时,赐号"希夷先生"。著有《无极图》《先天图》《指玄篇》。其学说影响周敦颐、邵雍,成为宋代理学思想的来源之一。

陈子昂(659—700),唐代诗人,字伯玉,梓州射洪(今四川省射洪县)人。少年时任侠使气,武后时因上《大周受命颂》,授麟台正字,迁右拾遗。他敢于直言规谏,力陈朝政得失,为权贵所憎恶。后因得罪权臣武攸宜,被降职。他感到政治无望,便弃官还乡。武三思并没放过他,竟暗嘱其爪牙射洪县令段简,罗织罪名,把陈子昂害死狱中。他在文学上主张改革,反对六朝柔靡之风,诗风浑厚刚健。有《陈伯玉集》。

程颢(1032—1085),字伯淳,世称明道先生,北宋洛阳(今河南省洛阳市)人,著名理学家。与其弟程颐同出周敦颐门下,世称“二程”。其学说为南宋朱熹继承发展,世称程朱学派。有《二程全书》。

储光羲(约707—约762),兖州(今属山东省)人。开元进士,官至监察御史。安禄山陷长安,投降受职,乱平后下狱,贬窜岭南。他以田园诗著称,写得质朴流畅,于轻描淡写中给人以清新之感,与王维、孟浩然、韦应物风格相近似。有《储光羲诗集》。

崔颢(?—754),汴州(治今河南省开封市)人。唐玄宗开元进士,曾任司勋员外郎等职。他年轻时候的诗多写闺情,风格轻佻。后来历经塞上风云,风格变得刚健雄浑。有《崔颢诗集》。

崔涂,生平不详,字礼山,江南桐庐(今浙江省桐庐县)人。唐僖宗光启四年(888年)进士。他一生中有不少岁月都在巴蜀、秦陇等地客居,自称是“孤烛异乡人”(《除夜有怀》)。所以,他的诗中常有异乡羁旅之叹,格调凄楚。

D

戴复古(1167—?),字式之,号石屏,台州黄岩(今浙江省台州市黄岩区)人。他曾向陆游学诗,长期浪迹江湖,是“江湖派”中有名的诗人,又受到“江西诗派”的熏染。有《石屏诗集》《石屏词》。

戴敏,生平不详,字敏才,号东皋子,台州黄岩(今浙江省台州市黄岩区)人。戴复古之父,南宋诗人。

戴叔伦(732—789),唐代诗人,字幼公,润州金坛(今属江苏省)人。贞元进士,官抚州刺史、容管经略使,晚年出家为道士。他的诗多以乡村生活为题材。明人辑有《戴叔伦集》。

丁仙芝,生平不详,唐代诗人,字元祯,曲阿(今江苏省丹阳市)人。开

元进士，曾官余杭县尉。平生喜饮酒交游，曾作诗说："十千兑得余杭酒，二月春城长命杯。"（《余杭醉歌赠吴山人》）

窦叔向，生平不详，唐代诗人，字遗直，京兆金城（今陕西省兴平市）人。曾经担任左拾遗、溧水县令，卒赠工部尚书。

杜常，生平不详，字正甫，卫州（今河南省卫辉市）人。北宋徽宗朝官至工部尚书。

杜甫(712—770)，字子美，巩县（今河南省巩义市西南）人。早年漫游吴越齐鲁，三十五岁时到长安应科举求官，困居十年。安史乱起，逃至凤翔，谒见唐肃宗，被任为左拾遗，后被贬。弃官入蜀，居成都草堂，一度入剑南节度使严武幕府，为检校工部员外郎，故世称杜工部。严武死后，离成都东进，出三峡，最后死于湘江孤舟上。杜甫客居长安时，曾住在杜陵附近的少陵，因此又被称为杜少陵。其诗忧国忧民，沉郁顿挫，深刻全面反映了当时的现实，号称"诗史"。又因杜甫信仰儒家学说，后被称为"诗圣"。有《杜工部集》传世，存诗一千四百多首。

杜耒，生平不详，字子野，号小山，南城（今江西省抚州市南城县）人。南宋诗人。

杜牧(803—853)，字牧之，京兆万年（今陕西省西安市）人。唐文宗大和进士，历任黄州等州刺史，官终中书舍人。诗文俱佳，诗擅七绝，抒情写景，清新流畅。有《樊川文集》。

杜审言（约645—708)，唐代诗人，字必简，祖籍襄阳（今湖北省襄樊市襄阳区)，后迁巩县（今河南省巩义市西南)。唐高宗咸亨年间进士，历任丞、尉等职，后拜著作郎，迁膳部员外郎。后因张易之兄弟牵连而流放峰州，不久起复为修文馆直学士。他是大诗人杜甫的祖父。年轻时与崔融、李峤、苏味道合称"文章四友"，是唐代近体诗的奠基者之一。其五言律诗写得颇好，在律诗发展史上占有重要地位。《全唐诗》录其诗一卷，计四十余首。有《杜审言诗集》。

杜荀鹤(846—904),唐代诗人,字彦之,号九华山人。池州石埭(今安徽省石台县)人。他生活的唐末五代是战争频繁、民不聊生的时代。其诗继承了张籍、白居易的传统,主张"救物""容真",讽刺世上的不平之事。有《唐风集》。

F

范成大(1126—1193),字致能,号石湖居士,苏州吴县(今江苏省苏州市)人。南宋绍兴进士,历任处州知府、四川制置使、参知政事等职。曾出使金朝,抗节不屈,名震宇内。晚年隐居石湖。他是南宋时期与陆游并称的诗人,其诗题材丰富,风格平易浅显,很多都真实地反映了社会现实,表现了劳动人民的苦难生活。有《石湖居士诗集》《桂海虞衡志》等。

G

高蟾(chán),生平不详,唐河朔(今河北省一带)人。唐僖宗乾符进士,昭宗时为御史中丞。他的诗气势豪放雄伟,类其为人,存诗一卷。

高骈(821—887),字千里,唐末幽州(治今北京市西南)人。唐僖宗时任淮南节度使,后任诸道行营都统,守扬州,图拥兵自立,为部将所杀。《全唐诗》存诗一卷。

高適(约700—765),唐代诗人,字达夫,渤海蓨(tiáo)(今河北省景县)人。性格豪放,不拘小节。天宝时因人荐举,充任封丘县尉,后入河西节度使哥舒翰幕府为书记。安史乱后,累官至散骑常侍,故世称"高常侍"。高適是边塞诗派的代表,与岑参齐名,世称"高岑"。有《高常侍集》。

高翥(zhù)(1170—1241),南宋诗人,字九万,自号菊涧,余姚(今浙江省余姚市)人。平生隐居不仕,洁身自好。他称自己居住的地方为"信天巢”。在诗作上推崇“永嘉四灵”,是“江湖派”里有突出才华的诗人。黄宗羲对他很赏识,称颂其为千年以来余姚人中的“诗祖”。其诗作在当时和后世流传甚广,留下不少佳句。有《菊涧集》《信天巢遗稿》等。

耿沣(wéi),生平不详,唐代诗人,河东(今山西省永济市西南)人。唐宝应二年(763 年)进士,官至左拾遗、大理司法等。他是“大历十才子”之一。他的诗质朴无华,自然流畅。大多描写日常生活,感叹贫困潦倒,哀伤仕途风波,也有揭露世道腐败黑暗的作品。有《耿沣诗集》。

H

韩翃(hóng),生平不详,字君平,南阳(今属河南省)人。唐玄宗天宝进士,官终中书舍人,“大历十才子”之一,与钱起齐名。有《韩君平诗集》。

韩愈(768—824),字退之,河南河阳(今河南省孟州市南)人。唐德宗贞元八年(792 年)进士,官至吏部侍郎。他是古文运动的倡导者,为唐宋八大家之首。其诗风格雄伟流畅,具有散文化特点。有《昌黎先生集》。

贺知章(659—约 744),字季真,自称“四明狂客”,越州永兴(今浙江省杭州市萧山区西)人。武则天证圣间进士。历任太子宾客、礼部侍郎、秘书监等职。天宝初归隐镜湖,成为道士。他为人豁达大度,纵酒善谈,工于书法,尤长草书,为时人称重。与李白、张旭等人交好,时称“饮中八仙”。他的诗挥洒淡雅,清俊有致,不求艳词丽语而有新意。《全唐诗》录其诗一卷。

洪咨夔(1176—1235),字舜俞,浙江於潜(今浙江省杭州市临安区)人。曾经担任吏部侍郎、翰林学士。诗多批评时政,笔锋犀利。

皇甫冉(约 717—约 770),唐代诗人,字茂政,润州丹阳(在今江苏省)人。十岁能属文,唐天宝中为进士第一,官无锡尉、左金吾兵曹,大历年间迁右补阙。他不少诗是咏物写景之作,感慨漂泊流离的生活。其诗语言秀丽,清新别致。

黄庭坚(1045—1105),字鲁直,号山谷道人,洪州分宁(今江西省修水县)人。治平进士,官著作佐郎,后以修《神宗实录》不实的罪名遭贬。他是“江西诗派”的开创人,强调作诗要“无一字无来处”“夺胎换骨”“点铁成金”,讲究炼字造句。

J

贾岛(779—843),字阆仙,范阳(治今河北省涿州市)人。曾落拓为僧,后还俗。多次应举不中,只做过长江主簿,世称贾长江。他以苦吟诗人自居,不追求华丽而追求奇拙,其诗风对后世影响较大。有《长江集》。

贾至(718—772),唐代诗人,字幼邻,洛阳(今河南省洛阳市)人。初为单父县尉,累官至中书舍人,乾元元年(758年)出为汝州刺史,后因事贬岳州司马,官终散骑常侍。他素有文学声望,故担任中书舍人,掌管诏令、侍从、宣旨、接纳上奏文表等。当时,朝廷的诏书诰令大都是他起草,其诗歌不少为唱和应酬之作。

金昌绪,唐代诗人,生平不详,余杭(今浙江省杭州市余杭区)人。《全唐诗》仅存其诗一首,即《千家诗》选入的《春怨》。

L

雷震,生平不详,南宋人。《全宋诗》仅录其诗一首,即《千家诗》选入的《村晚》。

李昂(809—840),即唐文宗,唐穆宗李恒之子。在位期间,曾依靠出身低微的李训、郑注等人,打压宦官和大官僚的势力,想加强中央集权,后来反被宦官仇士良等一伙软禁至死。他平生有抱负,恭俭儒雅,博通群书,喜好诗歌。

李白(701—762),字太白,幼随父迁居绵州昌隆(今四川省江油市)青莲乡,故自号青莲居士。后离蜀漫游,唐玄宗召入长安,供奉翰林,为权贵所不容,便弃官离开。安史之乱起,曾入肃宗弟永王李璘幕府,被牵连入狱,流放夜郎,途中遇赦东还,卒于安徽省当涂县。他是唐代大诗人,其诗想象丰富奇妙,风格雄伟豪迈,又因为他信仰道教,故有"诗仙"之称。存诗 900 多首,有《李太白集》。

李嘉祐(?—约 779),字从一,赵州(治今河北省赵县)人。天宝进士,历任台州、袁州刺史。诗风婉丽,善写山水景物。有《李嘉祐集》。

李峤(约 645—约 714),唐代诗人,字巨山,赵州赞皇(今河北省赞皇县)人。二十岁中进士,历高宗、武后、中宗三朝,官至中书令。玄宗即位,因事贬为庐州别驾。他的诗大都是咏物写景之作,与同乡苏味道齐名,并称"苏李";又与苏味道、崔融、杜审言合称"文章四友"。明人辑有《李峤集》。

李隆基(685—762),即唐玄宗,亦称唐明皇。睿宗李旦之子,公元 712 年即皇帝位。执政前期,励精图治,出现了"开元盛世"。后期任用奸相杨国忠、李林甫,国政日益衰败,于是酿成"安史之乱"。安史乱起,潼关失守,他逃奔到蜀地。他的儿子李亨(肃宗)即位,尊他为太上皇。至德二载末(758 年初)回长安,不久病死。唐玄宗喜爱诗歌音乐,在文学艺术上是一个多才多艺的人,与朝中官员常有诗作唱和。

李朴(1063—1127),北宋诗人,字先之,兴国(今江西省兴国县)人。宋哲宗绍圣年间进士,官著作郎,后迁国子祭酒。为官耿直,不畏权臣,敢直言规谏。

李颀(?—约 753),唐代诗人,河南颍阳(今河南省登封市西)人。开元进士,曾任新乡县尉,和王维、高適、王昌龄等往来密切。其诗题材广泛,内容丰富,风格豪放悲壮。有《李颀集》。

李商隐(约 813—约 858),字义山,号玉谿生,怀州河内(今河南省沁阳市)人。开成进士,因卷入牛李党争,长期以幕僚身份寄人篱下,潦倒终身。

他与杜牧齐名,并称“小李杜”。其诗典丽含蓄,意境深远,对后世影响很大。有《李义山诗集》。

李涉,生平不详,自号清溪子,洛阳(今河南省洛阳市)人。唐文宗时曾任过太学博士,早年与其弟李渤曾在庐山隐居,寄情山水,诗多写景咏物。《全唐诗》存其诗一卷。

李適之(649—747),唐宗室,唐玄宗天宝年间曾任左丞相。后遭权奸李林甫诬害,罢相居里,不久被逼自杀。他善于饮酒,爱好诗词,与李白、张旭、贺知章等交好,时称“饮中八仙”。

林逋(967—1029),北宋诗人,字君复,卒谥和靖先生,钱塘(今浙江省杭州市)人。他一生拒绝做官,不曾婚配,隐居在杭州西湖的孤山,日以种梅养鹤为乐事,人称“梅妻鹤子”。其诗笔法轻细小巧,风格淡远,善于通过对自然的描画反映闲适幽静的隐居生活。有《林和靖诗集》。

林升,生平不详,字梦屏,平阳(今浙江省平阳县)人。约生活于南宋孝宗淳熙年间。

林稹,生平不详,字丹山,宋神宗熙宁时进士。

令狐楚(766—837),字壳士,唐代诗人。贞元间进士,历任知制诰、中书侍郎同平章事、诸镇节度使等职。与白居易、刘禹锡等友善,互有唱和之作。

刘翰,生平不详,字武子,南宋长沙(今湖南省长沙市)人。

刘季孙(1033—1092),字景文,祥符(今河南省开封市)人。曾监饶州酒务,王安石至州巡视,将有所责问,在屏上见此小诗,遂不问公事,登车而去,刘由此知名。后任隰州知州,死后家无余财,仅留书画万卷。

刘克庄(1187—1269),字潜夫,号后村居士,南宋莆田(今属福建省)人。淳祐时赐同进士出身,官至工部尚书兼侍读,是南宋有名的爱国诗人和词人,又是“江湖派”诗人的代表。有《后村先生大全集》。

刘禹锡(772—842),字梦得,洛阳(今河南省洛阳市)人。唐德宗贞元进士，与柳宗元同榜，官监察御史，因参加永贞革新，多次被贬，后官至检校礼部尚书兼太子宾客。有《刘梦得文集》。

卢梅坡，生平不详，南宋诗人，诗风平易。

陆游(1125—1210)，南宋著名爱国诗人，字务观，号放翁，越州山阴（今浙江省绍兴市）人。宋高宗绍兴年间应殿试，为权相秦桧所黜。孝宗即位后赐进士出身，擢镇江、隆兴通判。乾道六年(1170年)入蜀，任夔州通判，后为四川宣抚使王炎幕僚，坚决主张抗金，收复失地。他诗作丰富，近一万首，辑为《剑南诗稿》，此外还有词和散文作品。其诗往往淋漓尽致地抒写爱国情怀，悲壮激越。清人梁启超赞扬说："诗界千年靡靡风，兵魂销尽国魂空。集中什九从军乐，亘古男儿一放翁。"他抒写日常生活与爱情的诗歌，也真挚动人。

骆宾王(638—？)，婺州义乌（今属浙江省）人。先为道王李元庆府的属吏，后官长安主簿、侍御史，因罪贬临海县丞。徐敬业起兵讨伐武则天时，他因为善骈体文，而为徐写了《讨武瞾檄》。传说武则天看到檄文后，曾有"宰相因何失如此之人"之叹。他是唐初著名诗人，为"初唐四杰"之一。有《骆宾王文集》。

M

孟浩然(689—740)，襄州襄阳（今湖北省襄樊市襄阳区）人。早年隐居鹿门山，年四十游长安，应进士试不第，还归故园。他长期隐居，很多诗篇以故乡襄阳的山水风景为题材，故诗人张祜有"襄阳属浩然"之叹。他的诗清新脱俗，其诗友王士源赞扬他"匠心独妙"。他与王维是盛唐时代山水田园诗派的代表，世称"王孟"。

牧童，生平不详，北宋末人。

O

欧阳修(1007—1072),北宋著名的文学家,字永叔,自号醉翁,又号六一居士,吉州吉水(今属江西省)人。宋仁宗天圣进士,历官枢密副使、参知政事。他主张改革朝政,在政治斗争中站在比较进步的范仲淹一边,多次被降职外迁。他是当时公认的文坛领袖,在散文、诗、词等方面都有建树。积极倡导诗文革新,并培养了王安石、曾巩、苏轼等人才。散文说理流畅,抒情委婉,为"唐宋八大家"之一。其诗自然畅达,清新流利。有《欧阳文忠公文集》。

Q

綦毋潜,生卒年不详,唐代诗人,字孝通,虔州南康(今属江西省)人。唐开元进士,曾官右拾遗,终著作郎。其诗俊俏幽雅,词句清新。綦毋(Qí wú),复姓。

钱起(约720—约782),字仲文,吴兴(今浙江省湖州市)人。唐天宝进士,曾任考功郎中、翰林学士,"大历十才子"之一。有《钱考功集》。

钱珝(xǔ),生卒年不详,字瑞文,吴兴(今浙江省湖州市)人。钱起的曾孙,官中书舍人,后因事被贬为抚州司马。《江行无题一百首》是他的代表作。

丘为,生卒年不详,唐代诗人,嘉兴(今属浙江省)人。天宝初进士,官至太子右庶子。他与王维、刘长卿过从密切,卒年九十六岁。诗以五言为主,内容大都描写田园风光,笔法恬淡轻细。

S

僧惠洪(1071—1128),北宋诗僧,俗姓喻,字觉范,筠州(今属江西省)人。诗作较多,其诗自然流畅,语言新颖,善于写景抒情,比喻巧妙,很有特色。

僧志南，生平不详，南宋诗僧。

邵雍(1011—1077)，北宋哲学家，字尧夫，自号安乐先生。祖先范阳人，幼随父迁居共城(今河南省辉县市)，后隐居苏门山百源，世称百源先生。他无意仕途，安贫乐道。他著有《皇极经世》，根据《易传》关于八卦形成的解释，参杂道教思想，制定宇宙构造图式和学说体系，以推衍解说自然和人事变化。有《伊川击壤集》。

沈佺期(约656—713)，字云卿，相州内黄(今河南省内黄县西)人。唐高宗上元二年(675年)进士，曾任考功员外郎、给事中等官，因谄附权贵张易之，流放驩州。中宗时被召回，官修文馆直学士、中书舍人、太子少詹事等职。其诗歌大多为应制之作，有较浓厚的六朝遗风，但某些伤时感怀的作品，颇能打动读者。其诗讲究对仗声律，严谨精密，对唐代近体诗的形成，有一定贡献。与宋之问齐名，时称"沈宋"。有《沈云卿文集》。

释处默，生平不详，唐代诗僧。曾居住庐山，经常与贯休、罗隐等人交往。《全唐诗》存其诗八首。

司空曙，生卒年不详，唐代诗人，字文明，洺州(治今河北省邯郸永年区东南)人。曾举进士，初为剑南节度使韦皋的幕客，后官虞部郎中。他是"大历十才子"之一，其诗多写自然景色及旅途乡思，炼字功夫很深，于自然中流露出警策。有《司空文明诗集》。

司马光(1019—1086)，字君实，陕州夏县(今属山西省)涑水乡人，世称涑水先生。他是北宋宝元进士，主编《资治通鉴》，因反对王安石变法，退居洛阳。哲宗时曾为宰相，尽废新法。他为官廉洁，能文善诗，又是史学大家。有《司马文正公集》。

宋之问(约656—约713)，初唐诗人，一名少连，字延清，汾州(治今山西省汾阳市)人。唐上元间进士，早岁成名，官至考功员外郎。因谄事张易之和太平公主，贬泷州参军。睿宗即位，又被流放至钦州，赐死于谪所。他对律诗的发展和完善有所建树，与沈佺期齐名，并称为"沈宋"。有《宋之问集》。

苏轼(1037—1101),字子瞻,号东坡居士,眉州眉山(今属四川省)人。宋仁宗嘉祐二年(1057年)进士,他在诗、词、散文方面都有很高的成就,独步宋代文坛,为"唐宋八大家"之一,诗、词豪放,还擅长书法与绘画。有《东坡七集》行世。

苏颋(670—727),唐代诗人,字廷硕,京兆武功(在今陕西省武功县西北)人。武则天时进士,袭封许国公。开元间居相位时,与宋璟共理朝政。当时朝中重要诏诰均出其手,跟张说(封燕国公)并称为"燕许大手笔"。明人辑有《苏廷硕集》。

孙逖(tì)(696—761),唐代诗人,潞州涉县(今河北省涉县)人,唐玄宗时官左拾遗、考功员外郎、中书舍人等职。他与颜真卿、李华、萧颖士等齐名,并称为海内名士。《全唐诗》录其诗一卷。

T

太上隐者,生平不详,唐朝在终南山隐居的一位隐士。

W

王安石(1021—1086),字介甫,号半山,抚州临川(今江西省抚州市)人。宋仁宗庆历二年(1042年)进士,宋神宗时两次任宰相,推行新法,力行改革,后退居江宁(今江苏省南京市),封荆国公。诗作多反映民生疾苦,内容充实,笔力雄健,讲究炼字,七绝被推为宋代第一。有《临川先生文集》。

王勃(650或649—676),字子安,绛州龙门(今山西省河津市)人。唐高宗麟德初应举及第,曾为虢州参军,因罪革职。后在去交趾探望父亲时,渡海溺水,受惊而死。王勃诗才出众,和杨炯、卢照邻、骆宾王齐名,并称为“初唐四杰”。他善骈文,著名的《滕王阁序》被推崇备至。有《王子安集》。

王昌龄(?—约756),字少伯,京兆长安(今陕西省西安市)人。开元进士,授汜水尉,谪岭南,后回长安,出任江宁丞,晚年又因事贬为龙标尉,故世称王江宁或王龙标。安史乱时回乡,路过亳州,为刺史闾丘晓所杀。他擅长七绝,名噪文坛,有“诗家夫子王江宁”和“七绝圣手”的美称。其七绝大都描写边塞战事、闺妇哀愁、宫女幽怨。明李攀龙推奖他的《出塞》(秦时明月汉时关)为唐代七绝压卷之作。《全唐诗》收录他的诗一百八十余首,有《王昌龄集》。

王珪(guī)(1019—1085),字禹玉,成都华阳(今属四川省)人。宋仁宗庆历间进士,累官尚书左仆射,兼门下侍郎。有《华阳集》。

王绩(约589—644),隋末唐初诗人,字无功,号东皋子,绛州龙门(今山西省河津市)人。仕隋为秘书正字,唐初以前官待诏门下省。后弃官还乡,过着隐居生活。他嗜酒成癖,有“斗酒学士”之称。诗文也常以“酒”为题材,诗歌风格似陶渊明,多以平淡清雅的笔法描写田园生活。有《王无功文集》。

王驾(851—?),字大用,别号守素先生,河中(今属山西省)人。唐昭宗大顺进士,官至礼部员外郎。《全唐诗》录其诗六首。

王建(约767—约830),唐代诗人。字仲初,许州(治今河南许昌市)人。擅长乐府诗,与张籍齐名,世称“张王”,其诗对时弊及民生疾苦颇有所反映。曾任太府丞、太常寺丞等职,与宦官王守澄交往密切,对宫廷生活比较熟悉,创作有大型组诗《宫词》一百首,对后世此类作品影响颇大。有《王司马集》《王建诗集》存世。

王令(1032—1059),字逢原,广陵(今江苏省扬州市)人。家贫以教书为生,王安石甚推重其文章和为人,认为可以与自己“共功业于天下”。有《广陵先生文集》。

王淇,生平不详,字菉猗,南宋人。

王湾，生卒年不详，唐代诗人，洛阳（今属河南）人。玄宗先天进士，曾任荥阳主簿、洛阳尉等职。他年轻时就在诗坛上享有名声，受到重视。他的诗流传不多，《全唐诗》仅存录十首。

王维(701？—761)，字摩诘，先世为太原祁（今山西省祁县）人，后随父迁居蒲州（治今山西省永济县西南蒲州镇）。安史之乱中，被叛军俘虏，迫受伪职。乱平后，论罪降职，官终尚书右丞。他的诗歌造诣很高，描写自然景物的山水田园诗尤为突出，自然流畅，格调清新，形成了独特的山水田园诗流派。又因他晚年信佛，故有“诗佛”之称。他还擅长书画，精通音律，苏轼称他诗中有画，画中有诗。有《王右丞集》。

王禹偁(954—1001)，字元之，济州巨野（今属山东省）人。北宋太宗时进士，曾任右正言，以刚直敢言著称，屡被贬官。他最先反对宋初浮靡文风，为后来的诗文革新运动的先驱。有《小畜集》等。

王之涣(688—742)，字季凌，晋阳（今山西省太原市西南）人。开元初，曾任衡水主簿，因被诬去官，乡居十五年，晚年出任文安县尉，天宝元年(742年)病逝，葬于洛阳。王之涣为人任侠尚气，豪放不羁。作品音韵铿锵，被当时乐工歌女谱曲吟唱，名噪一时。他的诗作大多已散佚，《全唐诗》中仅存六首。其中七绝《凉州词》、五绝《登鹳雀楼》等都是传世名作。

王中，南宋诗人，字积翁，生平不详。

韦应物（约737—791)，唐代诗人，字义博，京兆万年（今陕西省西安市）人。初生活放荡不羁，后发愤读书，历任滁州、江州、苏州刺史，世称韦苏州。其诗以写田园风物著名，寄情悠远，语言简淡，与柳宗元并称为“韦柳”。有《韦苏州集》。

无名氏，指没有署名的作者。《千家诗》所选的《题壁》诗是宋代无名氏的一首诗作，笔调朴素粗犷。

X

夏竦(985—1051),字子乔,谥文庄,江州德安(今属江西省)人。少时好学,博通百家,颇有文才。宋仁宗庆历七年(1047年)召为宰相,旋改任枢密使,封英国公。然尚权术,性贪婪,世人目为奸邪。有《文庄集》存世。

谢枋(bǐng)**得**(1226—1289),字君直,号叠山,信州弋阳(今属江西省)人。宋理宗宝祐进士,与文天祥同科,历任江西招谕使等职。他起兵抗元,兵败流亡。后元朝迫其出仕,强制送大都,绝食而死。他是著名的南宋末爱国诗人,后人辑有《叠山集》。

徐元杰,生卒年不详,字伯仁,信州上饶(今江西省上饶市)人。南宋理宗绍定进士,官至工部侍郎。为官清廉正直,其诗流畅清新。

薛莹,晚唐诗人,生平事迹不详。

Y

晏殊(991—1055),宋代诗人,字同叔,临川(今江西省抚州市)人。宋真宗景德年间赐同进士出身,历官集贤殿大学士、同中书门下平章事兼枢密使。他的诗作很多,大多已散佚,诗风自然流畅,活泼新巧。他还善于填词,尤擅长小令,语言婉丽,善于把写景抒情融合在一起。有《珠玉词》。

杨炯(jiǒng)(650—?),唐代诗人,华阴(今属陕西省)人。十岁举神童,曾任校书郎、崇文馆学士,后官衢州盈川令。他与王勃、卢照邻、骆宾王齐名,被称为"初唐四杰"。他自己曾说:"愧在卢前,耻居王后。"他擅长五律,其边塞诗气势雄伟。有《盈川集》。

杨巨源(755—?),字景山,河中(今属山西省)人。唐德宗贞元进士,官至河中少尹。《全唐诗》录其诗一卷。

杨璞,生卒年不详,字契玄,自称东里遗民,郑州东里(今河南省新郑市）人。生当五代军阀混战、朝代不断更迭的乱世，曾避入嵩山深处隐居。北宋初被召入朝，又作诗及《归耕赋》表示不愿为官，被放归。

杨万里(1127—1206)，字廷秀，号诚斋，吉水（今属江西省）人。宋高宗绍兴进士，曾任秘书监，他是南宋著名诗人，和范成大、陆游、尤袤合称“南宋四大家”。有《诚斋集》。

叶采，生卒年不详，字仲圭，号平岩，建阳（今属福建省）人。南宋理宗宝祐初任过秘书监。

叶绍翁，生卒年不详，字嗣宗，号靖逸，处州龙泉（今属浙江省）人。南宋诗人，有《靖逸小集》。

Z

曾幾(1084—1166)，字吉甫，号茶山居士，赣州（治今江西省赣州市）人。曾任江西、浙西提刑官，因主张抗金，为秦桧排斥。他是陆游的老师，清人辑其著作为《茶山集》。

张祜(hù)，生卒年不详，唐代诗人，字承吉，清河（今河北省清河县西）人。初居姑苏，后至长安，为元稹所排挤，遂至丹阳，筑庐隐居，终身不仕。唐宣宗大中年间，死于丹阳。他以写宫词和山水诗得名。有《张承吉文集》。

张继，生卒年不详，字懿孙，襄州（今湖北省襄樊市）人。唐天宝时进士，曾官检校祠部员外郎，诗多登临纪行之作。有《张祠部诗集》。

张耒(1054—1114)，北宋诗人，字文潜，号柯山，淮阴（今江苏省淮安市淮阴区西南）人。自幼聪敏，十三岁能文。他是苏轼的学生，为“苏门四学士”之一，很受苏轼的赏识。曾任太常少卿等职，居官清廉。诗风受白居易、张籍的影响较深，语言朴实平易，自然潇洒，多描写普通人民所喜闻乐见的生活。有《张右史文集》。

张栻(1133—1180)，字敬夫，号南轩，汉州绵竹（今属四川省）人，后迁居衡阳。他是著名理学家，与朱熹、吕祖谦并称为“东南三贤”。有《南轩集》。

张谓，(？—约 778)唐代诗人，字正言，河内(治今河南省沁阳市)人。唐天宝年间进士，大历年间历官潭州刺史、礼部侍郎。

张演，生平不详，唐懿宗咸通十三年进士，能诗。

张说(yuè) (667—731)，唐代诗人，字道济，一字说之，洛阳(今属河南省)人。武后时应诏对策，得乙等，授太子校书。历官武后、中宗、睿宗、玄宗四朝。玄宗时，迁中书令，封燕国公。朝廷重要文件多出其手，与苏颋(许国公)齐名，时称“燕许大手笔”。有《张燕公集》。

赵鼎(1085—1147)，南宋政治家，字元镇，解州闻喜(今属山西省)人。宋徽宗崇宁进士，绍兴初年两度任宰相。后因受秦桧排挤，被降职为奉国军节度使，又谪居广东潮州，在秦桧迫害下绝食而死。有《忠简公文集》。

赵嘏，生卒年不详，字承祐，楚州山阳(今江苏省淮安市楚州区)人。唐武宗会昌进士，曾做过渭南尉。长于七律，诗风清圆流畅，格律工稳。有《渭南诗集》。

赵师秀(1170—1219)，字紫芝，号灵秀，永嘉(治今浙江省温州市)人，南宋绍熙进士。他与徐玑、徐照、翁卷等开创了南宋“江湖派”的诗风，四人合称“永嘉四灵”。有《清苑斋集》。

郑会，生平不详，字有极，号亦山，南宋时人。

周必大(1126—1204)，字子充，吉州庐陵(今江西省吉安市)人。南宋绍兴进士，孝宗时曾任左丞相，封益国公。有《玉堂类稿》《玉堂杂记》等。

朱放，生卒年不详，唐代诗人，字长通，襄州(今湖北省襄樊市)人。唐贞元中，朝廷召授拾遗之官，没有到任。他曾经隐居剡溪(在今浙江省嵊州市)多年，过着清闲的生活。

朱厚熜(cōng) (1507—1567)，即明世宗。明朝皇帝，年号嘉靖。他在位初期，曾惩罚不法的权贵，把宗室官僚所侵夺的部分田产退还给农民。后期他迷信道教的炼丹术，妄求长生不老，深居二十多年不理朝政，听任严嵩专权误国，导致政治腐败，倭寇、鞑靼迭相侵扰，社会危机日益加深。

朱权(1378—1448)，明太祖朱元璋的第十七子，封为宁王。他是明初的剧作家和戏剧理论家，著有杂剧十二种和《太和正音谱》等。

朱淑真，生卒年不详，自号幽栖居士，钱塘（今浙江省杭州市）人。南宋女诗人，也擅长作词，还通音律，能画。因嫁作商人妻子，对婚姻不满，抑郁而死。诗词多感伤身世，哀怨愁苦，因称诗集为《断肠集》，词集为《断肠词》。

朱熹(1130—1200)，字元晦，号晦庵，徽州婺(wù)源（今属江西省）人，长期寓居建阳（今属福建省）。他是宋代理学集大成者，精通经史，学问渊博。著有《四书章句集注》《诗集传》及后人编纂的《朱子语类》等。他的诗清新含蓄，富于哲理。

祖咏，生卒年不详，唐代诗人，洛阳（今属河南省）人。开元年间进士，与王维交往甚密，因仕途不畅，遂隐居河南汝水以北。他的作品大多描写山水风景、旅游生活，风格淡雅。有《祖咏集》。

图书在版编目(CIP)数据

千家诗/陈蒲清导读注译.—长沙:岳麓书社,2020.3

(古典名著普及文库)

ISBN 978-7-5538-1127-7

Ⅰ.①千… Ⅱ.①陈… Ⅲ.①古典诗歌—诗集—中国②《千家诗》—注释③《千家诗》—译文 Ⅳ.①I222.72

中国版本图书馆CIP数据核字(2019)第097043号

QIANJIASHI

千家诗

导读注译:陈蒲清

责任编辑:孙世杰

责任校对:舒 舍

封面设计:罗志义

岳麓书社出版发行

地址:湖南省长沙市爱民路47号

直销电话:0731-88804152 0731-88885616

邮编:410006

岳麓书社网址:www.yueluhistory.com

2020年3月第1版第1次印刷

开本:890mm×1240mm 1/32

印张:9.75

字数:290千字

ISBN 978-7-5538-1127-7

定价:28.00元

承印:长沙鸿发印务实业有限公司

如有印装质量问题,请与本社印务部联系

电话:0731-88884129